「着火《イグニッション》」
錬金術師 兼 魔術師のエルフ
レン

サンテール伯爵家のお嬢様
アレッタ
「おはようございます、アレッタお嬢様。お体に痛みなどはございませんか？」
「……おはよう、シルヴィ……。体は……大丈夫そう、ですわね……。えっと、ここは？　洞窟？」
アレッタのメイド
シルヴィ
サンテール伯爵家に仕える騎士
エド

「レン、これも一緒に持っておくといい」
「これは？」
メダルと紐を受け取ったレンは、
メダルに残った
クロエの体温を掌に感じ、
ほんの一瞬、
少しだけ鼓動が速くなる。

錬金術師の
なかなかスローライフに
ならない日々

コウ

ぶんか社

CONTENTS

第一章
一日目

「どこだよここ？」

その日、いつものように仮想現実大規模多人数同時参加オンラインロールプレイングゲーム《Virtual Reality Massively Multiplayer Online Role-Playing Game》、『碧《みどり》の迷宮《めいきゅう》』にログインした健司《けんじ》――ゲーム内キャラ《アバター》の名前はレン――は、辺りを見て唖然《あぜん》とした。

昨日、レンがログアウトしたのは、最前線に近いエルシアの街。その街でレンが作った商会の一室で、ログインすればそこに戻るはずだったのだが、

「部屋じゃないどころか、街や村ですらない？」

レンの目の前には歩いて渡るのを躊躇《ためら》う程度に広くて流れの速い清流。

その足元には人の頭より大きな丸石が転がった川原。

丸石の川原の左右と向こう岸には鬱蒼《うっそう》とした森。

街でも村でもない。どこからどう見ても大自然。見知らぬ森の奥の川原だった。

ふと振り返れば、巨大な一枚岩の断崖絶壁が真っ青な空に向かって立ち上がっている。

そんな景色を眺めながらレンに言葉にならない違和感を覚えていた。

（……いつもと何か感じが違う？　そりゃ場所からして違うけど……バグか？　それとも突発クエスト？　転移の巻物で戻れるだろうけど、素材集めが面倒だから使わずに済ませたいな）

思考がまとまらず、とりとめなくそんなことを考えていると、川面《かわも》を渡る風がレンの長い銀色の髪を揺らし、どことなく鹿のそれに似た形の、やや長いエルフの耳をくすぐった。

思わず耳を片手で押さえたレンは、不思議そうに耳に掛かった髪に触れる。

「自分の髪は邪魔にならない仕様だったよな？　……バージョンアップでも入ったか？　その影響で座標データが飛んだとか？」

昨日までと違う部分を見つけたレンは、自分が突然森の中に放り出された理由と関連づけ、バージョンアップが原因なら、運営から通知が来ている可能性があると思い至る。

「だとしたら、運営から通知が来てるかも。メインパネルオープン」

コマンド発声により、レンの目の前に半透明の板状の画面が浮かび上がった。

ゲームの各種確認・操作のためのメインパネルである。

種族：エルフ
名前：レン
年齢：三十歳
健康状態：良好
＋クエストリスト
＋アイテムリスト
・フレンドリスト
＋職業リスト

＋技能リスト
＋装備リスト

だが残念ながら運営からの新規お知らせや突発クエストを示すアイコンは表示されなかった。

疑問は解消できなかったが、景色以外に意識を向けたことで、レンは先ほどから感じていた違和感の正体に気付いた。

（……え……あれ？　待った！　さっきから地図が表示されてない……体力《HP》も魔力《MP》もスタミナも、全部のゲージが消えて……っ！　時計も表示されてない⁉）

レンは声にならない悲鳴を上げた。

それらはゲーム中、常に視界の隅に表示することが『法律』で義務づけられたもので、そもそもON、OFFができない仕様だった。

「……バージョンアップの影響か？　よりリアルに？　あり得ない。現実と見分けのつかないVRソフトやハードは『条約』違反だぞ？」

VR黎明期《れいめいき》の視覚、聴覚のみをカバーするシステムと違い、超伝導量子干渉素子《SQUID》／量子スピン神経接続型のVR機器は神経と直接データをやりとりすることで、人間の脳を完全に騙《だま》すことに成功した。

人間は感覚神経からの電気信号で五感を得て、それを足掛かりに世界を認識する生き物だ。

だから、視神経を直接刺激して、存在しないリアルな景色を映し出し、五感全てでも同様に行えば、人間はそれを現実の景色と錯誤してしまう。

仕組みは単純で、信号の書き込み技術以外は二一世紀中頃には必要なものが揃《そろ》いつつあった。

まず、神経に流れる入出力信号を読み取る。

読み取った情報を元に逆位相の信号を流し込んで『神経』を無風状態にする。

それが筋肉を動かす運動神経なら脳から出た信号は筋肉に届かず、代わりに読み取った信号で仮想空間《アバター》の自分の体を動かすことになる。それが視神経などの感覚神経なら、フラットになった神経に流し込まれて作られた信号が脳に届いて五感を満たす。

脳に関してはまだ読み込みしかできなかったが、それが生み出す新たな世界を体験した人々はその技術を絶賛し、新たな時代を夢見た。だが。そんな夢と希望に溢《あふ》れる技術を悪用する者もいた。

医療用のＶＲ機器が世に出た少し後、それを悪用した悲惨な事件が起きた。事件の詳細は割愛するが、生きたまま解剖しても傷一つ残さず、どれだけ痛み、苦しみを与えても、ログさえ完全に消せば一切の証拠が残らない技術が悪用されたのだ。

幸か不幸か、犯人がログを消さずに脅迫に用いたため事件が発覚し、それを受けて世界中の医療用ＶＲ機器の利用条件と監視が厳しくなり、さらに多くの類似の犯罪の存在が明るみに出た。

そうした事件が社会に与えた衝撃は極めて大きなものだった。

だが、どんな技術でも使いようである。そんな事件があってもなお、現実と区別がつかないほどのＶＲ技術を使ったゲーム機を望む声は少なくなかった。むしろ、人々はそれだけのことができる技術が見せるだろう未知の世界を熱望した。

だから、新しいＶＲ技術が娯楽に転用されるのを前にして、先進諸国では予想可能な悪用を防止するための条約を制定し、条約批准国に実効性のある対応——法律の施行など——を求めた。

　日本もその条約批准国であり、施行された法律の中に、

『医薬品医療機器等法に基づき医療用ＶＲ機器の認可を受けた機器、ソフトウェアを除き、全てのＶＲ機器、並びにソフトウェアは、常に、現実には存在しないオブジェクトを表示し続けること』を義務づける法律があった。

　そこには『どの辺りにどのようなサイズ、色で』や『表示が不十分な場合の対処』『ソフトメーカーとハードメーカーの完全分離』といった様々な附則《ふそく》が長々と規定されている。

　これに違反したソフトウェアやハードウェアを開発・販売した場合、行政指導抜きで会社が潰《つぶ》れるし、意図して違反した場合は管理責任者のみならず関係者という広いくくりの対象が懲役刑《ちょうえきけい》になる可能性もある。悪質と判断されれば認可に関わった役人すらもが処罰対象となり得るため、その審査はお役所仕事のイメージからかけ離れた厳正さで行われた。

　レンが違和感を持つ原因となった地図や体力ゲージは、ソフトウェアが表示していたもので、非表示にすれば即座に違法となる。

　だが、それだけならゲームソフトのプログラムを改変すれば消せる可能性がある。意図して消せば会社が潰れたり、懲役刑のリスクがあるが、諸々《もろもろ》に目を瞑《つぶ》って可否だけを問うなら可能だ。

　しかし、時計の表示はハード側の機能だ。ソフト制御でそれを上書きすることはできない。

　時計表示の仕組みをＶＲ以前のコンピュータゲームに例えるなら、ディスプレイの手前に時計を置いたような構造に近く、ソフトからはその時計を操作するどころか認識する方法すらない。

　万が一、故障などで時計が消えた場合、複数の異なる仕組みの監視機構がゲーム機の電源を緊急

停止させる。ソフトからそれに介入可能な信号線は物理的に存在しない。

ハード側の時計を消すには、ハードの設計から変えなければならないが、複数の仕組みを突破しなければ実現できない。単独犯では手が出せない構造なのだ。その上、各フェーズの評価には役人主導の他社チームも参加するため、チェックをすり抜けられる可能性は低い。


レンのリアル、鈴木《すずき》健司は三十歳の休職中の会社員で、体を壊す前はIT業界で中堅の技術者として仕事をしていた。VR機器は専門分野から外れるものの、情報系の勉強をした専門家として、医療用ハードウェアに交換しない限り時計は消せないということを正しく理解していた。

（こんなもの、世に出したら炎上必至だし、ソフト会社もハード会社も潰れるぞ……それにしても……こっちもあり得ないだろ）

レンはメインパネルの表示を確認し、顔をしかめる。

ログアウトのボタンが消えており、ソフト開発会社に連絡するための緊急メッセージボタンも、警察や消防への通報ボタンも、一般回線との通話機能も消えていた。

フレンドリスト内にあるメッセージ機能は残っているようだが、連絡先となるフレンドリストの中身が全て消えてしまっているため、実質、誰かに連絡を取るのは不可能な状況だ。

ゲームの場合、イベント中であろうともユーザーのログアウトを妨害したり、外部に連絡できなくすれば刑事罰対象となるため、それらは複数のアプローチ方法が用意されていた。

「そうだ。ログアウト処理開始！　ダメか、なら接続解除！　通報機能アクティブ！」

普段は使わないが、コマンドワードや思考制御も用意されているのを思い出したレンはそれらを試してみるが、どれも機能しなかった。レンの常識では、あり得ないことが起きていた。

（なんか、子供の頃にリバイバルしてた昔のアニメやラノベっぽい状況だな）

だから、ふと気付くとレンは似た状況の創作物にヒントを求めてしまっていた。

「ラノベによくある展開……どっちだ？　デスゲームか、ゲームによく似た異世界か……デスゲームはゲームシステム上で動くから、ハードで実現できないことができてる状況からデスゲームの可能性は低いか？　ということはゲームに似た異世界？　……夢の可能性は……当面除外しよう」

この場合のデスゲームとは、ゲームからログアウトできなくなり、ゲーム内で死ぬとなんらかの仕組みで現実の体も死んでしまうという設定のライトノベルのジャンルである。

ログアウトできないのとゲーム内で死んだら現実でも死ぬ以外は普通のゲームと同じで、ゲーム機のシステム上で実行されるため、ゲームでできることしかできない。また手に入れたアイテムやメインパネルのようなシステムコマンドの大半をそのまま使用できることが多い。

それとは別に、ゲームそっくりの異世界に転移なり転生なりするというジャンルも存在する。

こちらのケースでもなぜかゲームに似たシステムが使えたりすることがあるため、メインパネルが開けたから即座に異世界ではないという判断はできない。むしろ異世界転生なんて無茶を実現できる存在がいるなら、メインパネル程度は再現できるだろう。

ゲームのソフトウェアからは絶対に消せない時計が消えていることから、レンはデスゲームよりも転移転生系に近いと予想を立てる。

夢の可能性は否定しないが保留にした。レンとしてはその可能性が一番高く、そうであってくれとすら思っていたが、万が一にも夢でなかった場合、これを夢と仮定して行動するのは危険と判断したのだ。

「さて、知らない川原に流れ着いた漂着者としては、まず、何をすべきかな？」

レンは再度、メインパネルの表示内容を確認する。細部に目を向ければ、設定画面を開くための歯車マークが消えている。外見等のエディタもなくなっているし、撮影もできない。

「設定変更が絡む系は全滅か。他は変わってないだろうな？」

クエストリストを開くと、現在着手可能なクエスト、過去にクリアしたクエストの一覧があり、それらはレンが覚えているのと同じに見えた。

「……まあ、全部覚えてるわけじゃないけど」

次に職業リストと技能リストを確認するが、そちらも記憶と同じ状態に見える。

「……そうだ、技能は？　……魔術なんかは使えるのか？」

これが夢でない場合、それはレンにとって命綱となる。

『碧の迷宮』はレベル制ではなく、完全スキル制のゲームだからだ。

多くのロールプレイングゲームには、キャラクターレベルがあり、敵を倒してレベルが上がれば、筋力、素早さ、防御力といった、強さを示す数値がどんどん増えていき、最終的には防御力や筋力が序盤の数十倍になったりする。そして、その結果、序盤なら即死したような攻撃——例えば頭部に矢の直撃——を受けてしまっても、無傷で済んだりする。

レベル制のゲームのキャラクターはレベルアップによって超人になれるのだ。

だが、完全スキル制の『碧の迷宮』にはキャラクターレベルという概念がない。

あるのは多数の職業とそれらに紐付《ひもづ》く技能だ。訓練をして職業に就くと、例えば魔術や剣術などの関連技能を習得できる。職業にはレベル、技能には習熟度があるが、それらを上げた場合の肉体の強度の変化は現実と変わらない。

戦闘系の職業の者が訓練しまくって習熟度を上げても握力一〇〇キロに届くかどうか。訓練をしなければ五〇キロ未満も珍しくない。

つまり『碧の迷宮』のキャラクター《アバター》は超人にはなれないのだ。

それは、レンというアバターの肉体強度が人並み程度でしかないことを意味する。

例えばレンは、錬金術師と細剣《レイピア》使いの職業レベルを上級まで育て、それ以外の職業も手広く訓練して多くは中級まで育てており、相手が迷宮内の特殊な魔物でない限り、接敵しても死なずに撤退できる程度には強い。

しかし、それは強力な魔術や剣術の能動技能《アクティブ》、基本的な受動技能《パッシブ》――単なる突き、斬り、払い、運足、気配察知など――が機能すればの話である。それらが機能しなければレンはリアルの自身と同程度にしか動けない。

それはスキルの使用可否が、レン自身の安全に直結することを意味する。

だからレンは、この状況でスキルの使用可否を確認しなければ、と考えたのだ。

(とりあえず失敗しても被害がなさそうなやつ。破壊力がなくて効果が見えるのだと……)

「照明《ライト》！」

レンは、なんとなくゲーム内で魔術を使う時のアバターの動きを思い出し、右手を前に出し、頭上に光の珠《たま》が浮かぶところをイメージしながら無属性魔術に属する照明《ライト》の魔術を使った。

首筋辺りから何かが抜けるような感覚と共に、レンのイメージ通り頭上に光の珠が浮かぶ。頭上に浮かんだ光の珠は、ゲームでの仕様通り、レンが歩くと相対位置を変えずに付いてくる。

それを見上げ、レンは安堵《あんど》の息を漏らした。

「良かった、使える。効果もゲームと同じ……あれ？」

ホッとして緊張が解けたレンは、ゲーム内の照明《ライト》の魔術の細かな仕様を思い出し、そこからの連想でその魔術が開発された経緯をぼんやりと思い出し——そして青ざめた。

「……そりゃ、魔術の種類や効果範囲、消費MPなんかはゲームで覚えたよ？　でもなんで魔術開発史なんて知ってるんだ？　そんなのゲーム内で見たことない……？　あれ？　見たことある？　どっちだ？　……いや、ないよ、ないない」

知らないはずの記憶は僅《わず》かな時間でレンの中に定着し、微《かす》かな違和感を残すのみとなっていた。

『健司』は魔術の開発史をゲームの中で見た覚えはない。だが同時に子供の頃に魔術の師匠から教わったという記憶が『レン』の中にあった。当然ながら、『健司』に魔術の師匠はいない。

自分がプレイヤーだという記憶があるから違うとわかるが、それはまるで、レンというアバターが現実に存在していたかのような、とても不思議な感覚だった。

レンはしばらくの間、呆《ほう》けたように光の珠を見上げていた。

ゲームの中で魔術師の職業を中級まで育て、関連技能の熟練度もそれなりに上昇させた経験から、レンは魔術についてはかなり詳しい。しかしそれは魔術の属性相克関係や、再使用可能時間《リキャストタイム》といったゲーム的な要素である。

決して、魔術師の開祖や魔力の根源に関する考察、魔術開発史といった知識ではなかった。

知らないはずの記憶に驚いたレンは、ゲーム内で見慣れた自分の装備を見下ろし、ゲーム内の知識を意識して確認してみた。

レンの今の装備は、地竜の革鎧《かわよろい》のセットだ。レア素材集めに時間が掛かるものの、強化すればゲーム中盤以降でも通用する攻略サイトでも人気ランキング上位のセット装備。

濃い臙脂《えんじ》の革鎧は、軽くて硬い地竜の皮革と鱗《うろこ》を用いた鎧で、火に対する高い耐性を持ち、運足など、地上での行動に関する受動技能《パッシブ》が向上する効果を持つ。

胴と首筋、肩は胴鎧に守られ、その上にジャケットに似たローブもセットになっていた。肩から先は、左が半袖、右が七分袖と左右で袖丈が異なる。

左の袖が短いのは、左肘から掌《てのひら》にかけて地竜の籠手《こて》がある時だけの仕様だ。地竜の籠手は簡易的な盾になる籠手で、盾を持てないプレイヤーの中にはこの籠手パーツを好んで使う者もいた。

右掌は錬金術で強化され、聖銀《ミスリル》で補強された錬金術師用グローブに覆われていた。指先はしなやかな素材で細かい作業もできるし、素材採取の際に弱い補正が付く代物《しろもの》だ。

頭部装備として地竜のヘルム《兜》もあるが、現在のレンは額に聖銀《ミスリル》のサークレットを装備している。地竜のヘルムはデザインは格好良いのだが、視界が二割ほど遮られる構造なので、攻略サイトでもボス戦以外は外しておくことが推奨されており、現在はウエストポーチ《アイテムボックス》の中にしまわれている。

腰には太いベルトを巻いて細剣《レイピア》を下げ、干渉しないように腰の後ろにウエストポーチを着けている。下半身は、革のカーゴパンツに近いが各部に目立たない補強が入っている。

膝から下はやたらゴツいデザインの地竜のブーツ。靴底には複雑なパターンが彫られており、地上であればしっかりと地面をグリップする。

「そういや、靴底のブロックパターンがどっかのスニーカーに似てるって話もあったな」

鎧の下には、防刃、防刺、防汚など様々な耐性が付いた、地味だが高価な厚手の鎧下。

右に垂らした銀髪の先には季節限定イベントで入手した神獣の尻尾の毛で作ったポニテリング。

それは、ゲーム内のレンの姿そのものであり、プレイヤーしか知らないような関連情報もレンの頭の中にあった。

「大丈夫。なんか記憶が混ざってる部分もあるけど、ゲームをしっかり意識すればプレイヤーの記憶が勝つ。装備類はゲーム内と同じだし、俺はプレイヤーだっていう記憶も薄れてない」

そう、自分に言い聞かせるように呟《つぶや》いたレンは、続いて細剣《レイピア》を鞘《さや》から抜き、ゲームでの動きをイメージして構え、軽く突きを放つ。

能動技能《アクティブ》を使用しない単なる突きは最初は動きが遅く、どこかチグハグで、レンは自分の動きに無駄を感じた。二回目で無駄が減ったが、上半身と下半身の動きに僅かなズレがあると理解した。

そして三回目でそれなりに、四回目以降は空気を切り裂くほどの突きを安定して放てるようになった。

「なんか、慣れとか思い出すって過程が必要っぽいけど、試行回数四回でこの動きなら、受動技能《パッシブ》もちゃんと機能してるな」

魔術師が任意の攻撃魔術を使うように、剣にもプレイヤーが能動的に使える必殺技のような能動《アクティブ》技能がある。が、それとは別に単なる突きや斬り、払い、運足といった、基本動作を向上させるための受動《パッシブ》技能も存在し、戦闘系の受動《パッシブ》技能はプレイヤーの動きや感覚を最適化するのだ。

スキル制のゲームでは、プレイヤーは超人になることはできない。しかし、受動《パッシブ》技能によってプ

レイヤーの動きが最適化されれば、素早く、隙なく、達人のように動けるようになる。それがスキル制のVRゲームの醍醐味《だいごみ》の一つだった。

レンは細剣《レイピア》を鞘に戻し、丸石の川原の下流方向――左側――の森に近付き、川原と森の境に生えている草を眺める。

「俺は錬金術師なんだから、そっちの技能も確認しないと」

生えている草を遠目に眺めただけでは何もわからなかった。しかし、個々の草に意識を集中すると、記憶に引っ掛かる草が何種類かあった。レンはそれらを一本ずつしっかり確認する。

「これは初級スタミナポーションに使う頑強草《がんきょうそう》。森林地帯でも日が差し込む箇所に生える。そのまま囓《かじ》ってもそれなりの効果が得られる。薬効成分は主に葉の先端にあり、採取する際は、葉の中ほどから切り取るようにする。森の浅い所にも生えてるから、序盤の小遣い稼ぎにいい」

そして頑強草の隣に三本並んでいる別の草に視線を向ける。

「……こっちは炸薬ポーションに使う硫黄草《いおうそう》。水場の近くに多い。採取後、他の植物に触れさせておくと薬効が失われるため、採取する場合は専用の袋を用意するか、速やかにウエストポーチにしまうこと。採取手順は葉を落としてから茎だけを切り取る。花の時季は夏で、開花前後は大幅に薬効が落ちるが花はとても長持ちすることが知られている……って、花？」

またしても知らない記憶が顔を出し、レンはため息をついた。

「……ゲームでも嫌ってほど採取したから、硫黄草については当然知ってるけど、ゲームで硫黄草の花の情報を見た覚えはないな、けど知ってる……」

何種類かの草を眺めたレンは、やはりゲーム内では知らなかった情報が頭の中にあることを知って混乱した。

さらにどこで見た情報だったかと考えれば、錬金術の勉強をした際に見たという記憶も頭の中には存在した。

そして、その情報がなんという辞典のどの辺りのページに載っていたのかなど、ゲーム内では知りようもない情報も思い出す。

それらはレンが本当に錬金術師として勉強をしたのなら、知っていて当然の情報のようにも思えた。だから、レンというアバターを連れてくるにあたり、必要な知識がレンの中に詰め込まれたのだろう。レンはそう考えることにし、その直後、その意味に気付いて顔色をなくし、それ以上の思考を放棄した。

思考を放棄した一番の理由は恐怖だった。


知らないはずの記憶があり、感じた違和感は長続きせず、すぐに元々の記憶のように定着した。

それが可能なら、健司という人格を構成する思い出すら、作られた記憶かもしれないと思い至り、そこから全力で目を背けたのだ。

紛《まご》うことなき現実逃避である。

「……か、考えても無駄だ。今は生き延びることを優先しよう。それならきっと……」

人間の個性や思考は記憶の上に成り立つ。記憶が書き換えられてしまえば、思考の結果も歪《ゆが》むことになる。だから記憶が信用できないなら何を考えても無駄である。その判断さえ埋め込まれた記憶によって歪められた結果かもしれないが、『生き延びたい』という本能に根ざす欲求だけなら、自身のものだろう。レンはそう考えることにしたのだ。

レンは気を紛らわせるため、腰の後ろのウエストポーチに意識を向ける。すると、視界の隅にポーチ内のアイテムの一覧《リスト》が表示され、レンの考えた通りにスクロールする。

「メインパネルを経由せずにアクセスできるのもゲームと同じ。思考制御も可能」

見た目は地味なウエストポーチだが、それはゲームのチュートリアルをクリアしたプレイヤー全員に配られるアイテムボックスだった。

多くのゲームと同じように、アイテムボックスにしまった物はほぼ時間経過がなくなり、重量も無視できるレベルになる。一定サイズ以上の動物や魔物は生きたままとしまえないが、それ以外なら大抵の物をしまうことができ、倒した魔物を入れると自動解体を選択することもできる。

最初はミカン箱ほどだが、専用クエストをクリアすれば容量を増やせる。それらをクリアした結果、レンのウエストポーチは、お屋敷相当と言われる容量まで育っていた。

ウエストポーチの性能がゲームと同じに見えることを確認し、素材採取用のナイフと布の袋を取り出したレンは、錬金術の技能の検証を再開した。

レンは目の前の薬草に手を伸ばし、薬の先端を摘《つ》まんでナイフを当てる。そのまま数秒固まった後、ナイフの刃を滑らせ、丁寧に切り取って袋に入れる。ゲームではナイフの刃を対象箇所に当てるだけで自動で袋詰めまで完了したが、現実同様、一つ一つの動作を自身で行う必要があった。

「……確かめて良かった。採取はゲームと違って自動じゃないんだ。それでも思ったより綺麗《きれい》に採取できたのは、受動技能《パッシブ》のおかげかな？」

数種類の薬草を採取し、ついでに山菜も採取したレンは、採取した素材を入れた袋をウエストポーチにしまって安堵の息をついた。

「山菜も採取できたし、錬金術の採取って思ったよりも汎用性が高いな。あ、アイテムボックスの中身も少し確認しておこう」

　メインパネルのアイテムリストからウエストポーチの中身をざっと眺めたレンは、大雑把でも手持ちが記憶と合致するか、当面生き延びるのに不足する品がないかという視点で確認する。

（各種素材の在庫はそれなり。今となってはありがたいけどなんでも詰め込みすぎ。素材系は見始めたらキリがなくなるから今はいいや……回復系のポーションは普通に使えば年単位の在庫。魔術を込めた巻物はレア度に応じてそれなりに。この辺は売り物だったから、低レアの人気商品ならそれこそ売るほどある。錬金術師専用ポーションなんかは在庫がかなり少ない。防具類はセット装備が今着ている地竜の革鎧の他に、水竜と火竜。セット装備以外だと宝箱から出てきた、売り払うには惜しいけど、ほぼ使うことのない武器防具や衣類、アクセサリー。保存食一週間分に野営道具一式。うあ、結界棒は使い切っちゃってる、これは補充が必要だな……あとイベント用に集めていたウェブシルクが山ほど。せっかく集めたけど交換し損ねたかな。季節限定イベントの記念品や、交換用アイテムの余剰分が端数分……強力な武器は疾風《はやて》の弓と主武装《メイン》の聖銀《ミスリル》の細剣《レイピア》と、あと、なぜか主武装《メイン》より攻撃力が高い聖銀《ミスリル》の短剣。あ、死んでもお金が減らない貯金箱もあるな……中身はゲーム内の価値のままなら結構な大金だけど、ここで死んだら俺は生き返るのか？……後は耐性強化や簡易付与の料理各種がスタック《山》で。クエストアイテムの卵や人形もそのまま残ってるし、各職業の基本セットもちゃんと入ってる、と）

一通りざっと程度だが、手持ちを確認したレンは転移の巻物を取り出し、慎重に開いた。

巻物は使い捨ての魔道具で、巻物を開いて、巻物ごとに定められた手順を踏むことで込められた魔術が解放される。

転移の巻物の場合、巻物を開くと転移先リストとして、過去一年以内に訪れた街や城などの名前が表示され、行き先を選ぶとそこに瞬間移動できる、のだが。

「……リストが真っ白だ」

仕様通りに表示された半透明の転移先リストには、転移先が一つも表示されていなかった。

「マジか……始まりの街《オルネラ》とかならともかく、昨日までいたエルシアの街にも戻れないのか……転移の巻物の使い方がゲームと違うのか？」

意識を向けると、知らない記憶が巻物の使用方法はゲームと同じだと教えてくれる。

（空白だけど転移先リストが表示されたってことは、巻物は正常に起動しているよな。使い方は間違ってない……なら、俺の訪問先リストが初期化されたのか？）

訪問先リストが初期化されるなどあり得ないが、レンがここにいることも本来ならあり得ないことだ。それが一つ二つ増えたところで大差はない。そう考えつつもレンは難しい顔で、『碧の迷宮』の世界地図——というよりも人類踏破領域の地図——を脳裡《のうり》に描き出した。

まず、東西に延びる一本のやや波打った横線を引く。神の手によるとされる不思議な街道だ。

その街道の上下《南北》を不規則に緑色に塗る。人間が踏み込んだことがある森である。

森の所々に、青い線をたくさんと、数えるほどの黄色、白の点を描き込む。川と砂漠や荒れ地、山頂に雪を頂いた高山などだ。

時折街道から上下《南北》に向かって人間が切り拓《ひら》いた支道が延びており、街道や支道沿いに街や村がある。

街道の東西の端の先はどちらも青。海である。

海岸線沿いにも支道が延び、支道沿いに街や漁村がある。

海岸から近い場所に小島が点在しているが、他の大陸などは発見されていない。ゲームでは一か八かで出航したプレイヤーもいたが、海岸からある程度進むと嵐などで押し返されることが判明し、海洋探険ブームは終わった。概《おおむ》ねその辺りが運営が定めた世界の果てだと言われている。

それでも物好きなプレイヤーが街道北側だけは海岸線沿いに航海したので、街道から上側は不格好な横長の楕円《だえん》とわかっている。が、南側についての情報はなく、ゲームの舞台が大きめの島なのか大陸の一部なのかもわかっていない。

（わかっている限り『碧の迷宮』の地表マップの九割以上は森林と海だ。現在位置もわからず、適当に歩き回っても街に行き当たる可能性は低い）

『碧の迷宮』は、サービス開始から三年が経過しており、噂《うわさ》レベルでは当初計画の五割――地表部分に限れば九割ほど――のマップが実装されているなどと言われていた。

地上の八割が亜熱帯の森林地帯で、一割が海洋と島嶼《とうしょ》。残りが街道や街、砂漠その他である。

人間の世界を東西に貫く街道は本道だけで八〇〇キロほどで、端から端まで徒歩で移動しようとすれば、ゲーム内時間で半月では足りない。

ゲームであれば常に周囲の地図が表示されていたが、それがない今、木々に覆われた森林地帯を踏破《とうは》するのは至難の業《わざ》だった。

川を下れば海に出る、というのも、この土地では絶対の法則ではない。流れる川が地下に流れ込むこともあるし、川が広大な沼地にのみ込まれていることもある。レンはゲーム内ではどちらの景色も見たことがあった。

マップを東西に横断する街道があるため、南北方向いずれかに定めて歩き続ければ街道にぶつかる確率は五〇％だが、そこに賭けるのは自分の身の安全である。しかも街道の南側の広さは不明なのだ。レンとしては、他に手がなくなるまではその手の無謀な賭けはしたくなかった。

「現在位置不明で転移の巻物も使えないとなると、これは持久戦を覚悟すべきか？」

レンは改めて持久戦という観点でウエストポーチの中身――主に食料――を確認した。

冒険者御用達の保存食は一週間分。それに加え、ケーキ、プリン、サンドイッチ、焼き鳥、海鮮鍋など、耐性強化付与などの効果がある料理はそれぞれ九九個《一スタック》ずつ。季節限定イベントで作ったり配布されたクリスマスケーキにバレンタインチョコ、おせち料理などは、微妙な数だが全部足せば三桁を超える。ポーションの一種として醤油《しょうゆ》やソースもあるし、素材の一種として砂糖や塩、酢や酒の在庫もある。入手した後、売却し忘れていた肉や魚、野菜など、調理前の素材もそれなりに。ついでに言えば食器もあるし、魔石コンロもある。

ゲーム内では味覚再現率が低く抑えられていたため、食料は空腹という状態異常――放置すれば弱い電気ショックが続いた後、餓死する――を回復するポーションや、属性耐性向上などの特殊効果を付与するアイテムとしての意味合いが強かった。しかし「毎食ちゃんと食べているか」でＮＰＣ《ノンプレイヤーキャラクター》からプレイヤーへの好感度が変化し、商取引価格や情報の入手難易度が変化することもあったため、多くのプレイヤーは野営道具に鍋や食器、魔石コンロを入れており、レンもそれに倣《なら》っていろいろ詰め込んでいた。今となってはそれらがレンの命綱となりそうだった。

「幸い、食料はかなりある。節約しなくても、年単位で食いつなげそうだけど、消費するだけならいつかはなくなる。手持ちの食料が尽きる前に街に行く必要がある……生存に必要っていうと後は水かな？　……まあさっきの感じなら問題ないだろうけど」

　生存に必須となる水だが、魔術で出した水は飲めるし、使いにくいが水を出す魔道具もある。

　レンはポーチからコップを取り出し、

「純水生成《ピュアウォーター》」

　試しに純水を生み出す錬金魔術でコップを満たす。純水生成《ピュアウォーター》で出てくるのは錬金術にも使用可能な純水で、知らない記憶も飲めると言っている。レンはゆっくり口に含んで味を確かめ、

「うん。不味《まず》いけど水だ」

と呟いて飲み干す。飲み水は問題ないと判断したレンは、次は食料調達《狩猟》方法について考える。

「狩りって言ったら弓だよな」

　細剣《レイピア》を剣帯から外してウエストポーチにしまったレンは、代わりに疾風の弓と、なんの特徴もない矢が入った箙《えびら》を取り出す。

　疾風の弓は中級の迷宮ボスを倒した際に手に入れた戦利品《レアアイテム》で、放った矢の速度が上がり、矢に風属性がエンチャントされるシンプルな弓だ。速度が上がれば飛距離も伸びるし、威力も上がる。

　そのわかりやすい効果がレンには使いやすく、中級の弓だが何かと愛用していた。

　箙に入っている矢は特殊効果などのない素直な矢だ。

　その矢を一本抜いたレンは、弓に番《つが》え、感触を確かめながら、弓矢の知識を思い出す。

そのまま軽く息を整えたレンは、ゆっくり息を吸いながら弓を引き、息を吐きつつ三〇メートルほど離れた木に狙いを付け、能動技能《アクティブ》を使用せずに矢を放つ。

弓弦《ゆづる》の音が響き、直後、狙った場所に深々と矢が突き立った。

(狙っている時、狙った場所がはっきり見えたのは受動技能《パッシブ》の影響……なんだな)

狙っている間、まるでスコープを覗《のぞ》いているかのように狙った場所がはっきりと見えたことに驚くレン。そして、すぐにそれが弓使いを中級に育てた時に覚えた技能の影響だと知らないはずの記憶が教えてくれた。

レンは小さく息を吐くと、もう一本矢を取り出し、同じ場所を狙って弓を引く。

弦音《つるね》。直後、先の矢の後端に矢が突き立ち、妙な音を立てる。

先の矢が二つに裂け、そこに二射目の矢が繋《つな》がったように突き刺さっていた。弓道でいうところの継ぎ矢という状態である。

「……技能なし……受動技能《パッシブ》だけで継ぎ矢か。中級の弓使いって、ここまでの腕前だっけ？」

だが、この腕なら獣を狩って食料を調達できそうだ、とレンは安堵する。

「次は……エリアを確認したいけど……まだ危ないかな？」

次にレンが気にしたのは、現在自分がいるエリアの情報だった。

ゲームの地表マップは初級者向け《グリーン》、中級者向け《イエロー》、上級者向け《レッド》のいずれかに分類され、エリアごとに登場する敵の外見と強さが変化した。個々のエリアはかなり広く、エリアの並びに規則性はない。

レンはゲームの地上マップなら大抵の場所には行ける程度に強かったが、この世界の敵がゲームと同じとは限らないし、新規マップや魔物の追加実装によって、もっと強い敵《レンが知らない》がいてもおかしくはない。

情報がなさすぎるのだ。だからこそ、せめて今いるエリアと敵の強さを知っておきたい。

だが、それにはこの辺りの魔物を目視する必要があるわけで、そのためには周囲の森の奥に踏み込む必要がある。だが、レンは今の状況でそれを行うのはリスクが高いと判断した。

「今日のところは安全第一で行こう」

いずれやらねばならないが、せめて安全地帯を確保してから。そう考えつつ空を見上げてため息をついたレンは、タイムリミットが近いことを知るのだった。


丸石の川原、岩の崖の前でレンは、空を見上げて途方に暮れていた。

「今晩の安全地帯をどうしよう？」

空は僅かに黄色みを帯びつつあり、夕刻が近いことを教えていた。

ゲーム内であれば、野営セットを使えば森の中でも安全に寝ることができたが、レンの手元にある野営セットは、魔物の侵入を完全に防止する結界棒という消耗品が不足していた。

魔物が嫌う匂いを出す魔物忌避剤というポーションもあるが、結界棒と比べるとその効果は格段に落ちる。魔物が嫌がる匂いを発するだけなので、風上からの接近には効果がないし、匂いに鈍感な魔物にも効果は薄い。また、獲物《レン》を見つけた魔物を諦めさせるほどの効果もない。

（夜の森には入りたくないよなぁ）

鳥系を除く大半の魔物の活動は、夜の森で最大になる。

徘徊《はいかい》する魔物の数や種類が増え、強い個体の割合も増える。

昼の魔物は獲物を探して徘徊することは少ないが、夜の魔物は獲物を狙うハンターになるのだ。

夜陰《やいん》に乗じて接近とか、獲物が近付くのを茂みで待ち受けるとか、木の上から獲物が通りかかるのを待って飛びかかるとか、そうした不意打ち行動も多くなるため、油断をすれば中堅のプレイヤーでも致命の一撃《クリティカルヒット》を受ける危険性が出てくる。

レンには気配察知という技能があるため、獣や魔獣型の魔物から不意を突かれることはまずないが、例えば昆虫型の魔物は気配が薄く、発見が遅れることもあり得るのだ。

中でも、マンティス系と呼ばれるカマキリの魔物は危険度が高い。

鉄板を貫く棘《とげ》が生えた鎌と、鉄の鎧を押し切る膂力《りょりょく》を持ち、全長は二メートル以上でリーチも長い。森林地帯での隠密に優れ、気配察知などの感知系技能があっても攻撃開始までその存在に気付けないことも多いため、ゲームでは初心者殺しなどと呼ばれていた。

(結界棒なしで昆虫系の魔物が多い森の中で野営するのは無謀だけど、川原もやばそうだよな)

川原には障害物がないため、離れた位置の魔物を発見しやすいが、逆もまた真なりで、夜闇の中で魔石ランタンを使ったりすれば、遠くからでも魔物に見つかってしまうだろう。

それに、とレンは周囲を見回した。丸石が転がった川原には草木がなく、広範囲に流れ着いた流木が散らばっていた。

それらは川が増水すると川原が水没することと、その頻度が少なくないことを意味する。

(森もダメ、川原もダメとなると……)

レンは岩の崖を振り仰ぎ、なんの取っ掛かりもない滑らかな岩肌を見て、ウエストポーチから炸薬ポーションの試験管を取り出す。試験管にはコルクで蓋《ふた》がされており、蓋には薬剤鮮度維持の魔法陣が描かれた封印紙が貼られている。

「ええと……岩肌に試験管が入る大きさの穴をまっすぐに開ける……錬成《ニードゥ》……」

土属性の錬成《ニードゥ》という魔術は、魔力を含まない土や金属や岩に任意の変化を与える魔術である。

錬金魔術にも同じ名前の魔術があるが、得られる効果範囲は土魔術の錬成《ニードゥ》の方が遙《はる》かに大きい。

魔術が発動すると、崖の岩肌の、レンが意識した部分に微かな光が集まり、岩が砂のように崩れ始める。そして砂がこぼれるそばから、光は穴の奥に移動し、数秒後にはレンの胸の高さの位置に、炸薬入りの試験管よりやや大きめの穴が開いた。

穴に残った砂を拾った小枝で取り除いたレンは、炸薬ポーションの試験管を差し込み、蓋の部分だけがはみ出るように調整する。

「……ゲーム内だと煙は一メートルくらいだったけど、念のためもう少し距離を取るか」

炸薬は周囲の固体を粉砕するが、生体には影響しないポーションだ。

知らない記憶では威力はゲームと同じようだが、レンは念のため、炸薬を詰めた穴から四メートルほど離れ、魔術発動のポーズを取る。

「着火《イグニッション》」

火属性魔術で炸薬のコルクに貼られた封印紙を焼く。

直後、ポン！　という軽い音と共に、炸薬の半径一メートルが真っ白い煙に覆われ、十秒ほどで煙が消えていく。

運営によれば『碧の迷宮』に破壊不可能オブジェクトは存在しない。

地下迷宮の壁だろうが、王城だろうが、神殿に飾られた神像だろうが、迷宮の壁だろうが『方法さえ間違えなければ』全て破壊できる。もちろん、下手な物を壊せば罰せられるが。

例えば大半の迷宮の壁には魔力が含まれるため、土魔術の錬成《ニードゥ》では破壊は困難だが、炸薬ポーションでなら破壊できる。

だから地下迷宮を探索するプレイヤーの多くが、非常時に迷宮の壁や床を破壊して抜け道を作るために炸薬ポーションを常備していた。

運営も迷宮で使用する前提で用意したのか、炸薬ポーションはその威力や影響範囲が厳密に定められており、魔物を誘《おび》き寄せることのないよう、発する音も小さい。

炸薬ポーションは生体に影響を与えないため、戦闘ではゴーレム以外の魔物に直接ダメージを与えるようなことはできないが、岩山に穴を開けるだけなら、得意分野である。


微かにオゾン臭が混じったような空気の匂いを嗅ぎながらレンが近付くと、岩肌には地面から四〇センチほどの高さに、直径二メートルの丸い穴が開いていた。

岩山に開いた穴を覗き込むと、奥行きは四メートルで、中は半分ほどが砂利で埋まっている。

(効果範囲はゲームと同じか……ゲームじゃ気にならなかったけど、なんで穴の体積より砂利が少ないんだろう？)

レンの疑問に反応し、知らないはずの記憶がその理由を教えてくれる。

「……へぇ、これって魔素に分解された残りなのか」

それが正しいとは限らないが、この世界の知識ではそういうことになっていた。

作ったばかりの洞窟に入ったレンは、洞窟内に大量に残っている砂利をウエストポーチに収納し、洞窟の壁や天井に目立つヒビなどがないことを確認する。

「とりあえず、今日はここをシェルターにしよう……おっと」

ウエストポーチから鉱山などで使われることが多い、硬化ポーションスプレーを取り出すと天井の中央に吹きかける。

これをやっておかないとゲーム内では一定の確率で落盤が発生するのだ。ゲームと違うとしても多少の効果が期待できるかもしれない、程度のおまじないとしてレンはそれを行った。

(使い方と効果はゲーム内と同じ……で、いいみたいだな)

意識を向けると、知らない記憶が問題ないと教えてくれた。

(虫除《よ》けは……いらないよな?)

土の洞窟で休む場合、虫除けを散布しないと、睡眠不足や発熱の状態異常が発生することがあるのを思い出したレンだったが、掘ったばかりの、土がない岩の洞窟なら不要と判断する。

(それより魔物対策を考えないと……魔物忌避剤は結構あるから当面はこれを散布するとして……効果は……知識に照らすと……うん、ゲームと同じっぽいな)

レンは川原に出ると、洞窟の入り口の左右一五メートルほどの位置に魔物忌避剤を散布した。

川原にふわりとオレンジに似た香りが広がる。嗅覚が鋭敏《えいびん》な魔物は、この匂いを嫌って近付かなくなる。

(洞窟の両側に撒《ま》いとけば、風向きが変化しても川原に魔物が顔を出すことはないはず……後は入り口のカモフラージュが必要か)

獲物を見つけた魔物は、匂いから離れることより獲物を狩ることを優先する。匂いが届かない位置から発見されるのを避けるため、雑であってもカモフラージュは必要だった。

ウエストポーチから手斧《ておの》を取り出し、警戒しながら左手の森に踏み込んだレンは、太い木の枝を数本切り、葉が付いたまま、洞窟の入り口に引き込む。

当然のように洞窟内は暗くなるが、その暗さを確認したレンは、満足げに頷《うなず》いた。

(外の光は入ってこない。これなら、外から見つかることはないはず)

このシェルターは、魔物にレンの姿を目視されないことを一番の目的としている。十分に距離がある場合、獲物そのものを目視しなければ魔物は反応しないからだ。

既に日は少しずつ傾き始めており、あまり時間を掛けてもいられないため、避難所として使えれば良いと割り切ることにした、とも言う。


レンは野営道具の入った木箱を取り出し、魔石ランタンを点灯した。

照明《ライト》の魔術は迷宮内のような広い場所を探索する時に使うもので、光の珠が術者や指定した誰かの頭の上に付いて回るため、手元を照らすには少々明るすぎる。

土魔術の錬成《ニードゥ》で洞窟奥の右側の壁に小さな穴を作ったレンは、そこに魔石ランタンを設置した。

これで、入り口に届く光は間接光のみになり、外に漏れる光はかなり減る。

次いで、洞窟の奥、二メートル四方だけ、床を平らにする。

そこに、クエスト消化のために大量に作っていたウェブシルクを雑に重ね、二枚だけ持っている毛布を敷けば寝床の完成である。

そこに座って野営道具を並べたレンは、首を傾《かし》げた。

（……あれ？　この感覚は……ええと？　現実の体の方の感覚だとしたら大変なことになるんだけど……自動ログアウトしてくれるのに期待は……いや、やめておこう）

レンはカモフラージュ用の木の枝をウエストポーチにしまうと、洞窟から出て川に向かった。

そして、自然の欲求に従って川に向かって小用を足す。

「……リアルの体からの欲求じゃなかったか。でもそっか、これでゲームじゃないことが確定した。VRゲーム内では排泄《はいせつ》はできない。OSにその機能がないって話は有名だ」

VRMMORPGで遊んでいる人間にも現実の体の方で排泄や食事の欲求が発生する。

それを無視してゲームを続けるといろいろな意味で大惨事となってしまうため、体からの排泄、空腹、一定以上の刺激といった信号はゲーム中のプレイヤーにも届くようになっていた。

それらと混同しないため、医療用のVR機器を除くVR環境下では排泄という行為自体存在しないし、ゲーム内の空腹や痛みは微弱な電気ショックとして表現される。

また、日本のVRゲーム機は全年齢版しか認可されておらず、その想定から外れる行動にOSとハードウェアを対応させることは禁じられていた。

そもそも人間の3Dモデルは、どれだけ脱いでも下着姿にしかなれない。しかも下着は肌の一部で、例えば剣で切り裂けば、下着は破れないままに出血する。加えてセンシティブな部分の触覚はハード側が全てリセットし、しつこく触れればゲームが停止する仕組みもある。

だから、下半身を晒《さら》して用を足す、などということは不可能なのだ。

仮に、ゲームソフトの制作者がそういう部分を頑張って作り込んでも、ゲーム機がそれを表示させない。検知された時点で、いかなる状況であっても電源が停止する。

(医療用のVRシステムはハードから別物だ。俺のゲーム機じゃこれは実行できない。デスゲームの可能性は九九%消えたな)

その機能がないゲーム用のハードウェアで下半身を丸出しにして用を足すのは、その機能がない《羽のない》猫が自由自在に空を飛ぶよりもあり得ない、とレンは結論した。

(残るのはここがゲームにそっくりの異世界かもって線だけど)

魔術で生み出した水で手を洗ったレンは、洞窟に戻って再び木の枝で蓋をする。そしてウエストポーチから、長さ五〇センチほどの丸太を取り出し、それに腰を下ろして苦笑した。

「しかし、冷静に論理的に考えた結果が異世界ってのもなかなか笑えるな……なんか普通に空腹を感じ始めているし、ダメージを受けたら軽い電気ショックじゃなく、痛みを感じるんだろうな……あっと、しまった。これもやっておかないと」

レンは防具を外して手入れのための道具を取り出す。

武器防具には一定の耐久度があり、耐久度が低下すると性能も低下するが、革鎧は正しい方法で手入れをすることで僅かながら耐久度が回復し、逆にこれを疎《おろそ》かにすると、あっという間に劣化するため手を抜くことはできないのだ。今回は雨に濡《ぬ》れたわけでもないので、ブラシで埃《ほこり》を落とし、軽く乾拭《からぶ》きをして要所に油を塗る程度に留《とど》める。

一通りの整備が終わったら、ウエストポーチにしまう。そしてもう一本、五〇センチほどの丸太を取り出し、テーブル代わりにして手持ちの保存食を取り出す。

「……食えるのか？　これ」

保存食はゲーム内でレンが作って、自分の店で売っていた商品だ。ゲーム内のレシピも覚えているし、知らないはずの記憶には、ゲーム内とはやや異なる作り方の知識もあった。

それは、穀類やマメ類に水分を含ませて軟らかくし、圧延《あつえん》した物を加熱して水分を飛ばし、少量の砂糖と塩を混ぜた獣脂で固めるという作り方だった。

完成品の見た目だけならシリアルバーにも似ているが、コーティングは糖やチョコではなく獣脂である。見るからに脂っぽそうだし硬そうだ。

この保存食と干し肉が一般的な冒険者の食事とされており、レンもこれをほぼそのまま囓って空腹度を回復したこともあった。ゲーム内では味覚再現率が低く抑えられていたため、食事の味を楽しむことができなかったからである。

味覚再現率が低いのは、VRゲーム機で五感を完全再現することが禁じられているためだ。

これは視界内に常に時計やアイコンを表示することを求めるのと同じ法律に基づくもので、遊興《ゆうきょう》に用いる場合、五感全体の再現率が一〇〇％にならないように定められていた。

『碧の迷宮』では、五感全てへの過剰な刺激——痛み——と、味覚の再現率が低く設定され、その世界が現実ではないとプレイヤーに教えていた。

だから、ゲーム内の食べ物の本当の味を知るプレイヤーは存在しない。しかし、作り方の知識が記憶にあるのと同じく、味に関する記憶もレンの中に存在し、その記憶は、保存食はそのまま食べることもできるが、積極的に食べたいと思える味ではないと教えていた。

職業レベルは初級のままで技能熟練度もさほど高くはないが、一応料理人の職業も持っているレンは、保存食と干し肉を眺めつつ知らないはずの一般的な調理方法を思い出してみた。

野営道具の木箱から小鍋と魔石コンロと金属のスプーンと調理用のナイフ、錬金術で作成した醤油を取り出したレンは、鍋の外側が少し黒くなっているのに気付いた。

「なんか汚れてるな。洗浄《ピュリファイ》」

鍋とスプーン、ナイフに錬金魔術の洗浄《ピュリファイ》を掛けるとそれらは瞬時に泡に覆われる。

数秒後にはその泡が消え、泡に包まれた鍋たちは磨かれたように綺麗になっていた。

その出来映えを確認したレンは、

「純水生成《ピュアウォーター》」

純水を生み出す錬金魔術で、鍋の中を深さ二センチほどまで満たすと、

「温度調整《アジャストテンプ》」

液体を任意の温度に変化させる錬金魔術で九〇度まで加熱する。

「……錬金魔術の仕様が同じなのは助かるな」

温度調整《アジャストテンプ》で指定可能な温度は対象の種類や条件によって変化するが、一気圧下の真水なら、摂氏五度から九〇度の範囲の指定ができる。この魔術は液体の温度を変化させるだけで、長時間の煮込み等には不向きだが、あらかじめ加熱しておけば火に掛けてから沸騰するまでの時間を短縮できる。

九〇度のお湯が入った鍋を魔石コンロに載せたレンは、コンロのスイッチを入れると、湯が沸騰するのを待ち、ナイフで干し肉を削《そ》ぐようにして鍋に落とす。

お湯の中に薄く削られた干し肉が落ち、鍋底から立ち上る泡でくるくる舞い、透明だったお湯が少し茶色く染まる。

保存食を手にしたレンは、それを四つに割って、お湯の中に落としていく。

保存食を固めていた獣脂が溶け、下味がついた穀物類がほろほろと崩れて湯の中で躍る。

泡の量が増え、ふきこぼれる手前で弱火にして待つこと三分ほど。

穀物や豆がしっかりとお湯を吸って膨らんで表面が溶け始めたところに、醤油を少し垂らすと、脂と干し肉と醤油の香りが洞窟内に広がる。

「……そろそろいいかな？　と、そうだ」

レンはウエストポーチから数種類のハーブを取り出し、洗浄《ピュリファイ》を掛けてから千切って鍋に散らす。

ハーブはポーションの風味を変えるための素材として確保していた物だが、料理にも使える。

コンロを止め、丸太の上に鍋を置き、調理に使用した道具類に洗浄《ピュリファイ》を掛けて野営道具の木箱に戻すと、レンはスプーンで鍋の中身をそのまますくい取り、その匂いを嗅いでみる。

「いただきます……ハーブはいらなかったか？」

醤油の香りが強く、刻んだわけでもないためハーブの香りがやや負けている。

脂の匂いもかなり強いが、そこに干し肉の匂いが混ざることで食欲をそそった。

スプーンに息を吹きかけて口に含むと、醤油の香りが口から鼻に抜け、塩味と甘みを感じる。

水分を吸いやすく加工された穀類がその汁を吸い、噛《か》む必要がないほどに軟らかい。それを噛むと、削った干し肉の歯ごたえが混じり、噛むほどに汁と旨《うま》みが染み出してくる。

ハーブの葉を噛むと、溢れ出た香りが醤油と脂の香りを上書きしていく。

レンは、鍋の残りを貪《むさぼ》るように食べた。そして鍋の中身を全て腹に収めると、鍋とスプーンにも洗浄《ピュリファイ》を掛け、残った食材と共に木箱に入れ、ウエストポーチにしまう。

「ごちそうさま……予想よりずっと美味《おい》しかった。お腹《なか》が減ってたせいもあるんだろうけど」

レンは丸太を洞窟の壁際に寄せて腰掛けると、何気なく分厚い鎧下に包まれた左手、二の腕の匂いを嗅いで、鼻にしわを寄せた。

亜熱帯気候の川原周辺で動き回ったせいか、微かに汗が乾いたような匂いがした。

防具を着けて半日も過ごせば当然の結果だが、洞窟内に風呂などという設備はないし、ウエストポーチにもさすがに風呂桶《おけ》までは入っていない。

（消臭のポーションならあるけど、あれって消毒薬だし……魔術で……できるか？　……魔術に関する記憶が正しければできそうだけど、念のためポーションも用意して）

レンはウエストポーチから初級の体力回復ポーションを二本取り出し、ナイフで指先に小さな傷を付ける。

「やっぱり普通に痛いし血も流れるんだな」

そう呟きつつ、陶器の瓶に入った初級の体力回復ポーションを飲み干す。

（うえ、ゲーム内よりさらに青臭く感じる……）

体力回復ポーションは、瞬時に傷を治す物ではなく、一定時間、傷が治り続ける効果が発揮される薬だ。ゲームの人間の3Dモデルには内臓も筋肉も血管もないが、ゲームの設定では傷の深い部分から表面へと治癒効果は波及する。

中級以上なら腕一本程度の欠損も治癒するが、初級だと大きめの切り傷を塞《ふさ》ぐ程度である。

しかし、指先を切った程度の傷なら、初級でもほぼ瞬時に治ってしまう。

レンが指先の傷を確認した時には、既に傷はなく、血の跡だけが残った状態だった。

「よし、とりあえず体力回復《こ》ポーション《れ》はゲーム内と同じ効果だ」

レンは地竜の革鎧を脱いでポーチにしまい、もう一本の体力回復ポーションを右手に握りしめ、左手に対して洗浄《ピュリファイ》を放った。

鎧下ごと左手の肘から先を泡が包み込む。

皮膚まで泡が届く感触に、レンは体を硬くするが、その感触は一瞬で消え去る。

(洗浄《ピュリファイ》は人体に悪影響ないって知識にあった通りか)

左腕の匂いを嗅いでみると、古びた布の匂いがする。心なしか服の下もさっぱりしたように感じることを確認したレンは、今度は首から下全体に対して洗浄《ピュリファイ》を掛け、目と鼻を避けて頭部にも掛ける。要はシャワー代わりである。

さっぱりしたところで、鎧下のズボンのベルトを緩めて毛布の上に寝転がった。

ウエストポーチは外さない。そこに入った道具がなければ、レンの技能の半分は役立たずになってしまうのだ。遭難している現在、レンにとってこのウエストポーチは文字通りの命綱である。

魔石ランタンの光量を落とし、レンは目を閉じた。

洞窟の外からは虫の音や動物の鳴き声が聞こえている。

『碧の迷宮』の舞台は亜熱帯に近いとされ、二季に近いが季節もあり、季節によって虫の声が変化する。だが、虫にはそこまで詳しくないレンには区別がつかない。

ただ、繰り返す虫の音に眠りに誘われ、意識が薄れていった。

二日目

翌朝、鳥の声で目を覚ましたレンは洞窟入り口の木の枝をウエストポーチにしまって外に出た。

見上げた空には鈍色《にびいろ》の雲。上空の風が強いらしく、見て取れる程度に雲の流れが速い。

さらに早朝だからか、風が冷たい。

雲の影響でまだ暗く、森の中も外からでは見通せない。

「さて、今日はどうしようか」

レンとしてはなんのヒントもなく森の踏破に挑戦する愚を犯すつもりはなかった。

現在のレンの方針は安全第一だ。

その実現には、無理せず安全に生活できる環境の確保が必要だった。

(ポーション類の作成ができることを確認するまでは洞窟に住む。川原の周りに錬成《ニードゥ》で石の柵を作って魔物からの不意打ち防止にしよう。本当なら壁を作って砦《とりで》にしたいけど、今はまだ手持ちの魔力回復ポーションは減らしたくない。砦を作るのは他の用意ができた後だ。魔物は柵くらい壊してくるだろうから当面は魔物忌避剤も併用する)

幸い川原には大量の丸石が転がっており、錬成《ニードゥ》で柵を作る程度ならお釣りが来る。

レンは後々、砦に改造することも視野に入れつつ、石を拾って柵を作り始める。

錬成《ニードゥ》で丸石から生み出した石の棒は、長さが三メートルほど。それを丸石の下の岩盤と一体化させる。川原の岩盤に固定した棒は、軽く押した程度ではぐらつく様子もない。

それを繰り返し、川以外の方向は、通路になる部分を除いて全て石の棒を立てる。

(景観は悪いけど……安全のためだ。仕方ない)

次に、縦棒同士を繋ぐように錬成《ニードゥ》した石の棒を横に渡し、縦棒に融着させる。横棒を膝の高さと額の高さに渡しているので、どこか一カ所が折れただけなら柵としての機能は失われない。

上流側を全て柵で囲い、下流側も通路と決めた部分以外は全て柵にして、通路部分には、柵を板状に組んだ扉を作り、片側だけを縄で柵に縛り付けてドアのように開閉できるようにする。

「完成かな？　ああ、でも森に近すぎるか？」

レンは魔物の気配がないか慎重に探りながら柵の外に出て、扉の周辺の木を切り倒し、入り口付近の見晴らしを良くする。

そんな作業が一段落したところで、レンは下腹部に弱い痛みを感じた。

(あー、トイレも作らないと……排泄時は警戒も緩むし、大きい方は毎回、森まで出てってのは危なすぎる……川の上に張り出すようにトイレを作ったら天然の水洗になるか？)

トイレの構造を考えながら、レンが川の中を覗き込むと、イワナに似た魚の姿が見えた。

(食えそうな魚がいるなら、川を汚染するのはやめよう……生活空間も拡張したいし、トイレは洞窟を広げて中に作るか……けど、どういう形にする？　……生活空間で外の魔物と目が合わないように、洞窟を曲げる形で……警戒しやすさを考えると、上に登れた方がいいか？　なら、一番奥から斜め上に向けて掘って、坂を登ってからUターンして川原までまっすぐ掘れば良いかな？)

頭の中で図面を引いたレンは、洞窟に戻ると一番奥から上に向けて三〇度ほどの傾斜になるように、炸薬と硬化ポーションスプレーを用いて洞窟を延長した。

それを三回行い、長い坂道の一番奥で右に曲がる傾斜のない穴を掘る。

その穴の奥でさらに右——洞窟の入り口方向——に向けて水平の穴を四回掘る。

要は、洞窟奥から斜め上に向けて掘り、坂を登った所で右に曲がってUターンしたのだ。最後の炸薬で、穴は貫通し、川原に繋がった。

（ええと、坂の部分は大体三〇度の傾斜にしたから一対二対ルート三で考えると、炸薬で掘った坂道は奥行き四メートル掛ける三で一二メートル。なら、高さは六メートルになるか。水平距離は一・七掛ける六くらいで、ざっと一〇メートルちょい？　それに、一階部分の四メートル足して一四メートルちょいかな？　崖はほぼ垂直だから、上の通路も大体そのくらいか……で、トイレだけど、換気を考えたら場所は川原側に開いた穴——窓——のそばだよな）

二階の外に繋がってしまった穴のそばに、外に向かって左方向に横穴を作り、その一番奥で真下に向けて穴を作る。深さ四メートルの穴だ。そのまま落ちれば捻挫か骨折である。

生み出された砂利を使い、その大穴を厚めの石の板で埋め、そこに直径五〇センチの穴を開けたレンは、硬化ポーションスプレーであちこちを固め、穴の中に水魔術を数発撃ち込んで水を溜《た》め、NPC相手の商品である、くみ取り式トイレ用の汚物を分解するポーションを注ぎ込む。

（一応完成かな。これだけ大きな穴なら、この拠点を離れるまでなら溢れたりしないよな？　さすがに溢れる前には街に向かえるよな？）

少し内股気味になりつつ、レンは出来上がりを確認し、石の板に開いた穴をまたぎ、和式トイレを使うようにしゃがんで用を足すが、掴《つか》む場所もないため不安定極まりない。

「……用は足せたけど、使いにくいな。石を錬成《ニードゥ》すれば洋式便器っぽい物は作れるか？」

用を足し、洗浄《ピュリファイ》で諸々綺麗にしたレンは、トイレの壁面の天井付近に錬成《ニードゥ》で穴を開け、小さい換気用の窓を作ると、砂利から洋式便器を作成し、錬成《ニードゥ》でツルツルに加工して穴の上に設置する。汚物層から排水する仕組みがないので水洗などにはせず。これで完成である。トイレから出たレンは砂利から石の棒を作り、川原に繋がってしまった直径二メートルの窓《あな》に落下防止の柵を付ける。

（こういう安全対策は大事だよな……できれば柵じゃなく窓ガラスにしたいけど、珪砂《けいしゃ》は在庫が少ないし、今はこれで良しとしよう）

窓の柵に満足したレンは、いったん洞窟から出て、外からどう見えるのかを確認した。元の洞窟の右斜め上、地上高六メートルに柵が付いた丸い穴があり、そこからさらに右に三メートルほどの所に小さいトイレの換気口がある。

中に人がいても高さがあるので、奥にいれば外からはなかなか視線が通らない。

「よし。上の長さ一四メートルの穴を生活用にして、下の穴は玄関ってことにしよう」

洞窟の入り口両脇に石の柱を立て、片方に石の柵で作ったドアを紐でくくり付ける。出入りする時以外は柵を閉じて反対の柱に縛っておけば、それなりに安全は確保できそうだと納得したレンは、洞窟の一階部分に出したままになっていた毛布やウェブシルクなどを片付けて二階に戻り、丸太を椅子とテーブル代わりにして朝食の支度を始めた。

朝食はウエストポーチに入っていたハムチーズサンドイッチにしてみる。

本来はスタミナ回復速度が微増する効果が付与される食料だが、レンが取り出したアイテム名は「力のハムチーズサンドイッチ（失敗）」で、スタミナ回復速度微増効果がない。

　これはレンがゲームでクエスト達成のために作った際の失敗作だが、食料としての機能は残っており、空腹の状態異常解消には使えるため、廃棄せずに残していたのだ。

　ウエストポーチから取り出したハムチーズサンドは、いかにも失敗作という見た目だった。

　パンの厚さが均等ではなく、ハムもチーズもボロボロで不味そうだ。

　レンのリアルである健司でももう少し綺麗に作れる。

「まあ、見た目は今一つだけど食べられないほどじゃないな。いただきます」

　レンはサンドイッチを黙々と食べ、首を傾げた。

（味は普通……というか、コンビニのと同じくらいに美味《うま》いけど……失敗作でこれなら、成功したのはもっと美味いのか？　それとも味は同じで効果の有無だけが異なる？）

　試しにと、レンはウエストポーチから調理に成功したスタミナ回復速度微増効果付きの「力のハムチーズサンドイッチ」を取り出し、失敗作と比較するととても綺麗なそれを口に運ぶ。

　レンのその目が大きく見開かれ、そのまま夢中で頬張ると、とろけるような笑顔を浮かべた。

「美味い！　え？　俺、初級でこれを作ったんだよな？　くそ、こんなことなら料理人の職業レベルをせめて中級にしとくんだった」

　メインパネルからクエストリストを確認するが、料理人の職業レベルを上げるための条件が満たされていないのか、職業レベルを中級に上げるためのクエストはまだ受注できる状態になっていなかった。

「ええと？　……未達成なのは、何か料理を作って十食分を販売するか。そんなの街に行くまで進められないじゃないか……まあ、職業レベル上げるには神殿行かないとだから、どっちにしてもここじゃ無理だけど」

残念そうに呟いたレンは、テーブルと椅子の代わりにしていた丸太を片付けると、装備を整え、洞窟から出た。

外は少し冷たい風が吹いており、見上げれば雲の色はさらに黒さを増している。

「雲が厚くなってきたのか？　風も強くなってきているし、遠出は避けるべきか」

川原に出たレンは、左方向の森との境界の辺りで数本の木を切り倒し、扱いやすそうなサイズに切ってウエストポーチにしまう。材木が欲しいというのもあるが、川原に作った柵の周辺にある目隠しになる物を極力減らすのが主目的だ。

気配察知技能があると言っても、それをすり抜ける魔物もいる。

だが魔物の姿が見えているなら不意打ちにはならない。木を減らせば、魔物が隠れられる場所が減り、安全に過ごせるようになるのだから、レンとしては、伐採をしない手はなかった。数本の木を切ったレンは、細剣《レイピア》を片手に慎重に森の中に踏み込む。

本日の最優先目的は錬金術素材の採取。加えて可能なら野草の採取、浅い所で見つかるようなら果物や岩塩、キノコに苔《こけ》類、珪砂や粘土も手に入れたいところである。

（お、ちょっと遠いけど、あっちのは竹か？　明日あたり、天気が良くなったら見に行こう）

周囲を警戒しつつ森の中を進んでいると、森の奥に竹林らしきものを見つけ、レンのテンションが上がったが、少々距離があるので今回は見送りである。

森の入り口から離れすぎない辺りで発見した薬草類とハーブを採取していると、レンの耳がピクリと反応した。

レンはウエストポーチから弓と箙を取り出すと、静かに弓を引き、引きは弱めで矢を放つ。

弦と矢が空気を切り裂く音に、ピィという鳴き声が続く。

警戒しながらレンが進むと、灌木《かんぼく》の陰の血溜まりに角の生えた緑色の兎《うさぎ》が倒れていた。

「グリーンホーンラビット。食用……そっか、そりゃ生きてりゃ血も流れるよな……そんなに罪悪感を覚えないのは飛び道具だからか、それとも記憶が書き込まれて人格に影響が出てるのか」

ゲームでも流血表現が入ることはあったが、それはあくまでも攻撃が当たったという血飛沫《エフェクト》程度でしかなく、流れ落ちた血が地面に広がるようなものではなかった。

レンが兎に刺さった矢を握って持ち上げると、兎の体はだらりとぶら下がり、毛皮に付いた血が滴る。そのまま、血抜きもせずにウエストポーチに兎をしまったレンは、ポーチ内のリストを表示させ、アイテムとなったその名前を確認する。

「グリーンホーンラビットで間違いない……ってことは、この辺は初級者向け《グリーン》エリアか」

ゲームでは緑色の魔物は初級者向けであり、それらが生息するエリアは初級者向け《グリーン》エリアと呼ばれていた。ゲームと同じなら、この辺りの敵は大して強くない。そう分析しつつも、レンは慎重に周囲に視線を走らせる。と、魔物ではなく食用の野草と薬草が目に留まる。

慎重にそれらを収穫し、気配に注意しながら歩いていると、今度は土の色が灰色の地面を見つけて足を止めた。

(……粘土か。ありがたい)

スコップと革袋を取り出したレンが、手早く静かに粘土を採取して立ち上がると、風向きと共に空気の匂いが変わっているのに気付く。

（これは、雷雨の匂いか？）

オゾン臭が混じった雨の匂いにレンは空を仰ぐが、森の中なので空は見えない。

念のためウエストポーチから防水の森林迷彩のローブを取り出してマントの上から羽織る。

視覚と聴覚を遮らないよう、フードは被《かぶ》らず、警戒を続けたまま森から出る。

レンが川原に着く頃には、空からパラパラと大きめの雨粒が落ち始めており、まだ遠いが雷の音も聞こえていた。レンは洞窟に入り、石の柵で作ったドアをしっかり閉めて、二階に上がる。

二階に上がったレンが洞窟の窓の柵越しに外を眺めると、雨は本降りになっていた。

川原の石は雨に濡れて黒く色を変え、地面や梢《こずえ》に当たった水滴が白く砕けることで、見通し距離《視程》が一気に短くなる。

高い位置のガラスのない窓は風には弱い。隙間だらけの柵を越え、雨交じりの風が吹き込み、窓のそばの岩肌が濡れていく。その際に散った細かい水滴が風で洞窟の奥まで運ばれる。

亜熱帯の土地なのに、洞窟内を通る風に体温を奪われ、レンは寒さに身震いした。

「風が入らない場所が必要だな」

しばらくの間、柵から吹き込む雨交じりの風の様子を確認したレンは、壁の穴から三、四メートル入った辺り、トイレの隣に横穴を追加した。

炸薬ポーションの白煙が風に散っていくのを見ながら、レンは横穴の天井と壁を固め、床部分を錬成《ニードゥ》で平らにする。

横穴に風が吹き込んでこないことを確認したレンは、満足げに頷くと装備を外し、少し雨に濡れてしまった分、丁寧に鎧の手入れを行う。

一通りの手入れが終わり、立ち上がって伸びをしたレンは、洞窟の岩に直接座っていたため、体が冷えていることに気付く。

「ゲームの舞台は亜熱帯って設定だったけど、雨が降ると結構冷えるんだな……それはさておき、腰掛けられるようなベッドとか欲しいな……ベッドの枠は錬成《ニードゥ》で作ればいけるか？」

横穴の壁や床を錬成《ニードゥ》で液状に変化させ、奥行き四メートル、高さそのまま、幅一六〇センチ強の直方体にし、やや余った部分を使って横穴の最奥に空っぽの低くて大きな石の箱を作り出す。

出来上がった箱はかなり大きく、横穴のほぼ半分が埋まっている。

レンはその箱に大量のウェブシルクをマット代わりに詰め込んで、その上に毛布を二枚掛ける。

（手持ちの布がウェブシルクってのは、ある意味ラッキーだったな）

ウェブシルクは蜘蛛《くも》の魔物の糸を集めて作った昆虫由来の布である。

真っ白い布には、糸の段階から汚れ防止と防刃が付与されており、染めたり切ったりが難しいことから、裁縫などには不向きとされている。

針は通るが切るには特殊なハサミが必要になるし、染色してもすぐに色が落ちてしまうのだ。

だが、破れにくく汚れにくい布というのは、洞窟暮らしでは重宝する。

出来たての柔らかいベッドに体を横たえたレンは、風雨の音を聞きながら、少しだけ休むつもりで目を閉じた。


目覚めると外は暗くなり始めていた。

「やばい、柔らかいベッド、気持ち良すぎる」

起き上がったレンは、洞窟の窓から外を眺める。

風雨は勢いを増し、初めて見た時は底が見えるほどに透き通っていた川も、今ではコーヒー牛乳のような色合いで、川原も半ばが水没していた。

濁流には大小様々な枝葉が流れており、それらが上流の雨量も多いことを教えてくれている。

空はかなり暗いが、夕方だからなのか雲が厚いからなのかの判断ができない。ゲーム内では常に視界に時計が表示されていたため、レンは時計を持っていなかった。

「まあ、この雨の中、外に出るのは無理だな……昼寝しちゃったから眠気もないし……もう少し素材を集めてからと思ってたけど、さっき採ってきた素材で錬金術を試しておくか」

レンはベッドを作った横穴に戻ると、ウエストポーチから錬金術の道具一式と、本日採取した体力回復ポーションの材料を取り出す。

ベッドで手狭になった横穴は、それらを並べただけでいっぱいになってしまう。

レンは、先ほど森で採取してきた粘土を捏《こ》ね、掌に乗るほどの小さい瓶を次々に作る。体が記憶しているかのように、作られる瓶は、サイズも厚みも全て均一だ。瓶を一六本作ったレンは一瓶ずつ錬金魔術の乾燥《ドライ》をかけていく。

乾燥《ドライ》の魔術は、掌に乗る程度の大きさの物を乾燥させるための魔術で、薬草等を乾かすのが本来の使い方だが、成形後の乾燥にも利用できる。

レンは乾かした瓶を錬金術用の小型の竈《かまど》に並べて点火した。

魔石を使ったオーブンにも似た竈は見た目に反して高火力だ。小型で用途が限られる割に燃費はよろしくないが、プレイヤー向けに作られた道具だけに高性能で竈の表面には動作状況を知らせるランプが並び、焼き上がったらあらかじめ設定した方法で冷却までしてくれる。

焼き上がるまでの待ち時間でレンは中身《ポーション》を作り始めた。

陶器の瓶で保存できるのは初級のポーションに限られ、中級以上のポーションではガラスの瓶が必要になる。したがって、今回作成するのは初級のポーションである。

ポーチから必要な薬草を取り出し、乾燥《ドライ》で水分を飛ばし、薬研《やげん》で粉にしたそれらを天秤《てんびん》で計測して空の鍋に入れていく。

そこに錬金魔術で純水を注ぎ、温度調整《アジャストテンプ》で九〇度に加熱してゆっくりかき混ぜながらコンロの上で一瞬だけ沸騰させ、錬金魔術の魔力付与《エンチャント》を使うと鍋の中の液体の色が黄色に変化する。

鍋を火から下ろし、液体の温度を温度調整で二五度にして付与した魔力が馴染《なじ》むのを待ち、葉脈の間に細かな穴を開けた回復草を沈め、ゆっくりとかき混ぜると、回復草が葉脈だけを残して溶け、液体の色が緑色に変化していく。

鍋の中から葉脈を取り出し、それを銀のトレイに出したところでレンは小さく息を吐いた。

「反応と色はゲームと同じだね。ええと……瓶の方は……」

ゲームだと、このくらいのタイミングで焼き上がり、冷却まで終わっていたはずだけど、とレンは竈を確認する。

竈には小さいパイロットランプが付いていて、それは冷却中を示す点滅になっていた。

レンが見ていると、そのランプは数秒で消灯する。

「こっちもゲームとほぼ同じか」

レンは竈から十分に冷えた陶器の瓶を取り出し、そこに鍋の中身を注いでいく。薬を注いで、コルクの栓で蓋をして、薬剤鮮度維持の魔法陣が書かれた紙で封をして魔法陣に魔力を流すと、その直後、一瞬だけ魔法陣が輝き、瓶の中の反応が終わって保存の魔術が掛かったと知らせてくる。

「初級の体力回復ポーションはそれっぽく作れたけど……効果、あるかな?」

レンはナイフを取り出し、自分の指先に押し当て、小さい傷を付ける。

昨夜と同じように現実と変わりない痛みがあり、傷口から血が垂れる。

レンはポーションを一本開封し、薬液を口に含んだ。

昨日のポーションとほぼ同じ青臭さに不快気に眉根を寄せたレンは、そのまま薬液を喉に流し込み、軽くむせた後、傷を確認する。

ぐいっと血を拭うと、そこには傷はなく、痛みも消えていた。

「……うん、ちゃんと効果がある」

昨夜の行動をなぞるようなことをしているが、今日の確認は目的が違う。

昨夜のポーションはゲーム内で作成した物だが、今日のポーションは、この世界で集めた素材を使い、この世界で作成したポーションだ。由来が違う。

この世界の素材で作ったポーションが使えるなら、安心して手持ちのポーションを使うことができる。それがわかったことでレンは安堵の息を吐くのだった。

もちろんポーションを作るための素材集めで森に入るのは危険だし、この辺りでは手に入りにくい素材もあるだろう。様々な理由から作れないポーションがあるかもしれない。

だが、それでもここで長く生活することになるなら、自作ポーションが使えるのは大きい。

「街でこれを製造販売すれば稼げるかな?」

ゲームの中で、大半のＮＰＣは安全な街や村から出ないで生活していた。

街は結界杭《くい》と石壁に囲まれていたし、農村では居住地だけでなく、畑や近くの森なども結界杭で魔物の侵入を防いで安全を確保しており、そんな安全地帯から外に出るのは、行商人と冒険者、貴族とその私兵くらいのものだった。

戦う力のない者が魔物に襲われれば、簡単に命を落とすのだから当然である。だからこそ、街の外に出て素材を集め、ポーションにして売れば、安定収入を確保できるだろうとレンは考えた。

もちろん素材集めのために街の外に出るには多少の危険を伴うが、そのリスクがあるからこそ、ポーションに価値が出る。だが、同時にレンは、危険なら逃げる、無理はしないとも決めていた。

ゲーム内ではプレイヤーが操るアバターは不死の存在で、仮に力尽きても三〇秒以内に蘇生の霊薬を使ってもらえば息を吹き返したし、三〇秒放置されても、最後に立ち寄った街の中央の泉の前で、デスペナルティこそあったが生き返った。

しかしゲームが現実に変容した今、死がどこまでリアルなものになったのかがわからない。だから、レンは危険を避けて、安全に生きることを選択したのだ。

(街を見つけたら……最終的にはこの世界から脱出するのを目標にするか？)

そう考えつつも、レンには何がなんでも元の世界に帰ろうという強い意志はなかった。

日本に未練がないのだ。忙しさにかまけて友人たちとは疎遠になっていたし、両親が亡くなった後は親戚との付き合いもなくなった。病気で休職を決めた時に彼女とも別れてしまった。

仮に帰れたとして、今の日本では不器用なりに頑張ってみても、生きるだけで精一杯の給料を手にするのが精々で貯金どころではないし、老後の年金もないに等しい。そうなれば、動けなくなるまで働いて、最後は体を壊して余生を生活保護で凌《しの》ぐ以外の選択肢はなく、その未来予想図には夢も希望も感じられなかった。

それに対し、この世界が『碧の迷宮』に準拠しているのなら、それなりに生きやすい世界であるはずだ。

レンというアバターは秒間あたりの攻撃力《Damage Per Second》（DPS）こそ高くないが、それでも錬金術関連はそれなりの腕前であり、物価がゲーム内相当であれば、ポーション販売だけでも十分な稼ぎになる。

ゲームでは、その稼ぎを元手に商会を立ち上げていた実績もある。

努力に見合う対価があり、老後の心配をせずに済むのなら、敢《あ》えて日本に戻らなくてもいい。

だが、それを決めるためには情報が必要だ。

例えば、実はこの世界に人間がいない、なんてことがあれば、夢も希望もない世界でも日本に戻りたい。錬金術では生きていけそうにない場合も同じ。

だから、生き延びて街に行かなければならない。或《ある》いは街がないなら、ないと知りたい。

ゲーム内と同じ物価なのか。社会は安定しているのか。何を決めるにしてもそうした情報を得る必要がある。

（まずは森で生き延びて街への道を探そう。街があるなら森にいる内に素材を集めて、街に拠点を作って情報を収集しよう）

残りの初級体力回復ポーションの瓶をウエストポーチにしまいながらレンはそう結論した。

夕食は醤油ポーションと野生の生姜《しょうが》を使ってグリーンホーンラビットを生姜焼きにした。

肉はウエストポーチの解体機能で入手した物である。

それを生姜醤油に漬け込んでから焼いただけのシンプルな物だ。

狩ってから時間が経《た》っていないため、肉は死後硬直でまだ硬い。

しかし、噛むほどに味が染み出してくるようで、レンは夢中になってかぶりついた。

もう一皿は保存食を煮込んだ麦の粥《かゆ》で、兎の骨を出汁《だし》に使っているが、生姜焼きと比べると味は落ちる。だが、保存食を固めた獣脂が兎肉に不足しがちな脂を補って、レンとしては全体の栄養バランスはそれなりだと満足する。

（バランスと言えば、西洋風の食事の場合、炭水化物は意識して取らないといけないんだっけ？）

肉、魚が主菜で副菜に各種野菜やパンというのが西洋風の食事で、メインは主菜、副菜は添え物の位置付け。副菜に炭水化物が含まれるとは限らない。

そんな話を思い出したレンは、今後もバランスの良い食事を意識しようと心に決めた。

食事を終えたレンは、食器を片付け、口の中や体に洗浄《ピュリファイ》を掛けてベッドに横になる。

洞窟の外では強風が吹き荒れ、強い雨が降り続いている。外は真っ暗で川は見えない。

二階の窓からは雨が吹き込み、洞窟内の空気もベッドの毛布も、少し湿って寒さを感じる。

レンの鎧下とズボンには、耐熱、耐寒、耐水、防刃、自動補修が魔力付与《エンチャント》されているので、凍えるほどの寒さならそれが機能するのだが、少し肌寒い程度の温度変化では耐性の魔力付与《エンチャント》は働いてくれない。

レンはウエストポーチから野営用の天幕《タープ》を取り出して毛布の上に広げると、毛布の中に潜り込んで丸くなって眠りに就いた。

三日目

洞窟の外が薄明に染まる頃、重くて硬い物が引きずられ、何かにぶつかったような物音が洞窟内に響いた。

レンはその音で目を覚まし、素早く防具を身に着けて慎重に窓に近付き、外の様子を窺《うかが》う。

川原は完全に水没していた。石の柵がなければ、川と川原の見分けがつかないほどである。

川原を覆った濁流には無数の木切れが浮かび、かなりの速さで右から左へと流れていく。

そして川原の下流側《左側》の石の柵に、大きな茶色い箱が引っ掛かっているのが見えた。

「……馬車だよな。あれ」

茶色い箱に見えたのは、家馬車とか家式馬車、ルーロット（フランス語）、キャラバン（英語）などと呼ばれるタイプの四輪の馬車だった。

家馬車《ルーロット》は、地球ではヨーロッパの移動民《ジプシー》が使う馬車として知られている。

雑に言ってしまえば馬が引くトレーラーハウスだ。中で寝泊まりできる大きな箱に車輪と馭者台《ぎょしゃ》と轅《くびき》を付けたような形状で、見るからに大人数が乗れそうな馬車は、石の柵に轅の部分を引っ掛けるようにしてはまり込んでいた。

馬はいないし、馭者の姿もない。

だが、レンが意識を集中すると、馬車の中の微かな気配が気配察知に反応した。

（人が乗ってる？　気配が弱いけど……子供？　……いや、意識がないのか？）

柵に轅がはまっているが轅は木の棒だ。折れれば馬車は濁流に流されてしまうかもしれない。

日本人としての道徳観が、ならば助けなければ、と考えさせる。

だが、馬車がある川原は完全に水没している。その水は濁り切り、足元の確認もできないほどで、策もなく踏み込めば危険だと一目でわかる。

「流れが速くて、足元の確認ができない時の渡河《とか》は、水深が膝くらいの深さでもアウトだっけ？」

僅かなアウトドア知識とゲーム内の知識から、適切な対応を検討する。

「水竜の革鎧は、水中活動にプラス補正が付いたな。とりあえず着ておこう」

ウエストポーチから水竜の革鎧のセットを取り出し、蒼《あお》いライダースーツに似たそれに着替える。

「万が一に備えて水中呼吸のポーションを飲んで……って、在庫一三本か……」

滅多に使う機会がないため、水中呼吸のポーションはウエストポーチに一三本しか入っていなかった。だが素材を用意するのは面倒だが、難しくはないと、レンはそれを一息に呷《あお》る。

次に手持ちのロープを繋ぎ合わせて長い一本のロープにすると、一階に下り、ドアを固定するための石柱にロープを結び付ける。そして、自分の腰にもロープを巻き付け、端を引っ張ればすぐに解《ほど》けるように縛って、その場に魔石ランタンを残して濁流の中に足を沈めた。

川原は、完全に水没していた。

泥水で足元が見えないため、足が地面に着くまで、そこが石の上なのか、石と石の間なのかもわからない。レンが岩山に手をついて爪先の感触を頼りに慎重に歩を進めていると、時折、流れてきた小枝と呼ぶには少々大きな木切れなどがぶつかってくる。しかし鎧の特殊効果か、強い水流に体勢を崩すようなことは起きていない。

岩肌に沿って下流《左》側の石の柵まで移動したレンは、今度は柵を辿《たど》ってゆっくりと馬車に近付く。

「でかいな」

遠目でも大きく感じた馬車だが、暗い中で見上げると、より一層大きく感じられる。

馬車は、側面と一番後ろに扉が付いていて、レンから見える範囲に中が見えるような窓はない。

明かり取りの窓らしき部分なら幾つかあるが、今は全て板戸が閉じていて、中の様子を窺えない。

レンは気配を探りながら側面の扉を目指して進んでいく。

馬車の箱部分は長さ四メートルほど。高さは水面下を計算に入れれば二メートル前後だ。馬車の側面には、紋章のような印が小さく描き込まれている。

馬車に辿り着いたレンは、側面の扉を数回叩《たた》いてから勢いよく開き、声を掛ける。

「助けに来ました！」

扉を開けてから、言葉が通じない可能性に思い至ったレンだが、救助に来たことは身振りでも伝わるだろうし、このまま放置して馬車がまた川に流される方が寝覚めが悪い、と開き直った。

扉を開けると、馬車は一時期水没していたらしく、車内はびしょ濡れになっていた。

中には三人の男女がいて、全員、床に倒れ伏している。種族的な外見の特徴がないことから、おそらく全員ヒトである。

一人は黒っぽい革鎧を装備し、長剣を抱えた初老の男で、レンの声に微かに反応した。

残り二人は共に女性で抱き合うようにしていて、男性はそんな二人の下敷きになっている。

全員、呼吸はしているが意識はない。目立った外傷は男性のみ。額に打撲と擦過傷があった。

レンはウエストポーチから中級の体力回復ポーションを取り出し、男性の額の傷に振りかける。

この手のポーションは飲んだ方が高い効果を発揮するが、傷に振りかけても効果がある。

男性の額の傷が消えたのを確認したレンは、その肩を強めに揺する。

その振動で、男性を下敷きにしていた女性の一人が目を覚ました。

「大丈夫ですか？　助けに来ました」

「……お嬢様……ああ良かった。ここは？」

目を覚ました黒髪のショートカットの女性は、ぼんやりと辺りを見回し、自分の腕の中の長い金髪の女性に気付くと安堵の息を漏らし、レンの方を見上げた。

ゲームのNPCよりも遙かに人間らしい反応と、言葉が通じることに安心したレンは、怖がらせないように笑顔を作る。

「森の中です。自分も遭難中ですが、馬車が流れ着いたので助けに来ました。外は大雨で川が氾濫しています」

レンの説明を聞きながら体を起こした女性は、馬車の屋根を叩く雨の音に気付き、ゆっくりと立ち上がる。

濡れた床の上にいたため、服は泥だらけである。見える範囲に傷はないが、少し調子が悪そうな顔をしている。

そんな女性に、レンは初級の体力回復ポーションを手渡して飲むように促す。

「とりあえずこれを飲んでください。この馬車の中は危険です。そばに洞窟があるからそこに避難したいのですが、動けますか？」

ぼうっとした表情で女性はポーションを受け取ると、封を切って中身を飲み干した。

女性が体を起こしたことで、体への負荷が減ったのがきっかけになったのか、今度は男性が呻《うめ》き声を上げて目を開く。

「大丈夫ですか？　助けに来ました。ここは危ないので洞窟に避難したいのですが、立てますか？」

「……むう……ご助力、かたじけない。皆は無事か……」

自分の腕の中に眠る少し幼さすら感じる金髪の女性の姿を確認し、男性はゆっくりと体を起こした。

馬車の中で人が動いたことで重量のバランスが変化したのか、馬車の前の方からミシミシと嫌な音が聞こえる。

「……馬車は氾濫した水の中で、河原の柵に引っ掛かってます。いつまた流されてもおかしくはありません。そばに洞窟があるので、そちらに避難しましょう。持ち出したい物があれば、急いで準備してください」

「……承知した。シルヴィ、聞いた通りだ。急げ」

「はい」

シルヴィと呼ばれた女性は、馬車の奥からボストンバッグを引っ張り出してくる。しかしそんな荷物を抱えて水の中を歩かせるわけにはいかない。

「荷物は俺が運びましょう」

レンが手を伸ばすと、シルヴィは男性と目配せを交わし、おずおずと鞄《かばん》を差し出してくる。

受け取った鞄をウエストポーチにしまうと、シルヴィと男性は驚いたような顔をし、レンは内心でまずかったかと舌打ちをしつつも何事もなかったように馬車からの脱出を促す。

「さて、それじゃ、洞窟まで移動します。そちらの……ええと」

レンが男性の顔を見て、名前を聞いていないことを思い出して口ごもった。

「エドじゃ。ご助力感謝する」

エドに頷きを返しながらレンは自分の体に巻いたロープを解き、エドに手渡す。

「俺はレンです。それじゃエドさんは、そっちの倒れてる子を連れてきてください。外の水は俺が来た時で膝くらいの深さ。水は濁ってて底が見えないけど、元は人の頭サイズの丸い石が転がった川原だから、滑らないように気を付けて。このロープの反対側は洞窟に縛り付けてあるから、ロープを伝えば洞窟まで行けます。入り口に魔石ランタンがあるのでそれを目指してください」

ロープを受け取ったエドは、金髪の女性の腹部に巻き付け、軽々と女性を抱き上げる。

「それじゃ急ぎましょう。馬車の軛が折れたら、馬車が流されるかもしれません。俺が先導するから付いてきて」

レンは水の中に足を下ろし、石の柵伝いにゆっくりと歩を進める。

そのレンの後ろにシルヴィ、エドと続く。

シルヴィの姿は、ビクトリアン調のメイド服からエプロンとヘッドドレス《頭飾り》を外したような濃紺のロングドレスで、紗《しゃ》などを使って涼しげだが、そのままだとスカートが水を吸って足に絡みつき、水流に引っ張られる危険もある。

それに気付いたシルヴィは、水に足を浸《つ》ける前にスカートの裾をまくり上げ、腰のベルトに裾を通していて、そのシルエットはまるで膝上丈のミニスカートのようになっていた。

それでもスカートは水に触れてしまうが、濡れたスカートが足に絡みつくようなことはなくなる。

シルヴィは顔を赤らめながらも、洞窟に向かって気丈に歩を進めた。

洞窟の一階部分に到着したレンは、まず、自身と水竜の革鎧に洗浄《ピュリファイ》を掛ける。

レンが泥水や雨水を汚れと考えていたためか、洗浄《ピュリファイ》の泡が消えると、鎧は乾いた状態に戻り、汚れは消え去っていた。これは使えると判断したレンは、続いて洞窟に入ってきた三人にも洗浄《ピュリファイ》を掛け、汚れと水気を綺麗に取り除く。

「さて、それじゃ改めて自己紹介だけど、僕はレン。見ての通りのエルフで、錬金術と細剣《レイピア》、あと弓が得意。現在は迷子で、この洞窟を作ってねぐらにしている。君たちの馬車は、この洞窟を守るための柵に引っ掛かったんだ」

レンの自己紹介を聞き、どこかうさんくさい者を見るような目で見るシルヴィ。

対して、エドは丁寧に頭を下げた。

「ご丁寧に痛み入る。儂《わし》はエド。そちらのメイドがシルヴィで、こちらは我々が仕える家のアレッタお嬢様じゃ。旅の途中、大雨に遭遇しての、馬車ごと川に流されたんじゃ……駆者や護衛は……おらんかったようだな……皆の無事を祈ろう」

「災難でしたね。それじゃとりあえず、そのお嬢さんを休ませてあげてください。こちらにどうぞ」

魔石ランタンで足元を照らしつつ洞窟奥に進んだレンは、傾斜三〇度の坂道を登って、遭難者たちを二階に案内する。

当たり前だが、レンはこんな事態を予想もしていなかったため、部屋は一つしか作っていないし、ベッドも一つしかない。

唯一のベッドに金髪のお嬢様《アレッタ》を寝かせたエドは、シルヴィに後を任せて横穴から出てくる。

「レン殿は迷子とおっしゃったが、この辺りにはエルフの村があるんじゃろうか？」

「わかりません。気付いたらさっきの川原にいました。こんな岩山は知りませんから、俺はこの辺りの出身ではないと思います。端的に言えばあなたたち同様、遭難中です」

「なるほど……いや、なんにしても命拾いしましたぞ。感謝いたす。後ほど、十分な謝礼もお約束させていただこう」

「それよりも、お聞きしたいのですが、ここから人里まではどの程度でしょうか？」

「距離の見当はつきませんな……腹の減り具合と空の具合から見て、半日程度は流されましたかな。先ほどの川を遡《さかのぼ》れば、いずれは街道にぶつかるじゃろうが……森の中を踏破するのは危険ですぞ？」

エドの返事を聞いたレンは、窓から川を眺める。

水面と水中で、川の流れる速度には差があるが、仮に濁流に流される木の枝の速度で流されたとすると、時速にして一〇キロ以上である。

その速度で半日、仮に一〇時間流されたのであれば、移動距離は一〇〇キロほど、それが現在得られる情報から想定される最大距離だ。

江戸時代を基準にすれば、一般人の無理のない一日の移動距離は徒歩で十里。四〇キロほどだった。この世界でもそれは似たようなもので、エドは一〇〇キロほどなら『街道を行くのであれば』二、三日の距離だと見当を付けていた。

しかし整地もされていない森の中、しかも魔物も生息している危険地帯となれば、そこまでの速度が出せるはずもない。時速一キロで一日の移動時間を十時間として十日。それがエドが現実的に考えた街道までの所要時間だった。

魔物が生息する森の中、戦えないお嬢様を守りつつ十日間。仮に単独行であっても、それはエドの常識では『危険』より『無理』『無茶』『無謀』に分類される行為である。

だがレンは、なんのあてもなく森の中を街道を探して彷徨《さまよ》うよりは遙かに現実的だ、と考えた。

もちろん危険はあるが、それは十分な準備をすれば対策可能な危険だ、と。

進むべき方向がわかったのだから、この遭遇は幸運である。レンはそう考えていた。

「まあ、街に帰る方法は落ち着いてから考えましょうか。あ、そうだ」

レンはウエストポーチから、馬車の中でシルヴィから預かったボストンバッグを取り出し、エドに手渡した。

「忘れてました。これ、結構重いですね」

「これは、迷宮産の収納魔術が付与された鞄なのじゃ。レン殿の腰のそれと同じじゃな」

エドはボストンバッグから人数分の毛布を取り出して見せ、レンのウエストポーチを指差した。

なるほど、と頷いたレンは、アレッタが眠る横穴に意識を向ける。

元々、直径二メートル、奥行き四メートルの円筒状の穴で、壁や床を平らにする際に幅を一六〇センチにした洞窟である。そこにベッドを作っているため、全員が入るには無理がある。

だからと言って、窓から吹き込む風雨を避けるために作った横穴である。そこに入らなければ、冷えた風に晒されることになる。

「シルヴィさん、エドさん、ちょっと相談があります」

「どうかされましたか？」

「あいや、失礼した。謝礼については後ほど家名に懸けて……」

「ああ、そんなのは街に帰ってからで構いません。それよりもこの洞窟は四人でいるには手狭ですよね。良ければ、お嬢様が寝てるのと同じような横穴を三つ追加しようと思うのですが」

レンの言葉を聞き、シルヴィは目を瞬かせた。言っている意味が理解できなかったのだ。

「横穴を……追加？　ですか？」

「はい、俺は錬金術師であると同時に魔術もそれなりに嗜《たしな》んでいます。この洞窟は俺が錬金術と土属性の魔術で掘ったものです」

「エド様、そんなことができるのでしょうか？」

「確かに自然にできた洞窟にしては整いすぎとるとは思っとったが……ふむ、迷宮から産出するポーションには、迷宮の壁すら破壊する物があると聞く。それを使えば可能かもしれんな」

「……ええと？」

レンは困ったような表情で固まった。

迷宮産の品と名が付くと大抵は高値が付くが、炸薬ポーションはそこまでレアな品ではない。錬金術師の職業レベル中級の技能があれば作成可能で、必要な素材も手に入りやすいからだ。

錬金術師中級になるための条件も、アイテムを使わないと時間こそ掛かるがそれほど難しいものではない。ゲーム時代は中級ポーションを自給自足するため、片手間で錬金術師の職業レベルを中級に育てる前衛職も少なくはなく、中級のポーションは割と安価に流通していた。

それを思い出し、レンはどうしたものかと首を捻《ひね》る。しかし、一度口にしてしまった以上、今さら取り消しても余計な疑いを招くだけだと判断して、押し通すことにした。

「……まあ、入手方法は秘密ですが、炸薬ポーションはたくさんあるので、横穴を三つ追加します。一人一部屋ですね。で、部屋の場所の希望なんかがあれば教えてください」

「……私は、可能でしたらアレッタお嬢様のお部屋の正面を希望します。おそばに侍《はべ》り、お声があれば即座に参じるのがメイドの務めですので」

「儂はお嬢様の隣で、出口に近い方を希望する」

「それじゃ、俺は、エドさんの部屋から見て斜め向かい。一番出口に近い方にしましょうかね」

女性たちの部屋に近いと何かと気苦労がありそうなので、レンはそう提案してみる。それを聞いたシルヴィの表情が和らぐのを見て、レンは自分が正解を引いたのを知った。

「それじゃ、まずシルヴィさんの部屋から作りますね」

自室にしていた横穴の正面の岩肌に錬成《ニードゥ》で小さい穴を開けると、レンはそこに炸薬を詰め込んで二メートルほど離れる。

「ええと、ちょっと音がします。それから白い煙が出ますけど害はないです。俺と同じくらい離れてください」

レンの指示を受けたシルヴィはアレッタが眠る横穴に入り、アレッタを守るような位置に立つ。

エドはレンの後ろから、レンの様子を観察している。

それを確認すると、レンは右手を前に出し、

「着火《イグニッション》」

火属性魔術の着火《イグニッション》で炸薬に点火する。

ポン、という音に反射的にエドの手が剣に伸びかけるが、それを理性で抑えつけたエドは、レンが話していた通り、白い煙が半径一メートル程度を覆うのを見て、硬くなった表情を緩めた。

「煙はすぐ晴れ……る前に、全部風で流れちゃいましたね」

窓から吹き込む風で白い煙が散らされ、煙が消えた跡に直径二メートル、奥行き四メートルの穴が出来上がっているのが目に入った。

レンは横穴の中の砂利を回収し、床を平らにすると、一番奥に砂利を使ってベッド代わりの石の箱を作り、そこにウェブシルクを詰め込み、天井などに硬化ポーションスプレーを吹き付ける。

同じ手順でアレッタの隣にエドの部屋、シルヴィの隣に、洞窟一本分を挟んで自分の部屋を作り上げ、アレッタの部屋とエドの部屋の間の壁に錬成《ニードゥ》で凹《くぼ》みを作って魔石ランタンを設置した。

「……とまあ、こんな感じですね。あ、毛布、余分があれば一枚貰《もら》えませんか？」

「……そうじゃったな。レン殿の毛布はアレッタお嬢様が借りておるから、儂の分の毛布を二枚差し上げよう」

自前の毛布よりも上等そうな毛布を受け取ったレンは、それを自分の部屋のベッドに被せ、衣類を丸めて革袋に詰め込んだ枕を載せて満足げに頷いた。そんなレンにエドが声を掛ける。

「さて…いろいろ驚かされたが、レン殿。儂らはここにいても良いということでよろしいかな？」

「ええ、この雨の中、追い出しませんよ。というか会程のことがない限り、街に戻る手立てが見つかるまでは、ここにいてもらって構いません……それでですね、その対価と言ってはなんですが、できれば街に戻る際には、俺も連れてってもらいたいんですけど」

「もちろんじゃ。こちらからお願いする。街に戻るために手を貸してもらいたい」

エドはそう言って右手を差し出す。レンはその手を握り、笑顔で頷いた。

「それじゃ、街に戻るまでよろしく」


エドたちのボストンバッグは、重量軽減が五〇%、時間遅延は付いておらず、収納量も小さい荷馬車ほどの体積という性能だった。それでも旅に必要な様々な物が詰められており、レンはそれらの中から、遭難生活で使えそうな道具類を見せてもらっていた。

「これは炭を使うコンロですよね？　で、オイルランタン……結界棒はないんですか？」

「結界棒は貴重品じゃからな。冒険者が買い占めるため、滅多に市場に出ないんじゃよ」

結界棒は四本セットの細い鉄の棒で、それを軟らかい地面に刺して魔力を流すと、一定時間、隣接する棒の間に魔物が抜けられない結界が生じる。

レンが洞窟前に散布した魔物忌避剤は魔物の嫌う匂いを発し、匂いを嗅いだ魔物を遠ざける効果があるが、発見した獲物を魔物に諦めさせるほどの効果はない。それと比べ、結界棒は確実に魔物の接近を食い止めるため、ゲーム内で野営が必要なクエストなどでは多用されていた。

必要な素材の処理が少々面倒ではあるが、素材さえ手に入れば中級の錬金術師でも作成できる。

「……野営をする時、結界棒なしで、どうやって魔物から身を守るんですか？」

「野営はせんな。街や村は街道沿いに二〇キロに一つはあるから、無理をしてでも街や村に入って休むのが普通じゃ。馬車が壊れれば別じゃが、そういう時は馬車を捨てて馬で移動するじゃろうな。最大一〇キロも行けば街か村があるんじゃ、普通なら生きて辿り着ける」

この世界では、距離や重さ、時間の単位は日本とほぼ同じものが使われている。

暦についてもグレゴリオ暦が用いられており、月、日、週などは同じ意味となる。

プレイヤーがクエスト内容を理解しやすいように敢えて単位を揃えているというのが、ゲームデザイナーの説明だった。だから、異世界になったことでそのあたりが変化するかと思っていたレンだったが、エドたちの話を聞く限り、その辺に大きな違いはなさそうだと安堵する。

「でも、街や村は結界杭で魔物から守ってるんですよね？」

「もちろんじゃ。大量の魔石を消費するが、結界杭がなければ街は守れぬ」

結界杭は結界棒の強化版ともいうべき物で、結界棒よりも遙かに広い範囲に長期間、結界を展開することができる。杭は人の背丈よりも高く、その中ほどに蓋付きの箱があり、中に入れた魔石の力で動くようになっているため、結界棒と異なり使い捨てではない。

ゲームでは街や村、農地などは、この結界杭で魔物から守られていた。

街道に結界杭で守られた避難場所を作れば安全なのではないか、と質問しようとしていたレンだったが、大量の魔石消費があるという話から、その疑問をのみ込んだ。

「お二人とも、お食事の準備が整いましたよ」

「おお、シルヴィ。すまんな。アレッタお嬢様の様子はどうじゃ？」

「まだ眠ってらっしゃいます。呼吸は安定していますし、熱もありませんので、じきにお目覚めになると思いますが」

シルヴィはエドの部屋に調理器具を広げ、ボストンバッグに入っていた食料を使って、朝食の準備を整えていた。

そう、日の出前に流れ着いた彼らにとっての最初の食事は、朝食だった。

シルヴィたちの手持ちの食材は長期保存できるものに限られており、今回は乾燥豆と干し肉と乾燥野菜などを煮込んだスープと、カチカチのビスケットがテーブル代わりの丸太の上に並んだ。

味よりもカロリー摂取が目的という食事で使用人向けにも見えるが、見ればレンたちの分だけではなく、アレッタの分も同じメニューが並んでいる。

「シルヴィさん、ありがとうございます」

「いいえ、レン様は命の恩人ですし、私たちをこの洞窟に置いていただいてます。そのお礼が粗末な食事でお恥ずかしいのですが」

「いや、食料は貴重なので助かりますよ。それじゃいただきます」

レンはスープを一口食べ、その味と香りに驚かされた。

「うん、これは美味しい……キノコと野菜の香りが食欲をそそるね」

「お粗末様です。スープはおかわりがあるので言ってくださいね」

「シルヴィ、儂にはスープのおかわりを頼む」

「はい、ただいま」

エドが食事を素早く流し込む所作は、貴族の作法としてはアウトだが、平民としてはギリギリ下品にならない程度に洗練されていた。

「エドさん、早いですね」

「食事を手早く取るのも、戦場《いくさば》の作法よ」

「エド様はまたそんなことを言って……レン様は真似《まね》しないでくださいね」

レンにとっては久しぶりの賑《にぎ》やかな食事が終わると、レンは食器類に洗浄《ピュリファイ》を掛ける。

シルヴィはそれを見て、羨《うらや》ましそうにため息をついた。

「レン様、それは洞窟に入った時に私たちの体の汚れを落としてくださった魔術ですよね？　水魔術ですか？　体だけではなく食器まで綺麗にできるとは、使用人こそ学ぶべき魔術だと思います」

「洗浄《ピュリファイ》は錬金魔術の系統だね。本来は素材や機材を綺麗にするための魔術だから、使える面積はそんなに広くないけど……洗浄《ピュリファイ》は錬金術師の初級で覚えられるよ？」

「師匠について学ばないとなりませんから、使用人では難しいですね。残念です」

「なんなら、街に帰るまで教えるよ？　習得は街に帰って神殿に行った後になるけど」

『碧の迷宮』ではNPCでも職業に就くことができ、制限こそあるが、技能を覚えて使うことができた。

NPCを仲間にして仲間を育てながら旅をする冒険者も多く、オンラインぼっちシステムなどと揶揄《やゆ》されたりもしたが、ゲームの中でくらい人間関係に煩《わずら》わされたくない孤高派や、やや痛々しいロールプレイを気兼ねなく楽しみたいというエンジョイ勢には人気のシステムだった。

育てたNPCが死んだ場合、生き返らせるためのハードルがとても高いという問題もあったが、そこはプレイヤーの配慮で回避可能な問題に過ぎない。

レンもゲームの中でNPCに錬金術と弓を教え、育てたNPCを使って『黄昏商会《たそがれしょうかい》』という名前の商会を作り、エルシアという街を拠点にして、ポーションの販売でそれなりに儲《もう》けていた。

「……でも、私、お金はそんなにお支払いできません」

「いや、お金は取らないよ。俺がするのは何を勉強するかという情報を教えることと、必要な本と道具と素材を貸し出すこと、後は質問に答える程度だから、大して手間も掛からない」

錬金術師の職業レベル初級になる訓練を受ける際、普通ならアルシミーの神殿に赴き、錬金術師基本セットという物を貸与される。

錬金術を学ぶというのは、その基本セットに含まれる錬金術大系という本の冒頭四〇ページを読み込み、錬金術師基本セットに含まれる道具の使い方、素材の見分け方と収集方法を覚えることを指す。それらを覚え、アルシミーの神殿で神様に錬金術師になりたいと祈りを捧げると、幾つかの技能が使えるようになり、借りていた錬金術師基本セットと同じ物を授かり、晴れて錬金術師と呼ばれるようになるのだ。

本人にやる気があれば、それほど難しいことではない。

「シルヴィ、いつまで洞窟にいるかはわからんが、せっかくなのだからご教授いただいたらどうだ？　お前が錬金術師になれば、アレッタお嬢様はお喜びになると思うぞ」

「……そう、ですね。レン様、街に向かうまでの間、ご教授のほど、よろしくお願いいたします」

「うん。あと、レン様じゃなく、普通に呼んでもらえると嬉《うれ》しいんだけど」

シルヴィは小さく首を傾げて考え込み、合点がいったと頷いた。

「なるほど、立場が変化するのですから当然ですね。それでは……お師匠様？」

「え？　いや、そうじゃなくてもっと普通がいいんだけど。レンさんとかレン君とか、なんなら呼び捨てでもいいよ」

「……いえ、錬金術を教えていただくのですから、その間はお師匠様と呼ばせていただきます」

「堅苦しいのは嫌いなんだけど……」

「ダメです。お師匠様か先生か、どちらかです。で、私のことはシルヴィと」

肩を落とすレン。その肩をバンバンと叩きながら、エドは呵々《かか》とばかりに笑った。

「……痛いですよ」

「嘘《うそ》じゃな。レン殿がこの程度で痛いものか。随分と鍛えておるではないか」

エドはそう言って、確かめるようにレンの肩をさらに二回叩くとその二の腕を持ち上げ、目を細めて筋肉の付き方を確認する。

レンが着ている水竜の革鎧はライダースーツのような作りで、胸や腰、腹部など、要所にプロテクターが付いているが、二の腕の辺りは筋肉の量が見て取れた。

「……ふむ。レン殿は細剣《レイピア》と弓を使うと言っておったが、それにしては、筋肉がいらん所にも付いとるようじゃが？」

「大抵の武器は使うだけなら使えます。中でも細剣と弓が得意ってだけです。でも、見ただけでそこまでわかるものなんですか？」

「まあ、長いこと指導をしてきたからの。そうじゃな、その背中の筋肉だと、槍《やり》も使うじゃろ？」

「確かに細剣《レイピア》を使い始める前に使ってました。本当にわかるんですね」

「なに。若手の指導をしておれば、自然と身につく程度の鑑定眼よ」

エドはそう言ってにやりと笑い、不意にその表情が柔らかいものに変わり、視線をアレッタが寝ている方に向けた。その仕草に、レンも気配察知の意識を向けると、アレッタのいる辺りに人が動くような気配を感じた。

「お目覚めのようじゃ。シルヴィ、見て参れ」

「かしこまりました」

シルヴィは静かに立ち上がるとアレッタの部屋に向かう。

そして、すぐにシルヴィとアレッタの会話が聞こえてくる。

「おはようございます、アレッタお嬢様。お体に痛みなどはございませんか？」

「……おはよう、シルヴィ……体は……大丈夫そう、ですわね……えっと、ここは？　洞窟？」

岩肌が剥《む》き出しなところは洞窟そのものだが、壁や床が平らなところは洞窟らしくない。アレッタはそんな洞窟内を不思議そうに見回した。

「馬車が川に流されたのは覚えてらっしゃいますか？」

「……ええ。エドワードと馬車の外にいた護衛や馭者は？」

「……アレッタお嬢様の他は、私とエド様だけです。馬車ごと川に流され、この洞窟の前に流れ着き、洞窟で暮らしていたエルフのレン様に救っていただきました」

「……エルフ？　そう……みんな無事だといいのだけれど」

「はい。ところですぐそばにレン様がいらっしゃいますが、ご挨拶《あいさつ》はいかがいたしますか？」

「……ええと、身だしなみを整えられる？」

「濡らした手拭いと櫛《くし》ならご用意できます」

「それなら、お願い。あら？　この服、泥水に浸かってたと思うのだけど綺麗ね？」

「はい。レン様は錬金術師でいらっしゃいまして、汚れを除去する魔術をお使いになります」

「へぇ……あ、ありがと。髪を持っていてもらえる？」

「承知しました。お顔はこちらでお拭きください…よろしいようですね。それでは呼んで参ります」

狭い洞窟である。アレッタたちの声は全てレンたちに聞こえていた。

挨拶と聞き、レンは手櫛で長い銀髪を梳《す》き、椅子代わりの丸太から立ち上がる。

「レン様、主がご挨拶をしたいとのことです。お運びいただけますでしょうか」

「ああ」

お運びも何も、わざわざ迎えに来たシルヴィの後ろを付いて数歩歩くとアレッタの部屋である。

アレッタのいる部屋の入り口の手前で立ち止まったシルヴィは、レンに向けてゆっくりと頭を下げると、一歩横に移動する。

普通なら扉を開くところだが、ドアがない洞窟のため、少々やりにくそうだ。

「それではどうぞ」

「ああ、洞窟の中なんだから、そんな堅苦しくしなくても……」

「そういうわけには参りません」

レンがアレッタの部屋に入ると、ベッドの前にアレッタが立っていた。

身長はレンの顎の辺り。

少し跳ねているが綺麗な金色の髪はストレートで背中の中ほどまで。

初めて見る瞳は薄い青で、レンにはその表情が、少しいたずらっぽく見えた。

「アレッタお嬢様、レン様です」

シルヴィが声を掛けると、アレッタは頷き、レンの顔をまっすぐに見つめた。

「初めまして、レン様、とおっしゃいますのね。わたくしはアレッタ・サンテール。サンテールの街の領主、コンラード・サンテール伯爵の娘です」

「俺……私はレンです。家名はありません。錬金術師です」

「この度はわたくしたちを助けてくださったと聞きました。感謝いたしますわ」

す、と流れるように頭を下げるアレッタ。

優美な仕草に思わず見蕩《みと》れたレンは、小さく咳払《せきばら》いをする。

「……助けることができたのは偶然の結果なので、気にしないでください。それより体の不調とかありませんか？　ポーションならいろいろ手持ちがありますから遠慮は無用です」

「ありがとう存じます。体の不調はございませんわ。それとあなたは恩人で、エルフなのですから、言葉使いは普段通りになさってください……ところで、ここはどの辺りなのでしょうか？」

「いや、俺も迷子なので、現在位置はわからないんです。俺も街に行きたいから、協力できたらと思ってるんだけど」

現在位置不明と知ったアレッタは困ったような表情をしたが、レンの、協力できたら、という言葉を聞き、その表情が明るくなる。

「こういう言い方は失礼かもしれませんが、サンテールの街に戻れたら、十分な謝礼をお約束いたしますので、ご協力のほど、よろしくお願いいたしますわ」

「こちらこそよろしく。それで、アレッタお嬢様」

レンがそう言うと、アレッタは不満そうな表情を見せる。

「レン様。あなたは父の領民ではありませんし、わたくしたちが作った階級に縛られるヒト種ではありません。しかもわたくしの命の恩人ですわ。アレッタ、とお呼びください」

「それじゃアレッタさん、俺もレンと……」

「アレッタです。敬称は不要ですわ」

「……勘弁してくれ。エドさんもさん付けなのに、その主人を呼び捨てにするっておかしいだろ。口調はこうやってできるだけ崩すからさ」

「……仕方ありませんわね。さん付けで構いませんわ……それで、先ほどは何を言いかけてらっしゃいましたの？」

「えっと……ああ、そうだ。シルヴィが食事を作ってたから、冷めちまう前に食べた方がいいんじゃないか？」

「あら、そうなの？」

アレッタがシルヴィに視線を向けると、シルヴィは小さく頷きを返した。

「はい、すぐに温め直しますので」

「わたくし、少し冷めてるくらいの方が好きですわよ？」

「いけません、体も冷えてらっしゃるのですから。それでは、準備ができたらお呼びしますので、お隣の洞窟にいらしてください」

「わかりましたわ……ところでレン様、この洞窟やベッドですけど、もしかして土魔術を修めてらっしゃいますの？」

錬成《ニードゥ》で整えられた壁やベッドの不自然さが気になったアレッタが尋ねると、レンは頷いた。

「……あー、修めるってほどじゃないですけど、まあ、魔術師系の魔術は全系統をそれなりに使えます。得意なのは土と火ですね」

「全系統？　土魔術以外も使えますの？」

「初歩的なものに限られますけど」

魔術師という職業の技能は、魔力感知、魔力操作、詠唱、魔法陣作成といった魔術を使うための基本技能と、火魔術、水魔術、土魔術、風魔術、時空魔術、生命魔術という属性ごとの魔術技能が存在し、基本技能は職業に就いたり職業レベルを上げると自然と身につくが、魔術技能に関しては、それぞれ、クエストをクリアすることで個別に覚えなければならない。

料理人も、切る、焼く、煮るなどの基本の調理技能を覚えたからと言って、いきなり全てのレシピを覚えるわけではない。それと同じ話だ。

系統毎の魔術技能のクエストの中には初心者には少々難しいものもあるが、ゲームを中盤まで進めれば、無理なくクリアできる程度の難易度に調整されている。

「もしかして、時空魔術も？」

「ええ、ですから、火、水、風、土、時空、生命と一通り。でも簡単なところだけですよ？」

レンは錬金術師をメイン、細剣《レイピア》をサブにした職業構成にしており、魔術師の職業レベル自体は中級までしか育てていない。使用頻度の高い火魔術と土魔術の技能熟練度はそれなりに上がっているが、レンが細剣《レイピア》で倒した敵の数と、攻撃魔術で倒した敵の数とでは、細剣《レイピア》に軍配が上がる。

レンにとって魔術とは、物作りをする上で必要だから覚えたものという位置付けなのだ。

「生命魔術……回復魔術のことでしょうか？」

「回復魔術は神官系の職業が使う魔術ですね。錬金術師の錬金魔術のように、回復魔術は神官系独自の魔術体系ですね。生命魔術でも回復できますけど、使い勝手が悪いんですよ」

「アレッタお嬢様、少し割り込ませてもらいますぞ。レン殿、レン殿の氏族は魔術に長《た》けているようだが、街に着いたら我々にその知識を伝授してはもらえないだろうか？」

「伝授ですか？　魔術を教えるってことかな？　大したことは教えられないと思うけど」

職業レベル中級の魔術師では、使える技能も限られるし、一部を除いて技能熟練度も高いとは言えないという理由で、レンはエドの頼みを断ろうとした。

「儂の知る限り、時空魔術と生命魔術は失われた魔術じゃ。レン殿がどの氏族の出かはわからんが、エルフが伝承していたのなら、可能ならヒトもそれを復活させたいと思うのじゃ。門外不出などの理由があるなら諦めるが、考えてもらえないじゃろうか？」

「失われた？　なんでまた？」

「世界創世の後、魔王戦争が勃発したのは知っておるじゃろうか？」

エドの言葉にレンは頷いた。

魔王戦争は、『碧の迷宮』のメインストーリーだ。知らないはずがない。

「魔王戦争で神々に祝福された数多《あまた》の英雄たちが現れ、魔王となった女神を救った。その英雄たちがいたのが英雄の時代じゃな。女神を救った英雄たちが姿を消したことで英雄の時代が終わり、今の人間の時代となったというのがヒト種に伝わる伝承じゃが……レン殿は……知らないようじゃな」

レンの表情を読み、エドに続けた。

「英雄の時代に英雄に育てられた者が伝えた知識が、我々に数多くの職業と技能を残したのじゃが、その過程で英雄の時代に存在した幾つもの職業や技能が失われたのじゃ。その一つが生命魔術であり、時空魔術なのじゃよ」

　そうした技能が存在したという情報は残っていたが、再現できなかったのだ、と言うエド。

　そんなエドの話を聞き、レンは考え込んだ。

（英雄はプレイヤーのアバターのことだよな？　でも英雄が消えた？　だとしたら、今はプレイヤーがいないのか？　『英雄に育てられた者』はプレイヤーじゃないよな……オンラインぼっちシステムのNPCのことか？　プレイヤーが育てたNPCが、職業を得るための知識を覚えていたから、プレイヤーがいなくなった後もNPCが独自に職業を得て、技能を身に付けられた？　で、生命魔術と時空魔術を使えるNPCがいなかったから、その習得方法が失われたって理解でいいのか？）

　生命魔術は、生命力の譲渡、奪取、一時的に暴走状態にするなどといった特殊な系統の魔術で、この魔術を好んで使用するプレイヤーは少なかった。

　回復したいのなら回復魔術の方がコストパフォーマンスに優れている。

　もしも、回復魔術の再使用制限時間《リキャストタイム》対策なら、魔力消費のないポーションを使用すれば済む。

　生命魔術は攻撃にも使えるが、火や水の攻撃魔術の方が弱点属性を狙える分だけ強力だと知られてからは、ゲーム内の生命魔術はクエストクリアのために覚える程度の魔術になってしまった。

　同様に、時空魔術は魔術技能熟練度を上限近くまで育てない限り、錬金術や付与魔術を駆使して作成した魔道具で代替できてしまうため、時空魔術を覚える物好きは少なかった。

　プレイヤーが使えないと判断した魔術を手間暇掛けてNPCに覚えさせる利点はなく、だからそんな魔術をNPCに教える物好きが少なかったのだろう、とレンは納得した。

「生命魔術ははっきり言って、使いにくい魔術なんです。回復魔術の方が高い効果を発揮するし、ポーションがあれば大抵の状態異常は解決する。だから廃れたんでしょうね。発掘する価値はないと思いますよ？　時空魔術も付与術士と錬金術士以外には使い勝手の悪い魔術ですね」

「それはつまり、広めることに対する制限はないということで良いのじゃな？」

「それは、まあ、はい。明確な制限はないですけど、ちょっと考えさせてください」

レンの言葉に、エドは満足げに頷いた。

それを待っていたかのようなタイミングでシルヴィが声を掛けてくる。

「アレッタお嬢様、お食事のご用意が整いました」

「シルヴィ、ありがとう……レン様、わたくし、命を救っていただいたご恩を忘れるようなことはいたしません。生命魔術と時空魔術のことはレン様が望まないのなら忘れることにいたします。ですので、気負わずにどうするかを決めてくださいまし。よろしくて？」

「……ああ。考えておくよ」

レンの返事を聞き、アレッタは辺りが明るくなったと思わせるような笑顔を見せた。


その日は一日中、雨が降り続き、皆は洞窟内で大人しく過ごした。

寝る前にレンが自身に洗浄《ピュリファイ》を掛けると、シルヴィとアレッタもそれを希望した。

「清潔を保つのは、こういう状況では難しいですが、大事です」

と。ならばとレンは全員に洗浄《ピュリファイ》を掛ける。

「湿気で肌がべとついていたのも取れるんですね」

と喜ぶアレッタに、シルヴィは錬金術師の勉強を頑張ろうと心に決めるのだった。

四日目

翌日も雨が降り続いていた。少し小雨になることもあったが、強い風と大粒の雨の音に、時折雷鳴が混じり、アレッタは憂鬱《ゆううつ》そうにしていた。

レンが自分の横穴で革鎧を脱ぎ、鎧下だけというラフなスタイルで寛《くつろ》いでいると、錬金術大系を読んでいたシルヴィがやってきた。

「あの、お師匠様」

「いいけどさ、本当にその呼び方続けるんだ……錬金術大系でわからないことでもあった？」

「いえ、本の指定範囲には一通り目を通しましたし、お借りした素材の特徴は覚えたつもりです。そうではなく、その、ご不浄にドアを付けることはできないものでしょうか？」

ご不浄の意味がわからずにレンは首を傾げ、それがトイレを指す単語だと思い出した。

レンが必要に迫られて作ったトイレは、洋式の便座を載せた穴である。元々レンしかいない洞窟内設備だったため、目隠しになるような物は設置していなかった。

（ドアか……必要なのはドア枠を作るための角材と、そこに収まる戸板を作るための木の板。それと蝶番《ちょうつがい》。ドアラッチは手持ちの道具じゃ面倒だから、公衆トイレなんかで使うスライドラッチで代替すればいけるか？）

洞窟の入り口は石の柵を石の棒に縛り付けてドアの代わりにしたが、場所がトイレであれば密閉できる構造が望ましいだろう、とレンはドアの設計図を頭の中で書き上げる。

「木材はあるし、鉄鉱石もあるけど、鍵はどうする？　必要？」

「簡単な物でいいので、付けていただけると嬉しいです」

「鍵はスライドするだけの単純な構造で、ドアノブを回してドアラッチを動かす構造がなくていいならすぐに作れると思うけど、それでいいかな？」

レンの問いに、シルヴィはほっとしたような表情で頷いた。

「はい。ドアノブの部品がないのはわかりますので」

「……そしたら、ドアを固定する木枠と、ドア本体を作っちゃおう。エドさん、力仕事手伝ってもらえますか？」

レンがほんの少し声を張り上げると、エドが顔を覗かせた、

「それはいいが、トイレのある横穴の入り口は丸いぞ？　そのままでは枠がはまらんじゃろ？」

「他の部屋と同じく錬成《ニードゥ》で四角にします……そっか、先に錬成《ニードゥ》してそれに合う木枠を作らないとダメですね」

レンはトイレの横穴の前に立ち、部屋全体が高さ二メートル、幅一六〇センチになるように土魔術の錬成《ニードゥ》を使って廊下の部分も含めて平らに均《なら》していく。

「ほう。歩きやすくなったの。土魔術の錬成《ニードゥ》か、これは砦を作る際に役立ちそうじゃの」

「城壁なんかを数回に分けて作ったりならできますけど、そこまで大きい物だと、錬成《ニードゥ》で一気に作るのは厳しいですね」

「そりゃ残念じゃ」

「まあ、休み休みならできますけどね」

床の状態を確かめたレンは、トイレの入り口の左右それぞれに床から天井まで幅三〇センチの石の壁を作り、幅一メートルの入り口を残しながらそう答える。

「なんじゃ、やっぱりできるんかい」

「ポーションとかで補給しながらですよ……ええと、そしたらエドさんはこの角材を入り口の高さ、幅に合わせて切ってください。ドア枠にします。土魔術で溝を作ってはめ込むので、五センチくらい長めでお願いします。あと、こっちの板はドアにするので、入り口の高さより五ミリくらい小さめで、ドアに必要なだけお願いします」

「承知」

角材と板と鋸《のこぎり》をエドに渡し、レンはその場に座り込んで赤茶けた石を取り出して石の床の上に転がした。

シルヴィはその横にしゃがみ込み、レンの手元を興味深げに観察する。

「お師匠様、それはなんですか？」

「鉄鉱石だね。赤いのは錆《さ》びた鉄分。普通に手に入る鉄鉱石は、錆びてるのが多いよ」

鉄鉱石を地面に置き、錬成《ニードゥ》で鉄鉱石から酸化鉄のみを取り出したレンは、そこからさらに鉄のみを抽出する。そうして取り出された鉄は、鉄というよりも銀のように輝いていた。

「お師匠様、鉄に見えません」

「あー、これは普通の製鉄で作れる鉄とはまったくの別物の……混じり気のない鉄。ええと、高純度鉄って言うんだけど、シルヴィの知ってる鉄より、酸や熱に強くて軟らかい鉄かな」

酸素だ炭素だと言っても理解されないだろうと、レンが言葉を選んでそう答えると、シルヴィは不思議そうに首を傾げる。

「なぜ同じ鉄でも性質が違うのでしょうか？」

「金属は混じり物の量や種類で性質が変わるんだ。普通の鉄はいろいろな混じり物があるけど、高純度鉄は混じり物がないんだよ。その違いが見た目や性質の違いになってる。鍛冶師になれば、割と最初の方で勉強するよ」

レンは取り出した高純度鉄を材料にして、数枚の板と、細い棒を錬成《ニードゥ》する。

細工師の技能と細工師基本セットに含まれる工具と錬成《ニードゥ》を駆使し、鉄の板と棒を変形させて蝶番にする。幸い、釘《くぎ》は手持ちがあるので、それを流用する。

「高純度鉄は軟らかいから蝶番とかには向かないんだけど、今回は手抜きだ。シルヴィが作ることはまずないと思うけど、普通なら金物は錬成《ニードゥ》じゃなく鍛造《たんぞう》した方がいいって覚えといて」

土魔術の錬成《ニードゥ》は様々な地面由来の物質を変化させることができるが、その変化には一定の法則があり、鉄鉱石から取り出せるのは、そのままの酸化鉄か、超高純度鉄になってしまう。

地球でなら超高純度鉄には様々な用途があるが、大きな力が掛かるドアの蝶番として考えると、素材としてはかなり微妙な性能なのだ。

レンの手元を覗き込みながら、シルヴィは頷いた。

「鋼を仕入れて素材にするということでしょうか？」

「普通の鉄で十分だよ。この超高純度鉄っていうのが軟らかすぎるだけだから」

その会話を耳にしたエドが、切り分けた角材を片手に覗き込んでくる。

「レン殿には鍛冶の心得もあるのかの？」

「まあ、手習いレベルですけどね」

そう答えながら角材を受け取ったレンは、ドア枠を組み込む部分に溝を錬成《ニードゥ》し、床と天井の溝にエドが切り分けた角材をはめ込み、ぐらつかないように錬成《ニードゥ》で岩を変形させて固定する。

固定したと言っても、少し揺らせば落ちてきてしまう程度なので、レンはエドに声を掛けた。

「エドさん、角材が動かないように押さえててもらえますか？」

「おう……これで良いか？」

「はい、そのまままちょっと持っててください」

レンは左右の溝にドア枠の柱になる角材をはめ込み、天井の角材がしっかりと支えられるように上下の溝の深さを微調整し、角材同士を釘で固定する。

「エドさん、固定できました。次はドアを作っちゃいましょう」

「板材はできとるぞ。板をまとめるための横板はとりあえず二枚用意したが、それで良かったかの？」

「完璧です」

板を入り口の幅に合わせて並べ、そこに二枚の板を載せ、釘で固定して大きな一枚の板にする。

完成した戸板が木枠に収まるかを確認したレンは、戸板の表面に樹脂を塗り、板と板の隙間を埋めつつ、がっちり接着して乾燥《ドライ》で乾燥させると、砂利を一つかみ取り出し、

「飾りですけど、ドアノブも付けておきますね」

と、錬成《ニードゥ》でドアノブっぽい形に整え、釘で戸板に取り付ける。

ドアノブは板に釘で固定しただけなので、回したりはできない仕様だ。

次に、ドア側の蝶番取り付け予定位置を少し削って蝶番を付け、エドにドアを持ち上げてもらいながら木枠側にも蝶番を固定する。

「うん。一応ドアとして機能しますね。どうです？」

数回開け閉めして、特に軋《きし》みも引っ掛かりもないことを確認したレンは、エドにそう尋ねる。エドもドアを軽く動かし、

「これなら十分じゃな」

と頷く。

「なら、あと工程が三つかな」

蝶番の具合を確かめたレンは、ドアノブのそばの木枠に釘を打ち付け、ノブに結んだ紐を釘に引っ掛けて外からドアを閉じたまま固定できるようにする。

「次は戸当りを付けて……」

戸当りには、ドアを思いっきり開いた時、ドアが壁にぶつからないようにするための物と、ドアを閉めた時に、それ以上ドアが奥に行かないようにするための物がある。特に後者がないと、ドアそれ自身の重量で、蝶番が破断したりする。

レンが付けたのは最低限のストッパーで、木枠に戸当りとなる木切れを三つ打ち付け、ドアを閉めた時、木切れにぶつかってドアが止まれば十分とした。

「戸当りにしては随分と小さいのう？」

「普通は長いから違和感ありますよね。でも、これで十分機能します。大きくしますか？」

「いや、機能するならそれには及ばん」

「それじゃ、最後は鍵ですね」

レンは、ノブ側の木枠に小さな穴を開け、鉄の板をスライドさせてその穴に差し込むスライドラッチと呼ばれる鍵をドアノブの下の辺りに取り付けた。

スライドラッチを動かし、鍵として機能することを確認し、レンは頷いた。

「これで完成ですね。しばらく様子を見て、必要なら改造ってことで。シルヴィ、ちょっと鍵の具合とか試してもらえないかな」

「はい……ええと、釘に掛かってる紐を外してドアを開けてるんですね？　で、中に入ったら、内側ノブの金属片をスライドさせて鍵を閉める……」

カチャカチャと数回試し、シルヴィは頷いた。

「いいと思います。ドアを閉めた時にカチって閉まるようにできるともっといいんですけど、あれは作るの、難しそうですしね」

「ドアラッチだね。あれはバネとかいろいろ必要になるからね、ちょっと面倒なんだ」

レンの手持ちに、必要な素材は揃っているので、作ろうと思えば作れるが、洞窟は一時的な避難所でしかない。そんな避難所のトイレのドアに、そこまで拘《こだわ》る必要はないと考えるレンだった。

「ですよね。あ、エド様、戻ったらこのドアの代金もしっかりお支払いしてくださいね」

「もちろんじゃ。しっかり覚え書きに記《しる》しておこう……それにしても、なかなか雨が止《や》まぬのぅ」

エドはトイレのドアの横の、柵で閉じられた窓から外を眺めてため息をつく。

雨足は強くなったり弱くなったりで、川原は相変わらず水没したままだ。

レンも外に視線を向け、

「そうですね」

とため息をつく。そして、

「ところで、全員に聞きたいことがあるんですけど、いいかな？」

「なんじゃ？」

全員の注目を集めたレンは、やや緊張しながら口を開く。

「ええと……まず一つ目。プレイヤーとかアバターって言葉を知ってる人はいる？」

全員、首を横に振った。

それを見たレンは、考えを巡らせた後、判断を保留することにした。

（俺以外のプレイヤーがいないのか、いても身を隠しているのかの判断がつかないな……プレイヤーの記録とかあるといいんだけど、ゲーム内にはまともな新聞とかなかったしなぁ……エドさんが言ってた英雄の時代の英雄がプレイヤーってことなら、そっち方面から聞くべきか？）

「初めて聞く言葉じゃが、どういう意味じゃろうか？」

「ええと……英雄の時代でしたっけ？　その頃の英雄たちを指す言葉だと思います」

エドが口にしていた英雄の時代というのがゲームの頃の世界だろうと当て推量でレンが答えると、エドは申し訳なさそうな顔をした。

「英雄の記録は神殿に残っておるし、幾らかは読んだこともあるが、プレイヤーというのは寡聞《かぶん》にして知らぬ呼び名じゃな。エルフの口伝か何かかの？」

「わたくしも初めて聞きましたわ。レン様は物知りですのね？」

「お師匠様は、その言葉を知ってる人を見つけてどうされたいのですか？」

どうするのかと尋ねられ、レンは自分の中に情報収集以外の明確な答えがないことに気付いた。

「ただの好奇心かな。なんとなく話を聞いてみたいって程度」

「それでレン殿、一つ目、と言っとったが、二つ目はなんじゃ？」

「ああ、こっちは切実な話で、今後の行動方針です」

街に向かうと言っても、推定一〇〇キロも森の中を踏破するのは並大抵のことではない。

エドとレンだけならともかく、お嬢様《アレッタ》とメイド《シルヴィ》もとなると、その難易度はさらに高くなる。

その二人と護衛のエドの三人を洞窟に置いて、レンが一人で助けを求めに川沿いに遡って街を目指すのが、一番現実的だ。レンはそう考えていた。

そのためにはレンが森の中を一日一〇キロ踏破すると仮定し、片道で十日、街で領主に救援を依頼し、人を集めて戻ってくるまでで往復二一から二二日と仮定して、最低でも二五日分程度の日持ちする食料を確保しておかなければならない。

それに加え、レンが森の中で安全に野営をするためには、結界棒も必要になる。今はあいにくと切らしているので自作することになるが、幾つか不足する素材もある。

だから、当面は森で素材集めなどの準備に勤《いそ》しむというのがレンの考えだった。

レンはそれを伝える前に全員の意見を聞いてみたかったのだ。

「そうじゃのぉ、アレッタお嬢様には何か考えはありますかの？」

「……このまま洞窟にいても、いずれ食料が尽きますわ。そうなる前に街を目指さなければ」

「ふむ。森を踏破できると考えてらっしゃるのかの？　儂の見積もりでは森の中を五〇キロ以上進まねばならんのじゃが」

エドにそう問われ、アレッタは俯《うつむ》いた。

（エドさんは冷静。アレッタさんも現実が見えてるみたいだな……これなら大丈夫かな？）

「なら、俺からの提案なんだけど、俺が街まで行って救助を連れてくるってのはどうかな？　もちろん、そのための事前準備に何日か必要になるけど」

「お師匠様は錬金術師ですよね？　森を踏破できるんですか？」

「細剣《レイピア》使い兼弓使いとしてなら、それなりに戦える自信があるよ。安全な踏破方法も考えてある」

レンがそう答えると、エドは腕を組んで天井を見上げ、首をぐるりと回してから大きなため息をついた。

「誰かが代表で助けを求めに行くという方法は儂も考えましたがの、森を一人で踏破するのは無理と判断したんじゃが」

「レン様だけにご無理をさせるわけには参りませんわ」

「お師匠様、私、短剣ならちょっとですけど使えます」

口々にアレッタたちは、一人は危険だと主張する。

善意からの言葉だと理解できるだけに、レンは言葉を選んでそれに返した。

「とりあえず全員落ち着こう。まず、エドさん、雨が上がったら俺の実力を測ってください。その上で、俺が無茶を言ってるかどうか判断してください。次にアレッタさん、森を踏破するのに俺一人で行くのと、護衛対象を連れて行くの、どちらが安全だと思いますか？　あとシルヴィ、アレッタさんをここに残して行く場合、君がいなかったら誰が食事や着替えの支度とかするの？」

レンの言葉に、全員が少しだけ冷静さを取り戻す。

「……ふむ。レン殿には自信があるようじゃな。自信に見合う力があるかは後で見せてもらうとして、それでは具体的にどういう目論見《もくろみ》なのか、お聞かせいただこうか」

「大前提として、俺は迷宮外の魔物なら全てを倒せないまでも、逃げる程度はできるし、気配察知があるから森の中で不意打ちを食らう可能性も低いです。だから、昼の森の中を街に向かって歩く程度なら、問題はありません。これが大言壮語《たいげんそうご》でないことは、雨が上がったら証明します」

「ふむ……この辺りの森にどんな魔物がいるのかは調べられたのかの？」

エドは細い目を光らせ、そう尋ねた。

「……みんなが流れ着いたのが、俺がここに来て三日目の朝だったので、まだ広範囲の調査は行っていません。近くの森で遭遇したのはグリーンホーンラビットだから、グリーン系の魔物の生息域だと考えていますけど」

『碧の迷宮』に出現する魔物は、大きく緑、黄、赤、白、黒に色分けされており、同じホーンラビットでも色が変わると強さが大きく変化する。

そして、緑《グリーン》の魔物は初級者向けエリアに出現する魔物だ。

そこから、この辺りは初級者向けエリアだと判断していると説明し、エドも納得顔で頷いた。

「なるほどのう。その程度ならアレッタお嬢様でも倒せそうじゃが……川を遡上《そじょう》して森を踏破となるともっと強い魔物も出てくるじゃろ？」

「地上の魔物なら倒せますけどね。ですが問題があります。夜です。さすがに十日も寝ずに行動するのは厳しいので夜は野営します。その際、安全を確保するために結界棒が必要になります」

魔物は結界棒で囲んだ結界内に侵入することができないし、その攻撃も結界で止められる。

魔物は結界の中に獲物がいることを認識できるため、目が覚めたら結界の外が敵だらけという可能性もあるが、それでも寝ている間に魔物に襲われる恐れはなくなる。

結界棒は基本的には一定時間——合計二四時間分——で使い捨てるアイテムで、現在、レンの手元にあるのは、使い終わったゴミばかりである。

結界棒の素材はほとんど揃っているが、魔石に描き込んだ魔法陣を定着させるための定着ポーションが残り少ないため、その素材を手に入れたい、というレンの説明を聞き、エドは頷いた。

「レン殿は結界棒を作成できるということですかの？」

「材料さえあれば作れます。だからまず、結界棒の素材とみんなの食料確保を行い、準備ができたら俺が川沿いに遡って、街道に行き当たったら、そこから街を目指そうと思うんだけど」

「そうしますと、わたくしたちは何をすればよろしいのかしら？」

「確保した食糧を一カ月程度、できれば二カ月保存できるように干したり塩漬けにしたりかな？」

レンは肉と香草と茸《きのこ》を集めるつもりでいた。

香草は根が付いたままの状態で洞窟の近くに移植し、茸は乾燥させ、肉は塩を塗り込んで干しておけば、しばらくは食べられるはずである。

アレッタたちのボストンバッグには時間遅延が付与されていないが、腐敗への備えを怠らなければ二カ月程度なら保《も》たせられる。

それらに加え、洞窟の前の川で罠漁でもして魚を捕れば、多少救助が遅れても問題はない、というのがレンの読みだった。

「お師匠様、それでしたら私は薪《まき》を集めたいと思います」

「魔石コンロは置いていくつもりだけど？」

「お師匠様が煮炊きできなくなっちゃうじゃないですか」

「あー、俺は錬金魔術でお湯を作れるから、保存食をお湯に浸して食べる程度ならできるんだ」

そう答えたものの、道中の食事はウエストポーチ内に入れたままの調理済みアイテムなどで済まそうと考えているレンだった。

午後になると雨はあがり、風もだいぶ弱まってきたが、川原を覆う濁流の水位に変化はなかった。

洞窟内では他にできることもないため、シルヴィは錬金術の勉強を行い、アレッタは興味深そうにそれを眺めている。

エドはレンと話をしたそうにしていたが、レンが結界棒を直すのだと準備を始めたのを見て、自分の横穴で長剣と防具の整備を行い、合間に腕立て伏せや腹筋をしたりもしている。

そしてレンは、宣言通りに結界棒に必要な作業を行っていた。

まず結界棒を作る際に必要な定着ポーション用の容器と蓋と封印書を作る。

容器作成が一段落したところで、レンはポーチから効果が切れた結界棒を取り出した。

結界棒は長さ五〇センチほどの鉄の棒である。片方の端に魔石が取り付けられており、反対側は鋭く尖《とが》っていて、少し銀色に染まっている。

魔石の色は透明で、魔力が抜けていることがわかる。

結界棒の鉄の棒はストロー状になっており、未使用なら穴の部分に聖銀《ミスリル》が詰まっている。

この聖銀《ミスリル》と魔石内の魔力が反応して結界が作られるわけだが、その反応の過程で魔石内の魔力と共に、聖銀《ミスリル》が少しずつ消費されてゆく。

そのため魔石は交換が必要になるし、聖銀《ミスリル》も補充しないとならないのだ。

(聖銀《ミスリル》のインゴットはまだ売るほどあるし、使い終わった結界棒も溜まってる。棒の部分だけでも再生しとくか)

土魔術の錬成《ニードゥ》と同じ錬成《ニードゥ》という魔術が錬金魔術にも存在する。

土魔術の錬成《ニードゥ》は、そこそこ広範囲の土や石、金属などを随意に変形させたり、成分抽出したりできるが、魔力含有量が多い固体――例えば聖銀《ミスリル》――に対してはうまく機能しない。

それに対し、錬金魔術の錬成《ニードゥ》は、土魔術の錬成《ニードゥ》と比べると狭い範囲を細かく操作するためのもので、その対象に聖銀《ミスリル》を指定することもできる。

レンは結界棒から空になった魔石を取り外すと、錬金魔術の錬成《ニードゥ》で聖銀《ミスリル》のインゴットから指先ほどの一塊を切り出し、それを棒の上部の魔石を置く台の凹みに載せる。

銀色の凹みに聖銀《ミスリル》を載せたレンは、聖銀《ミスリル》を半液体状に変化させせつつ浸透させ、棒の中いっぱいに綺麗に充填《じゅうてん》されたのを確認したところで聖銀《ミスリル》を固体化させる。

台の銀色部分と棒の先端、両方の聖銀《ミスリル》に触れ、魔力が抵抗なく通ることを確認すれば、棒の部分は出来上がりだ。後は、魔石に魔法陣を描いて定着させた後、その魔石を棒の先端にはめ込む必要があるが、手持ちの定着ポーションでは一〇本程度しか作れない。

(……あ、結界棒がゲーム内と同じように動作するかも確認しときたいし、手持ちの素材で四本だけでも作って、明日晴れたら森の中で試しておこう)

自分の命を預ける道具である。

レンの知らないはずの記憶は、問題ないと告げていたが、実際に使ってみてから結界は生じたけどゲーム内とは効果が違ってましたでは話にならない。

レンは小豆大の魔石を四つ、魔石に魔法陣を描くための道具、それと残り少ない定着ポーションを取り出し、大きく伸びをして、作業台にしていた丸太を見てため息をついた。

（ちゃんとした台がないと精密作業は厳しいよな……まず作業台から作るか）

ゲームでは、どんな場所でも物作りに悪影響が出ることはなかったが、不安定な丸太の台の上で細かい作業は無理だと判断したレンは、砂利を取り出して土魔術の錬成《ニードゥ》で、平らでそこそこ分厚い石板を作り出す。

石板の下に四本の短い足を錬成《ニードゥ》で生やし、丸太の椅子に座って作業しやすい高さに天板が来るように調整したレンは、できたばかりの作業台の上に魔石類を載せ、小豆大の魔石の表面に魔法陣を描き込み始める。

レンは小さな魔石の表面に迷いなく魔法陣を描き入れると、少量の魔力を流して正常動作を確認する。確認が終わった魔石は、定着ポーションを入れた容器の中に落とし込まれ、その表面が細かな気泡に覆われれば定着完了である。

続いてレンは、先ほど聖銀《ミスリル》を詰め直した棒の先端に魔石を取り付ける作業に取りかかる。棒の先端の鉄の爪を土魔術の錬成《ニードゥ》で曲げて固定するだけだ。完成した四本の結界棒を革の背負い袋にしまったところで、レンは背後に人の気配があるのを感じて振り向いた。

「錬金術の勉強でわからないことでもあった？」

「いいえ。アレッタお嬢様も錬金術の勉強をしたいとおっしゃっているのですけど、構いませんか？」

「ああ、それはもちろん……足りない物とかは？」

「大丈夫です。素材のサンプルも余裕を持ってたくさんいただいてますし」

アレッタも錬金術を学ぶという話を聞き、レンは好都合だと考えた。

普通に強そうなエドや、それなりに短剣が使えると主張するシルヴィと違い、アレッタは基本的に洞窟の中での生活を強いられることになる。息苦しい環境で不安なまま待つよりも、気が紛れるような目標があった方が精神安定上、良いだろうという判断だ。

「なら、もしも、十分に学んだと思ったら……」

レンは錬金術師の職業レベルを中級にするための学習方法をシルヴィに伝える。初級技能を一定回数使ったり、特殊な条件下で素材採取をするといった部分は錬金術初級になるまで無理だが、学ぶことは無駄にはならないだろうと考えたのだ。

だが、真剣な表情でそれを聞いていたシルヴィは、小さく首を傾げた。

「何か不明点があった？」

「ええと、はい……錬金術師の中級がなんなのかよくわからなくて。言葉の意味はわかるのですが」

「そのまま、言葉通りで、錬金術の職業レベル中級って意味だけど？」

レンは首を傾げ、そのまま固まった。

以前、レンが炸薬ポーションを作れると言った時にエドが驚いていたのを思い出したのだ。

（もしかして、この世界では錬金術師中級は珍しいのか？　でもなんで？）

レンは自身の錬金術師の職業レベルを上級まで育てているし、ゲーム内で育てたNPCも錬金術師中級まで育てていた。

だからこそ不思議だった。

職業レベルを上げる方法は比較的シンプルだからだ。

(神殿に行って職業取得クエストを開始させて、後はメインパネルのクエストリストに表示される職業レベルアップクエストを全部クリアして、最後にもう一回神殿に行くだけなのに)

レンはメインパネルを開いて、過去にクリアしたクエストリストを眺める。そして思い出した。

過去にレンが育てたNPCは、二人ともメインパネルが使えなかったということを。

「……シルヴィ、メインパネルオープンって言ってもらえる?」

レンの目の前に自身のメインパネルが開く。不自然にならないように、レンはそれを閉じる。

「メインパネルオープンですか?」

「あ、うん、ありがとう。今ので確認できたよ」

不思議そうな顔のシルヴィを横に、レンはなるほど、と頷いた。

発声した文脈にコマンドワードが入っていればメインパネルは開いてしまう。

今のシルヴィの回答の際にパネルが開いた様子はなかった。ということは、NPCはメインパネルを開けず、クエストリストも確認できないということであり。

それは、職業レベルを上げるための方法をNPCが知る方法がないということだった。

(でも、そんなに難しいことは要求されないから、普通にやってれば偶然達成することも……)

「ああ、そうか」

レンは錬金術師の職業レベルを中級にするための達成条件の一つに、戦闘中の素材回収というクエストがあったのを思い出した。

錬金術師の場合はイエロー系の敵に発見された状態で、標準品質以上の硫黄草を規定数採取。レンがNPCを育てた時は、レンが敵を引きつけている間にNPCに素材回収をさせた。レンの基準ではそれほど強くない魔物だったからできたことだが、戦闘職以外のNPCにとっては十分な強敵である。そのあたりが原因で、錬金術師中級になる方法が失われたのだろう、とレンはあたりを付けた。

「……中級に上がる方法も失伝してるのか……シルヴィ、錬金術師が作成可能な体力回復ポーションの等級は？」

「え？　初級です……よね？　中級以上は迷宮から産出する物だから高価だって聞きます」

職業レベル中級の錬金術師なら、中級の、上級の錬金術師なら上級のポーションを作成できる。

シルヴィの言葉に確信を深めたレンは頷いた。

「やっぱりそうか……ちなみに、職業レベル中級になれる職業ってある？」

「えっと……冒険者には中級があります。農民と戦闘職の一部にも……全部はわかりませんけど」

シルヴィの言葉を聞き、レンは嘆息《たんそく》した。

「ああ、ありがとう。それだけわかれば十分だよ」

職業レベルを中級にするためのクエストには、レンが知っているものに限って言えば全て戦闘が必要なものが含まれていた。

プレイヤーがいれば難なくこなせるクエストも、NPCだけでは難易度が高かったのだろう。レンはそう理解し、シルヴィが来た理由を思い出した。

「あ、悪いね。とりあえずさっき言った範囲も勉強しといて」

「はい」

ＮＰＣでも中級になれる職業がある。それなら他の職業も正しい方法さえ知っていていれば中級になれるはずだと推測したレンは、シルヴィたちを中級に育てられるかでそれを判定しようと考えた。

（モルモット扱いは申し訳ないけど、中級になればメリットは大きいし、それで勘弁してもらおう）


数時間後、氾濫していた水が引いて水没していた川原が姿を現した。

雲が切れ始めた空はオレンジ色に染まっている。

木切れや葉っぱが散らばった川原を二階の穴から柵越しに見下ろしたレンは、しばらく川原を眺めてからエドを誘って川原に出ることにした。

「で？　儂を呼んだのはなぜじゃろうか？　腕を見るという話かの？」

「それもありましたね。これの使い方を教えておきたかったんですよ」

レンは、魔物忌避剤をエドに手渡し、その効用と、使い方を教えた。

「儂の知ってる物と同じじゃな。で、これをここそちらに撒いておくのじゃな？」

「ええ、この忌避剤は大体丸一日と少しで効果が切れますから、俺が街を目指して不在になる間もエドさんには毎日決まった時間に撒いてもらいたいんです」

「うむ、承知した。それでレン殿は、魔物忌避剤はどの程度持っとるのじゃろうか？」

「不在の間分となると少し足りませんので、出発前に素材を集めて作ろうと思ってます」

「そうか……ところで、レン殿が結界棒を作れるという話じゃが……」

レンの顔を窺うようにそう言ったエドに、レンは苦笑いをしながら頷いた。

「ええ、作れます。結界棒は錬金術師中級で作れるようになる品ですから、疑問に思うのは当然ですけど、まあできるものはできるんです」

レンは革の背負い袋から結界棒を取り出し、エドに見せた。

「これは、結界棒じゃな？」

「さっき作った物です……最近作ってなかったので、使える物を作れるのかの試験用に」

「……見た限り、迷宮から産出する結界棒と同じに見えるが……これは人間の手では作れぬ物と思っておった……」

「俺の錬金術師としての技量は結構高いんです」

レンが知る限り、ゲーム内では職業レベルは上級が最大だった。

だが、それはレンがゲームをしていた頃の話で、その後のバージョンアップで新しい等級が追加されていてもおかしくはない。『碧の迷宮』サービス開始時は職業レベル中級までしか実装されていなかったのが、レンがそう考える理由だった。

だからレンは曖昧な表現を使うに留めた。が、それを聞いたエドの目が真剣みを帯びる。

「なるほどのう……であれば、レン殿はその錬金術の腕を用いて中級解呪ポーションも作れたりするのかの？」

「中級解呪ポーションですか？　ええと……あれは厳密には魔術師の領分なんですよね」

「……そうか、残念じゃ」

「あ、いえ、作れって言うなら作れますよ」

「なんと！　それは真か？」

レンの返事を聞き、エドは逃がさぬとばかりにレンの両肩を掴んだ。

「ええ……すごい剣幕ですね。作れますし、なんなら手持ちもありますよ？」

「それを！　それを譲ってはくれまいか！　いや、違う。レン殿が街に着いた時、領主の館に届け

てはもらえまいか」

レンは首を傾げた。

「ええ、構いませんけど……誰か呪われてるってことですよね。間に合うんですか？」

「呪いの進行は初級解呪ポーションで抑えておる。もう二年もその状態が続いておるのじゃよ」

「初級解呪ポーションで進行を抑える？　そんなことできたかな？」

レンの中の記憶が正しければ、中級の解呪ポーションを必要とする呪いの進行を初級解呪ポー

ションで食い止めることはできないはずだった。

体力回復などと異なり、状態異常には適したポーションを使わなければ治らないというのが『碧

の迷宮』におけるルールで、それはこの世界に来てから植え付けられた記憶でも同じだったのだ。

「差し支えなければ教えてください。呪いを受けているのは誰ですか？」

「我が主じゃ。アレッタお嬢様のお父上にしてサンテールの街の領主、コンラード・サンテール様

じゃ」

「なるほど、領主様ですか。だとすると条件が限られますね」

「……何を言っておるのじゃ？」

レンは、洞窟の二階部分の窓を見上げ、シルヴィとアレッタが見ていないことを確認してから声を潜めた。

「まず、聞いた限り、それは普通の呪いじゃないです。薬は差し上げますけど、それでは治らないと思います」

「なんじゃと？　じゃが、薬師はこれは呪いで、初級解呪ポーションで一時的に解呪できるが完治はせぬから、迷宮から中級が出るのを待たねばならぬと言っておったぞ」

「俺の知る限り、中級の呪いに対して初級解呪ポーションを使っても、なんの効果も発揮しません。治るか、治らないか、どちらかです。初級のポーションで治るのならそれは初級の呪いです」

「じゃが……薬師の薬を使った後、コンラード様は一時的に回復されておった」

レンは頷いた。

「恐らく、その一瞬、領主様は解呪されていたのでしょう」

「じゃが、数日するとまた症状が出てしまっとったんじゃ」

「呪いが掛け直されてる可能性は？」

「一応、それも疑って調べたが、誰も近付いてない状態でも呪いの症状が再発したのじゃ」

掛け直さないのに掛かり続ける呪いに、レンは心当たりがあった。

「……もしかして、その症状は、視力が極端に弱り、体に力が入らなくなるというものでは？　あと、体に黒いアザが浮かび上がるようなものでは？」

レンの言葉を聞き、エドは目を剥いた。

その反応を見て、レンは自分の推測が正しかったと理解した。

「何か知っておるのか？　礼はする。知っていることがあるのなら聞かせていただけないじゃろうか」

「……そんなに詳しくないので、礼は不要です。伝染する呪い《カーススプレッド》。中級の呪いです。この呪いの厄介なところは、呪いの対象が生き物じゃないってことです」

「生き物相手ではない呪い？　それがどうやって我が主に影響しておるんじゃ？」

「伝染する呪い《カーススプレッド》は相手の持ち物に掛け、その所有者に初級の呪いを与え続ける呪いです……俺は呪術にはあまり詳しくないですけど、この呪いは何回か見たことがあります」

ゲーム内では武器を持つ強力な敵との戦いの際に、その武器に呪いを掛け敵を弱体化させるような使い方をしており、レンが見たのもそういう戦いの時だった。

敵の所有物――例えば剣に呪いを掛け、敵がその剣に触れると敵が呪われるのだ。魔物は呪いに耐性があるが、剣に呪い耐性があることは少なかったので、高確率で呪いの剣が完成する。

魔物には耐性があるから剣が呪われても、即座に呪いの効果が出るとは限らないが、呪われた剣を捨てない限り五秒間隔で十分間呪われ続ける。呪い無効を持っていない限り高い確率で呪いが本体に及ぶため、ゲームではコストパフォーマンスの良い弱体《デバフ》化手段だと評価されていた。

そしてその効果は、視力と攻撃力の低下で、発動中は呪われた魔物の体に黒いアザが浮かぶ。

「なんと……それはつまり、コンラード様のそばに呪われた品があるということか」

伝染する呪い《カーススプレッド》はエンチャント系の呪いだから、エドの言葉は正しい。

レンは首肯しつつも、だけど、と続けた。

「……だけど、確か、二年前から呪われてるって言ってましたよね？」

「そうじゃ……街のそばに生まれた迷宮を冒険者達が消した後あたりじゃったから、二年半にもなるか」

「……なるほど。だとしたら、悪意のある人はいないかもしれません」

「悪意のない呪いなどあるものなのか？」

「伝染する呪い《カーススプレッド》ですが、物から人に伝染した場合、呪いの効果時間は永続ですけど、人間が物に掛けた伝染する呪い《カーススプレッド》本体の効果時間は十分程度です。もしも毎回呪いを掛け直せる立場の人が犯人なら、最初から本人に中級の呪いを掛けるでしょうから、領主さんの呪いは誰かの呪いではなく、呪われたアイテムを知らずに所有したのが原因という可能性があります」

　人間がエンチャントした呪術が十分程度で効果を失うのに対し、迷宮などから産出する呪われたアイテムの効果時間は永続で、アイテムに付与された呪いが解呪されるまで、呪いの効果を失うことはない。そうでなければ、宝箱の中で効果が切れてしまう。

「……なるほど……レン殿は呪いの品を見分けることはできるのじゃろうか？」

「……見てみないと断言はできませんけど……怪しい物を指摘するだけならできますね」

『碧の迷宮』には鑑定という技能が存在するが、それは既知の品を詳細に調べるためのもので、未知の物の正体が理解できるようなものではない。

「うむ。怪しい物を遠ざけられるなら、それで十分じゃ」

「とりあえず、二年半前に持ち込まれた物から調べることにしましょう。そのあたりのことは俺が街に行く時に持っていく救助要請の手紙なりに書いておいてください」

「承知した……さて、だいぶ暗くなってきたが、レン殿の腕を試させてもらっても良いだろうか？」

「おっと、忘れてました。それじゃ、川原の真ん中辺りでやりますか。木剣《ぼっけん》とか使いますか？」

「うむ。刃引きの剣もないし、借りよう。儂の剣に近い長さの物はあるじゃろうか？」

「これなんかどうです？」

レンから長い木剣を受け取ったエドは、片手だけで軽々とそれを振る。

空気を切り裂く音が辺りに響く。

「軽いが硬さは十分。まあ問題なかろう。レン殿は細剣《レイピア》じゃったな。刃引きでも使うのかの？」

「条件を揃えたいから俺も木剣を使います」

レンは、エドに渡した物よりも短いショートソードの木剣を取り出す。

「ふむ。まあ、細剣《レイピア》の木剣では、打ち合えば折れてしまうじゃろうしな」

「この木剣は、昔、細剣《レイピア》の練習用に作った物、ですけどね」

レンは木剣を細剣《レイピア》に見立てて、三連突という細剣《レイピア》使いの専用技能を放つことで素振りとする。

素早く三回突きを放つだけの技と言ってしまえばそれまでだが、エドは、レンの突きが見えない敵の顔、喉、胸に吸い込まれたのを幻視した。

短い剣で、さらには突きだからということもあろうが、その突きの速さはエドの素振りを凌駕《りょうが》していた。

「……なかなかやるのう……左手には何も持たんでも良いのか？」

「短い木剣をマインゴーシュやソードブレイカーの代わりにもできますけど、今回はなしで」

レンの返事に、エドは目を細めた。

「……なぜか聞いても良いかの？」

「エドさんの攻撃を片手で受けられるとは思ってませんから」

レンはエドの戦いを見たことはない。しかし普段の歩き方や観察力から実力はかなりのものだろうと予想していた。

NPCだから職業レベルは高くても中級だろうが、『碧の迷宮』では基本技能を鍛えるだけでも、様々な動きが向上し、達人の域に近付けるのだ。

「ほ、高評価じゃの……じゃが細剣《レイピア》の戦い方では、いずれにしても片手になるぞ？」

「ええ、だから、こういう使い方をします」

レンは木剣を両手で持ち、剣道の構えにも似た姿勢——厳密には両手剣の構え——から、剣士系共通の突き、斬り、払いといった、基本技能に該当する技を繰り出す。

基本技能は文字通り基本的な技ばかりで、職業ごとに覚える技能——例えば三連突のような派手さはない。単発の技ばかりなので威力は低く、大技と比べて射程《しゃてい》も短い。

しかしその分、隙がほとんど発生しない。

それを知っているレンとしては、対人戦が得意そうなエドを相手に大きな隙が発生する大技で立ち向かうという選択肢はなかった。

「なるほどのう。一応言っておくが儂は対人戦はかなりやっとるぞ？」

「部下の育成とかやってるならそうなりますよね」

レンとエドは、川原の中ほどで向かい合い、木剣を構えた。

「それじゃ、始めるとするかの。先手を譲ろう」

「……行きますよ……っ！」

息を吐きながら、レンは真正面からエドに突っ込む。

剣は上段。間合いに入ると同時にレンの木剣が振り下ろされ、軽い音を立て、エドに弾《はじ》き返される。

その力に逆らわず、レンはエドから距離を取った。

「……ふむ……今のはどの程度の力じゃろうか？」

「様子見程度ですね。エドさんは反撃しないんですか？」

「うむ。レン殿の腕を見るのが目的じゃから、倒してしまっては意味がなかろう？」

「それじゃ次はもう少し本気で行きます……っ！」

声にならない裂帛《れっぱく》の気合いを吐き出しつつ踏み込んだレンの足元の丸石が真横に弾かれる。

ほぼ同時に、レンはエドの右側で剣を横に薙《な》いでいた。

先ほどよりも重い音を立て、エドはレンの剣を弾き返す。

「ほう……運足はかなりのものじゃ。足場が丸石《これ》でなければ、もっと威力が出たじゃろうな」

「今ので半分くらいですけど、まだ大丈夫ですか？」

「……ほう、半分か。ならば次は反撃するとしよう。一応寸止めするつもりじゃが、しっかりと避《よ》けるのじゃぞ」

「わかりました。それじゃ、行きますよ……っ！」

一度距離を取ったレンが、今度はエドの左側に踏み込み、すれ違いざまに木剣でエドを薙ぐ。

それを弾き返したエドは、攻撃を弾かれ、動きが鈍ったレンに向かって流れるように突きを放つ。

胸元に伸びてくる切っ先を、体を斜めに開くことで躱《かわ》したレンは、苦し紛れに目の前のエドの腕を狙って木剣を振るが、それを読んでいたエドは横っ跳びに躱し、戻るその勢いで体をコマのように回転させてレンの体を横薙ぎにしようとする。

体勢を崩し掛けていたレンは、僅かに腰を落とし、木剣を立ててエドの重い攻撃を弾き、低く小さい姿勢にすることでバランスを取る。直後、押し縮められたバネが伸びるように体を伸ばし、さらには剣から左手を離し、体を開いて射程を伸ばしながら、エドに向かって連続で突きを放った。

顔に向かってきた突きを木剣を立てて弾いたエドは、続いて喉に向かってくる二発目の突きを一歩下がることで避け、追いすがるように胸に伸びてくる突きを剣で払い、その払った勢いで一度剣を下げて攻撃に転じようとする。が。

「何っ？」

攻撃に転じようとした隙をつくように四発目の突きがエドの胸に迫る。

体を捻って左肩でその突きを受けたエドは、木剣を取り落とし、肩を押さえてうずくまる。

「す、すみません！　とりあえず体力回復ポーションをどうぞ」

「あ、いや。驚いただけで痛むわけではない……てっきり三連突と思ったのじゃが……うむ、参った。完敗じゃ」

「三連突じゃなく、ただの突きを連発しただけです。まあ五発以上連続は息が切れるから出せませんけど」

「ふむ……最初に三連突を使って見せたのは、この布石じゃったか」

三連突を印象づけることで、連続で突きが来たら三連突と思わせる。そういう心理戦か、と感心したようにエドは呟くが、レンにそういった意図はなかった。

単にエドの動きが想像以上に良かったため、反撃するという予告を受けて萎縮し、できるだけ隙の少ない技を選んだだけだ。

三発で止めずに四発目の突きを放ったのは、攻撃の手を緩めたら反撃が来る、それは怖い、と思ったからに過ぎない。レンがそう感じるほどにエドの動きは良かったのだ。

「それにしても両手で戦うと言いつつ、片手で攻めてくるとは、なかなか知恵者じゃの」

「いえ、そっちも別に狙ったわけじゃないんですけど」

両手剣と片手剣では、動きも速度も射程も、全てが異なる。

最後のレンの攻撃でエドが後手に回ったのは、それに幻惑された部分が大きい。

だが、エドは、それも含めてレンの実力であると判定した。

「見たところ、まだ本気を出し切ってはおらぬようじゃの」

「七割、といったところですね」

ある意味で事実である数字をレンは挙げて見せた。

エドはそれを聞き、楽しげに頷く。

「なるほどの。これならイエロー系の魔物までなら問題なく倒せそうじゃ……それにしてもレン殿」

エドは笑みを深めてレンの顔をじっと見つめた。

「七割とはのう……儂に気を遣うことはないのじゃぞ？」

「別に気を遣ったわけじゃないですけど」

レンは困ったような笑みを浮かべた。

魔術や錬金術といった要素を組み合わせれば、レンはもっと有利に事を運べた。エドはそれを指摘したのだ。そういう意味ではエドの言葉は間違いではない。

だが、レンが七割程度の力で戦ったというのも事実だ。

最初からレンは、この腕試しは剣技に限るつもりでいたからだ。

レンはそれで十分勝てると思っていた。だが蓋を開ければ、確かに勝てたが、気迫その他では負けていた――簡単に言えば怖かった――。それがレンの偽《いつわ》らざる感想だった。

「まあ良い、いずれにしても儂の負けじゃ……で、出立の準備はどの程度で整いそうかの？」

「わかりません……この周りにいろいろな素材がありそうなのは確認していますけど、近場だけで必要数を揃えられるかはやってみないとわかりませんから」

ゲームの中であれば素材を採取してから一定時間が経過すると大半の素材は復活《リポップ》していた。

レアな物ほど復活《リポップ》に時間が掛かる仕様だったが、それでも、待てば同じ場所で同じ素材を手に入れることができたのだ。

しかし、レンの知らないはずの記憶は、そんな便利で不思議な現象は起きないと告げていた。

(まあ、現実世界になったのなら、当たり前の話だけど)

「それもそうじゃな。さて、そろそろ日も沈むが、もう戻るかの？」

「ええと、これを仕掛けます」

レンは、初日の夜に洞窟のドア代わりにしていた木の枝をポーチから取り出して見せた。

「ただの葉の付いた枝にしか見えぬが？」

「はい、ただの枝です。後で罠も作りますけど、とりあえずこれを川に浸しておくんです」

「ふむ。魚が寄ってくるように陰を作っておくんじゃな？」

レンは頷くと、川岸に石の棒を作り、枝を結び付けて葉の部分が水中に沈むように調整した。

「こうして、罠を仕掛けるのに適した場所を作っておくわけです」

「罠か……筌《うけ》でも作るのかの？」

「はい。遠目でしたけど、森の中で竹を見掛けましたので」

筌とは、川魚用の罠の中でもっともお手軽かつポピュラーな物の一つである。

現代ではペットボトルで作られることも多いが、元々は竹などを編んで筒を作り、筒の一方を紐で縛って閉じ、もう一方を漏斗《じょうご》のようにして中に餌を入れ、川に沈めるタイプの罠だ。

漏斗から魚が中に入り込み、漏斗の部分を逆に抜けられずに魚が捕れるという単純な構造で、単純が故に、日本に限らず世界中に様々な形状の筌が存在する。

罠から魚を取り出す際は、紐で閉じた側を開けたり、漏斗部分を取り外したりと、作りによっていろいろな違いがある。

「筌は儂も子供の頃に作ったことがあるぞ。シルヴィも田舎の出だから、作ったことがあるやもしれんの」

「慣れてる人がいるなら安心ですね。俺がいない間の食料調達手段の一つと考えてるんです」

「それならレン殿、川原の、その枝を結んだ辺りを平らにすることはできるじゃろうか？」

「平らにですか？　目的はなんでしょう？」

「うむ。まず、罠から魚を出すための場所じゃな。幸い、馬車は流れなかったから、桶や樽《たる》はあるが、それらを置いて作業するにも、地面が丸石では危なかろう？　それと、その枝じゃよ。もしかしたら、枝に川海老《かわえび》や蟹《かに》が来るかもしれんじゃろ？　平らな場所の上で枝を振れば、そいつらが落ちてくれるかもしれん」

「なるほど……ということは……水が流れるように僅かに傾斜を付けて、丸石と、石の下の岩盤を素材にして平らな流し場みたいな感じで……周囲には五センチくらいの高さの枠を作って、低い所から川の方に水が流れ出るように穴を開けて……うん。こんな感じかな」

レンの言葉と共に、川原の一部、二メートル四方が枠の付いた平らな流し場のように変形した。

レンは、そこに魔術で生み出した水を流し入れ、傾斜に沿って水が流れることを確認すると、満足げに頷いた。

「今のも土魔術の錬成《ニードゥ》じゃよな？　やはり儂の知ってるものより効果が大きいようじゃ」

「魔術師の基本技能も錬成《ニードゥ》も、きちんと育ててますから」

「ほう。無事に戻れたら、その鍛錬の方法も生命魔術などと共にご指南いただけないじゃろうか」

「……考えておきます」

魔術の威力を上げる方法は三種類ある。

魔術系の基本技能を使いまくって基本技能の熟練度を上げること。

育てたい魔術を使いまくって特定魔術技能の熟練度を上げること。

それと、レンが知る限り、二回しかできないが、魔術師の職業レベルを上昇させることである。

その内、技能の熟練度を効率よく上げる方法は、プレイヤーにとっての基礎知識だった。

その中には、プレイヤーでなければ難しい方法もあれば、NPCでも実現可能な方法もある。

レンもその全てを知っているわけではないが、錬金術師ならではの方法を幾つか覚えていた。

だが、それを教えてしまっても良いものか、その判断に必要な情報をレンはまだ持っていなかった。

エドもシルヴィも真面目で、アンナのためにと率先して働いていて、そこには仕事だから、というだけではなく、アレッタに対する親愛の情が感じられる。

それにアレッタはレンに対して、領民でない上恩人だからと、敬称を付けずに呼ぶことを許そうとしていた。

この世界で初めて出会った三人の住民に対して、レンは悪感情を一切持っていなかった。

だがそれでも、三人を信じられるということと、この世界の全てを信じられるということは別の話である。

職業によっては技能の向上は攻撃力の上昇に直結する。

職業レベルを上げれば、初級で作れなかったポーションが作れるようになるように、今までできなかったことができるようにもなる。

(広めてから後悔しても手遅れだし、しっかり見極めてからだよな)

レンがそんなことを考えていると、枝の固定具合を確認していたエドが戻ってきた。

「これで外に出た用事は一通り片付いたかの？」

「そうですね。戻りましょうか」

「なら、儂から一つ頼みたいことがあるのじゃが」

申し訳なさそうにそう言うエドに、レンは
「なんでしょうか？」

と足を止める。

「うむ……難しいじゃろうし、贅沢《ぜいたく》とも思うのじゃが、その、川縁付近に小屋か目隠しを作って、そこに風呂というか水浴びできる施設を作れんじゃろうか？」

「風呂ですか？」

「今はレン殿が洗浄《ピュリファイ》を使ってくれておるから問題はないが、レン殿が不在となれば、お嬢様もシルヴィも汚れや臭いを気にするじゃろうと思うての？　贅沢かもしれんが……」

「……ああ、確かに必要ですね」

職業とそれに付随《ふずい》する技能は、神の恩恵というのが、『碧の迷宮』の設定で、職業を得るにはしっかり学んだ後、神殿で祈りを捧げる必要がある。

つまり街に帰るまでは、アレッタもシルヴィも錬金術の能動技能《アクティブ》である洗浄《ピュリファイ》は使えないのだ。

その状態でレンが不在となれば、その間、アレッタたちが身を清める方法が限られてしまう。川の水を使えば洗濯には困らないだろうが、二十日間、濡らした布で体を拭くだけというのは貴族の女性には厳しいかもしれないとレンは頷いた。

「……うん……たぶんそんなに難しくはないと思います」

「すまんの。解呪や我らの命の礼など、諸々、弾んでもらえるように手紙をしたためておく故」

「謝礼の話は街に戻ってからとアレッタさんと約束してますから、ほどほどでお願いしますね」

だけど、とレンは難しい顔で腕を組む。

「問題があったかの？」

「ええと、風呂場は簡単に作れますけど、どう運用しようかと思いまして……風呂にお湯を張ったり、沸かせる人はいますか？」

「それは川からくむのではなく、魔術について聞いておるのじゃよな？　アレッタお嬢様が水魔術を使えるが、数人の食事に使うのに困らん程度じゃな」

「あ、いえ、水なら泉の壺《つぼ》があるので問題ないんですけど、加熱をどうしようかな、と」

「……ほう？」

「お湯にできる人がいないなら、土魔術の錬成《ニードゥ》で石の風呂桶を作るとして、火で炙《あぶ》って割れても困りますから、底に鉄板入れて、その下で薪を燃やす方式ですかね？」

「待たれよ。レン殿は泉の壺を個人で所有しておるのか？」

エドの言葉に、レンは知らない記憶の中を探ってみたが、大抵どの村にもあり、そこまでレアな物ではないとわかった。

泉の壺は魔術師と細工師と錬金術師が協力して作成する魔道具で、中に魔石を入れるか、魔力を注ぐと傾けた時に水が流れ出る。この壺を使わないとクリアできないクエストがあったため、レンはこれを自作し、クエストクリア後、ポーチの中にこれを死蔵していた。

機能だけ見ると便利そうな魔道具なのだが、泉の壺はとても重く、ウエストポーチからの出し入れにも苦労するほどで、それを使うより水魔術を覚えることを選択するプレイヤーが多かったのをレンはなんとなく覚えていた。

ゲーム内の記憶を含め、泉の壺の所持は問題がなさそうだと判断したレンは頷いた。

「昔、ちょっと必要に迫られて作ったのが一つ、ポーチの中にありますけど?」

「……エルフはどうか知らぬが、ヒトの街や村では泉の壺は貴重品なのじゃよ。魔石が必要なので頼り切ることはできぬが、それがあれば水源に問題があってもしばらくは凌げるからの」

「水源に問題って……この土地、水だけは豊富だと思いましたけど?」

ゲームの舞台の大半は亜熱帯気候の森林地帯で雨が多く、穴を掘れば少なくとも泥水が手に入るような土地柄だから、水不足で困ることなどない、というのが、ゲーム内でのレンの感想だった。

「まあ、森ばかりで雨も多いから、島のように真水が手に入らないということにはならぬが、大雨で井戸が濁ることもあれば、魔物の影響で飲めなくなることもあるじゃろ?」

魔物の影響で飲めなくなる、というのがどういう状態かわからなかったレンはとりあえず曖昧な表情で頷いておいた。

「値段が折り合えば、街に戻ってから譲ってもいいですよ。作るのは少し面倒だけど、素材はそんな大した物は使ってませんし、そもそも俺は使いませんから……それはさておき、洞窟内でも水の供給が可能なので、外に風呂はやめましょう。危険です」

「うむ、そうじゃな。それが可能ならその通りじゃ」

魔物忌避剤の影響により、川原左右の森の魔物はあまり接近してこない。しかし対岸に顔を出した魔物や上空を飛行中の魔物に発見されれば、獲物認定《タゲら》されてしまう恐れがある。

それを考えると、戦えない者が川原に出る機会は少ない方がいい。

「それなら、作る場所ですけど」

レンは頭の中で大雑把な風呂の設計図を描き、排水や風呂釜の配置から、どこに作るべきかを考える。

「……一階出入り口付近が良さそうですね。火は洞窟の外から焚《た》かないと危ないですから」

「換気や煙のことを考えればそうなるじゃろうな。トイレと反対側じゃな？」

「そうなりますね。暫定版を作っちゃいましょう」

レンは洞窟に入ってすぐの左側の壁に炸薬で奥行き四メートルの横穴を掘り、その隣、二階に登る坂道に掛かる辺りにもう一つ横穴を掘る。二つ目の横穴は坂道に掛かっている分だけ、最初の穴より、僅かに床が高い。

そして、二つの横穴の壁と床と天井を平らに錬成《ニードゥ》して、高さ二メートル、幅一六〇センチほどの直方体にしてから、硬化ポーションスプレーで硬化する。

「外に近い方が風呂場で、奥の方が脱衣所になります」

「なるほど、裸で歩き回らんようにするには脱衣所も必要じゃな。で、風呂桶はどの辺りになるんじゃ？」

「ここですね」

レンは、風呂場の横穴の一番手前に砂利を撒いて、風呂桶を作る場所を示す。そして、風呂桶予定地の川に近い側の床、四〇センチ四方を錬成《ニードゥ》で掘り下げ、その穴を外に繋げる。

「察するに、その穴が風呂釜になるんじゃな？」

「ええ、外から薪を入れて使います。ええと」

レンは鉄鉱石を取り出し、五〇センチ四方の鉄の板を錬成《ニードゥ》する。

そして風呂釜予定地に高さ一〇センチ、四〇センチ四方の煙突のような物を作る。最初の時点では石の厚みは一センチほどだが、硬化スプレーを使い、その内側にさらに一センチ追加。これを石の厚みが五センチになるまで繰り返す。最後にその上に鉄板を載せ、余った部分を下に折り曲げ、煙突状の構造物から石の爪を伸ばして鉄板を固定する。

「これで風呂釜の基本構造は完成です」

「……早いのう」

「次は、風呂場の通路側を壁で埋めますんで、いったん通路に出てください」

レンは通路に出てから宣言したように錬成《ニードゥ》で壁を作り、風呂場を閉じられた空間にした。続いてレンは脱衣所に入り、奥の方の壁に風呂場に繋がる穴を開ける。

そこから風呂場に入ったレンは、中の暗さにため息を漏らすと、

「暗すぎますね、明り取りの窓を作りましょう。換気も考えて高い所に……」

と、風呂場の壁の天井付近に、間隔をあけて外に繋がる小さな穴を五つ作る。

穴は斜めに掘られており、外の方がやや高い。

だが、既に夕刻。外も暗くなりつつあり、窓からの光では大して明るくならなかったため、レンは照明《ライト》の魔術で自身の頭上に光の珠を浮かべ、風呂場全体の床に僅かな傾斜を付ける。

「これは排水のためじゃな?」

「はい、そうです……でも湿気はどうしても溜まりますので、そこは諦めて小《こ》まめに掃除してください」

「心得た」

レンは風呂釜を囲むように風呂桶を生み出し、その表面を滑らかに加工すると改めて風呂場全体を硬化する。

そして、アレッタの身長ほどの高さに石の棚を錬成《ニードゥ》し、その中央に凹みを作ると凹みをツルツルに加工する。

「エドさん、ちょっと力を貸してください。泉の壺をその凹みに載せたいんです」

「おう……その凹みの中で壺を倒して水を流すわけじゃな？」

「ええ、樋《とい》を作って、そこに流す感じです」

重い泉の壺をエドの力を借りて棚の上に載せたレンは、凹みの中で壺が滑らかに倒せることを確認し、壺から出た水が風呂桶に流れ込むように樋を設置する。

「うん。これなら簡単に水くみができそうですね」

「……さっき頼んだばかりなのに、今日中に完成する勢いじゃな」

「もう暗いので、外回りは明日にしますけどね……後は床の滑り止め加工と排水用の穴ですかね」

レンは風呂場の床に砂利を撒き、無数のL字模様を作って床に張り付けていく。そして、風呂桶の隅に、浴室に繋がる排水溝を作り、ワイン用のコルクで蓋をする。

そこから浴室に流れ出た排水を外に流すため。風呂場の床の隅に細い溝を作り、溝の一番低い辺りに、外に繋がる小さな穴を幾つか作って、石で作った網のような物を載せ、出来映えに満足したように頷く。

「風呂場はこんな感じですね。エドさん、風呂桶に半分以上、水を溜めてみてください」

「おう」

エドが泉の壺を倒し、魔力を流すと風呂桶に水が流れ込む。

それを横目に、レンは風呂場と脱衣所、両方の入り口に暖簾《のれん》を掛けるための金具を取り付け、そこに穂先のない短槍《たんそう》の柄を引っ掛け、ウェブシルクで暖簾を縫い始める。

「……レン殿、水が六分目まで溜まったんじゃが……ふむ、レン殿は裁縫もできるんじゃな？」

「裁縫、鍛冶は、細工師の技能ですけど、錬金術で物作りをする時に使うので勉強しました……えっと、コルク回りからの水漏れなし、と。うん、良さそうですね。これでしばらく様子を見ましょう」

ざっと確認したレンは、縫い物を終わらせると、暖簾を入り口にぶら下げ、少し離れた場所から眺めて満足そうに大きな息を吐いた。

「レン殿、儂の気のせいじゃろうか？　この棒から何やら業物の気配を感じるのじゃが？」

エドはレンが暖簾を下げるのに使った棒をマジマジと見ながらそう尋ねる。

「ただの槍の柄です。ちょっと頑丈になる永続魔術が掛かってますが、それだけですね」

「……ほう……後で忘れずに回収せんとな。ところで煙突は作らんのかね？」

「あー……忘れてました。煙突があった方が燃えやすくなるので作りましょう……外側は明日やるとして……」

レンは、壁に手を当てて錬金魔術の錬成《ニードゥ》を使って石の壁の中に魔力を流す。

魔力がソナーのように働いて風呂釜部分の構造がレンの脳裡に浮かび上がる。

土魔術の錬成《ニードゥ》ではここまで細かくはわからない。

（薪を入れる部分から吸気されるから、その上に排気のパイプを載せるイメージで……）

剥き出しの風呂釜で木を燃やし、その上にある鉄板を熱するだけの単純な作りなので、煙突がなくても燃焼するが、煙突を付ければ空気の流れが生まれ、効率良く鉄板に熱を伝えられる。レンは空気の流れをイメージしながら、煙と熱を通す管の配置を決定する。

風呂釜の鉄板の直下から外に向けて、石を盛り、錬成《ニードゥ》で固め、その中に直径五センチほどの穴を生み出す。パイプは真横に伸びているが、後々上に煙突を載せてやれば、火を焚いた時に煙突効果で空気が循環するようになる。

「内装はこれで完成ですね。あ、火を焚くとあの金属板とその周辺がかなり熱くなるので、火傷《やけど》には気を付けてくださいね。何か気付いた点とかありませんか？」

「ふむ……」

エドは脱衣所と風呂場を眺め、腕組みをしてしばし黙考し、幾つかある、と答えた。

「まず、外じゃが、排水を川までしっかり流した方が良いかもしれん。外に排水が溜まって魔物忌避剤が流れてしまったりしては危険じゃろ？」

「なるほど、明日、外回りをやる時にやっておきます。他には？」

「脱衣所に台が欲しいかの？　服を地面に置くのは抵抗があるじゃろうし」

「ああ、確かに必要ですね。作っちゃいましょう」

「後は、明日にでもシルヴィとアレッタお嬢様にも見てもらうとしよう」

「ですね。使う人の意見も聞かないと」

「それと、風呂釜や煙突の掃除のしやすさも見ておきたいのう」

エドの言葉にレンは苦笑いを浮かべた。

「使っても一カ月くらいですから、掃除は風呂場だけで十分じゃないかと」

「……なるほど、確かにそうじゃの。使い捨てと考えると、随分と贅沢な設備を頼んでしもうたのう」

「いえ、提案してくれて良かったです。半月以上、洗浄《ピュリファイ》も風呂もない生活は貴族の女性には厳しいでしょうから、これは精神状態を健康に保つために必要な設備です。救助隊を連れてきたらボロボロになってた、では話になりませんし……あ、明日は風呂用の薪も拾わないとですね」

「薪拾いなら、儂とシルヴィも戦力に数えてもらって構わんぞ」

　エドの言葉に、レンは脱衣所に棚を作る錬成《ニードゥ》の手を止め、エドの方を振り向いた。

「シルヴィって、森の中入っても大丈夫なんですか？」

　初級者向《グリーン》けエリアの敵は強くない。が、それはプレイヤーを規準とした話で、戦闘職ではないNPCからすればグリーン系の魔物は十分な脅威である。少なくともレンの知識ではそうなっていた。だからそう尋ねたのだが、エドは問題ないと笑った。

「誰かを守る必要がない状況で、グリーン系の普通の魔物相手なら、数で押されん限りは逃げられる程度の腕前じゃな。あれでシルヴィは儂の同僚《騎士》の娘じゃからな」

「ああ、ただのメイドさんじゃなかったんですね……と、これで棚も完成です」

「感謝する。謝礼は街に戻ってからと言っておったな。こちらでも記録はしてあるが、諸々、忘れず代金に加算しておいてもらえんかの？」

「あー……ええと、ヒトの街の物価がわからないから、値段は任せます」

　実のところ、レンの中の知らない記憶から、ある程度の相場はわかるが、その相場が今現在のものであるという確証がレンにはなかった。

「そういえばレン殿はヒトと付き合いのないエルフの村の出身じゃったか？　ヒトが使う貨幣についての知識はあるのかの？」

「一応は。だけど、英雄の時代の貨幣ですので、今現在もヒトが使っているのか、価値がどう変わっているのか等はわかりません」

「使用貨幣は同じじゃが、貨幣価値の変化については儂もわからん。後で幾つかの品の相場を教えるとしよう。あと、街のことも教えておくべきじゃろうな」

「あ、ぜひお願いします……それじゃ上に戻りましょう」


レンたちが戻ると、今日はシルヴィの部屋を利用して夕飯の支度が進められていた。

シルヴィが使っているコンロは、少し大きめの七輪に似た物で、燃料としては炭やチップ状に砕いた材木を用いるが、ある程度の大きさまでなら薪も使える。

今はその上に鍋を載せ、皮を剥いた芋を茹《ゆ》でていた。

強風が止んでいるため、洞窟内は多少煙臭い。

「エド様、お師匠様、お帰りなさい。エド様、お師匠様とお手合わせして、どうでしたか？」

「おお、完敗じゃった。レン殿なら、森の中の単独行も問題あるまい」

「……ところでシルヴィは何作ってるんだ？　芋なんて持ってたんだな」

ゲーム内では見ることがなかった、ジャガイモに似た芋に、レンは目を丸くする。

そして、その芋が、この世界では割とポピュラーな農作物であることを、知らないはずの記憶が教えてくれた。

「お芋は日持ちしますから、結構入ってますよ？　今日はこれを潰して、そこに干した野菜を茹でて戻した物と削った干し肉を混ぜます。それとスープが夕食になります」

「料理なら俺も少しはできるから、潰すの手伝おうか？」

「お師匠様は、料理人でもあるんですね。今度、レシピ交換してください」

「てことは、シルヴィも料理人の職業を持ってるのか。でも俺の知ってるレシピは、危ないのが多いから、使いどころが少ないと思うぞ？」

　味の再現率が低いゲーム内における料理人という職業である。普通の料理を作っていたのでは、プレイヤー相手に商売にならない。だからと言って、NPC相手では大した儲けにならないため、運営が用意したのが特殊な効果を持つ料理だった。

　スタミナ回復速度微増の効果が付与される「力のハムチーズサンドイッチ」はNPCでも買える価格帯の料理だが、中には火と水の耐性が付き、食事から五分間は体力が自動回復《リジェネ》し続ける「属性竜の合い挽《び》き肉ハンバーグステーキ」などという料理もあり、この素材集めとなれば、レンであってもたやすくはない。もちろんそこまで壊れた性能の料理となれば、上級の料理人が必要だが、初級の料理であっても魔物素材を使用する物は少なくない。

「危ないお料理ってどんなのですか……まあ、それはさておき、お芋を潰すのは力仕事ですから、茹で上がったら手伝ってもらえると助かります。ええと、完全に潰さず、私の小指の先くらいの固まりが少し残る程度でお願いします」

「了解。ところで、アレッタさんはどうかした？」

シルヴィの部屋の正面、アレッタの部屋のベッドの上には丸い毛布の塊があった。

気配察知には、起きているのか眠っているのかが微妙なラインの反応があった。

「お嬢様なら勉強疲れでお休みしてますね。さっきまで錬金術の本を読んでましたけど」

「てことは、アレッタさんも追加部分に入ったのか。予想よりもかなり早いな」

「はい。素材を見分けるのは少し苦労されてましたけど、最初にお師匠様に言いつかった部分は終わって、次の部分に取りかかってます」

神殿で祈るまでは初級の職業に就くことはできないため、知識を詰め込むことしかできず、飽きてしまうのではと心配していたレンだったが、それは杞憂《きゆう》だったようだ。

中級の知識を詰め込んだからと言っていきなり中級に上がることはできないが、いずれ中級を目指すつもりなら無駄にはならない。

「そりゃ良かった……戻ったらアルシミーの神殿で職業と技能を得て、中級に上がるためにポーション一式を規定個数作るのと規定の素材回収を行えば、案外、中級までは簡単に行けそうだな」

「……お師匠様、私たちを中級まで育てていただけるということは、街に戻った後も、皆にいろいろ教えていただけるということでよろしいでしょうか？」

「……アレッタさんとシルヴィに錬金術を教えるのは問題なし。二人がそれを広めても構わない。でも、他の職業や技能については保留かな」

「はあ、そのあたりはお師匠様の判断にお任せしますけど……どうしてかお聞きしても？」

首を傾げるシルヴィに、レンはため息をついた。

「自分の目で街を見てから決めたいんだ」

レン――健司が懸念していたのは、人間同士の争いで職業や技能が使用されることだった。

この話があった後、健司が思い出したのは一九世紀中頃のある人物のことだった。

ノーベル賞の生みの親、アルフレッド・ノーベルは衝撃を与えただけで爆発してしまう危険なニトログリセリンを安定させる方法を研究し、ダイナマイトを発明した。

安全に持ち運べる爆発物の完成により、鉱山やトンネル工事での爆発事故は激減した。

当時の時代背景を考えれば、危険なニトログリセリンを安全に扱えるようにしたことは人類の進歩に貢献したと評価されるべき偉業だ。

一九世紀中頃と言えば産業革命が終息し、急速に発展した科学技術によって世の中が大きく変動した時期である。当然、様々な鉱石の需要も伸びており、ダイナマイトはその需要を満たすための重要な道具となった。

ダイナマイトがなければ鉱石の供給量は大幅に減り、そうなれば鉄を使う全ての産業の発展速度は鈍化しただろう。

ダイナマイトによって安全かつ安価に調達される鉄は、人類の文明の発展速度に大きく寄与したのだ。


だが、ダイナマイトの用途は平和目的だけではなかった。

当然のように軍事利用され、経営者でもあるノーベル自身も積極的に売り込んでいった。

結果、戦争の被害はより悲惨なものになり、ノーベルは死の商人と呼ばれるようになる。

そして、ノーベルが自分の評価を思い知る出来事が一八八八年にあった。

フランスの新聞が、ノーベルの兄の死亡情報をノーベル本人のものと取り違え、「死の商人、死す」と題した死亡記事を掲載したのだ。

ダイナマイトの発明によってニトログリセリンの取扱者が死ぬ事故は減ったはずで、ノーベルは間違いなくそれに貢献した。しかしその記事には「可能な限りの最短時間でかつてないほど大勢の人間を殺害する方法を発見し、富を築いた人物が昨日、死亡した」と記されていた。

それを見たノーベルは、自分の死後の評価を知った。

大きな功績は帳消しにされ、後世に残るのは死の商人という悪評だけ。

それを誤報によって知ったノーベルは、方針転換を図った。

ダイナマイトで得た莫大《ばくだい》な財産の大半を、人類のために貢献した人々に与えるノーベル賞を創設するよう遺言を残したのだ。

この話を聞いた時、健司はまだ小学生だった。そして小学生なりに考え、大量破壊兵器を作ったのだから、ノーベルが死の商人と呼ばれるのは当然だと考えた。

私財を投じてノーベル賞を作ったという功績は大きいが、それで死の商人であったという事実は消えないし、人類はもう、爆発する兵器がなかった時代には戻れない。現にノーベル賞創設後も、爆発する兵器は作られ続けている。現代の爆弾は仕組みから違っているが、工業力を背景に、爆発する兵器を作る、その最初の一歩を踏み出したのはノーベルだ。

そして、健司の記憶を持つレンは、そこに学ぶつもりだった。

ひとたび、大量破壊兵器に匹敵する職業や技能が広まってしまえば、それをなかったことにはできない。

だから、安全と判断できない技能を簡単に教えてはならないと。

「お師匠様は街で何を見たいのでしょう？」

「……正直、俺もわかってないんだ」

「そうなんですか？」

レンはシルヴィに少し困ったような笑みを向ける。

「強いて言うなら、職業や技能がなかったことで、何が起きているのか、かな」

「技能がなかったことで？」

「俺は技能がないことが即不幸であるとは思ってないんだ。もちろん、それで失われた命もあるだろうけど、失われなかった命もあったんじゃないかなって」

錬金術師の技能は、他の職業と組み合わせない限り、攻撃に転用できるものは少ない。

それに中級ポーションの半分ほどは、初級ポーションの上位互換に過ぎず、中級の技能が出回ってもそれで傷付く人間は、そう多くないというのがレンの予想だった。

錬金術の発展で傷を負った兵士が戦場に復帰しやすくなれば、それは間接的な戦力増強に手を貸したことになるが、裏を返せば戦場で失われる命が救われるということである。片側のみがそうなるのであれば戦争終結までの時間は短縮するし、両陣営が使用するのなら今までと変わらない。全体としてトレードオフにできるのなら、戦場以外で使われるポーションで救われる人数がプラスとなる。

それは、誰が、という部分が含まれない、数字だけの冷たい計算だが、神ならぬ身のレンでは、それ以上の予想はできなかった。

また、戦争や魔物被害による人口減がなくなった場合、その先には食糧難が予想されるが、錬金術にはそれを解消するための方法がある。端的に言えば肥料だが、魔術的効果により地球のそれよりも高性能な代物なのだ。それらを考え合わせた結果として、レンは、錬金術に関しては伝えても良いと判断した。

しかし、失伝した魔術技能の習得方法や、効率的な技能熟練度向上の方法を教えるとなれば、意味合いがまったく変わってくる。

魔術師の職業レベルが上がれば、魔術の威力や範囲の強化になるし、その他の職業でも技能熟練度が向上すれば、それが攻撃系の技能なら、それはそのまま攻撃力の強化に繋がる。

ゲーム内には核兵器に匹敵するような、広範囲を無差別に焼却するような強力な魔術こそなかったが、巨大なバリスタよりも強力かつ長射程で、広範囲を攻撃する魔術程度なら存在した。

そんなものを戦争で使用すれば、発生する被害はバリスタの比ではなくなる。戦場で兵士が死ぬのなら、それは戦いを選択した結果として想定すべきリスクだが、そんな魔術で街が攻撃されれば、戦う術《すべ》、身を守る術を持たない非戦闘員も死ぬことになる。

だからレンとしては、教えるのは物作り系の職業レベルの上げ方に留めておきたい、というのが正直なところだった。

魔物という脅威が存在するこの世界の住人たちに、自衛の力にもなる技能を教えないというのは、傲慢《ごうまん》なことだと思いつつも、レンは、それをしても問題ないと言い切れるほど、この世界の人間を信じてはいないのだ。

「まあ物の見方はいろいろですよね。あ、お師匠様、お芋が煮えましたので潰してもらえますか」

ボウルに取り出した芋と、すりこぎのような物を渡されたレンは、洞窟の隅の方に置いてあった丸太に腰掛け、慣れた手つきで芋を潰し始める。

それを見て、大丈夫そうだと判断したシルヴィはスープを作り始める。

「そうだ、シルヴィ。これ使うか?」

レンはポーチから小さい壺を取り出し、シルヴィに手渡す。

素焼きの壺なので中身は見えないが、中身はぎっしりと詰まっているようで、シルヴィはその重さに驚いた。

「なんです、これ?」

「マヨネーズだよ。しっかり寝かせてあるから、すぐに食べられるぞ」

「酢はともかく、卵と油はどうしたんですか?」

「あー……内緒だ」

「まあ、お師匠様が作ったのでしたら安全だとは思いますけど」

シルヴィはエドに目配せをすると、木のスプーンでマヨネーズを一すくい、口に運び、目を見張る。

「……お師匠様が作ったんですよね? 後でレシピ教えてくださいね」

「これは標準のレシピだけど……ああ、使ってる材料が少し違ったか」

「特殊な素材を使ってるんですか？」

「街でも買えるんじゃないかな。油は亜麻仁油ベースのブレンドで、ひまわりと大豆も使ってる。前にちょっと必要に迫られて作ったのが余ったから、食用に転用したんだ」

「油でこんなに風味が変化するものなんですね」

シルヴィは口の中に残ったマヨネーズの味を反芻《はんすう》するように目を閉じる。

「まあ、マヨネーズの半分以上は油だからね、油を替えればかなり変わるよ」

「風味の違いを楽しむのなら、オリーブ油やごま油も面白そうですね」

「……いや、それはあんまりお薦めできない……確かに風味は劇的に変わるけど、癖が強すぎて……まあ、人を選ぶ味になる」

「……お師匠様は試したことがあるんですか？」

「ああ……試したというか、まあ、たまたま知ってただけだね」

それはレンとしての知識ではなく、健司としての知識だった。

きっかけは既に覚えていないが、当時付き合っていた女性がいろいろな材料でマヨネーズを作り、健司に味見をさせたことがあったのだ。亜麻仁油のブレンドはその時の味がベースになっているが、中にはちょっと個性的すぎる風味の物もあった。

それを思い出し、レンは遠い目をしながら芋を潰し続けた。

それを見て、シルヴィは、その話をそれ以上追求するのをやめた。

「……お師匠様、このマヨネーズはどのくらい寝かせてますか？」

「作成して冷暗所に二晩かな。さすがに出来たてを渡したりしないよ」

寝かせたのはゲーム時代だが、ポーチの中に入っていた期間はカウントしていない。

作成した当時のことを思い出し、レンが答えると、シルヴィはほっとしたような顔を見せる。

「それなら毒の心配はないですね」

マヨネーズは生卵を使うが、日本以外の国では生卵を流通過程で消毒・洗卵したりしないため、作りたてのマヨネーズだとサルモネラ菌感染リスクが高い。

だが、一晩以上——可能なら二晩ほど——寝かせた物だと、マヨネーズに含まれる酢と塩の影響で殺菌されるため、安全に食せるようになる。

それはゲーム内にもあった設定だったため、レンは、

「ああ。問題ないはずだ」

と返す。

「エド様、このマヨネーズ、今日の料理で使ってもいいですか？」

「ああ、レン殿が出した物なら安全じゃろ」

意識を失った状態で発見され、ポーションを与えられ、レンが作った洞窟に住み、レンの洗浄《ピュリファイ》で身を清めているのだ。

エドは、今さらレンを疑う必要はないと判断していた。

「それじゃ、芋に混ぜちゃいましょう……お師匠様、芋はもう潰れてますので貸してください」

シルヴィはレンからボウルを受け取ると、あらかじめ茹でておいた乾燥ニンジンと、まるで削った鰹節《かつおぶし》のように薄い干し肉を混ぜ込み、マヨネーズと塩を加えて味を調《ととの》える。

それを皿に盛り付けて、机代わりの丸太の上に皿を並べる。後は、スープを添えれば完成である。

「そろそろアレッタお嬢様を呼んできますね」

「……起きてますわ。わたくし、目が疲れたから横になって目を閉じていただけですわよ」

シルヴィが立ち上がるのと、アレッタがベッドの上で起き上がったのはほぼ同時だった。

アレッタはシルヴィが椅子代わりに並べた丸太に腰掛けると、食前の短い祈りの後、食事を始める。

「……美味しいですわ……これがレン様のマヨネーズを使ったマッシュポテトですのね？」

「そうです。いろいろな油をブレンドした油で作ったそうです。戻ったら油のレシピを教えてもらわないといけませんね」

「……それも良いですけど、これだけ美味しい物を作れるのなら、他も気になりますわ」

「……料理のレシピは、街で素材が買えるものなら全部教えるよ」

レンが知っているレシピは料理人初級のものしかなく、街で買える素材で作るレシピなら効果が極端なレシピは少ないため、問題はないだろうとレンは判断した。街に何が売られているかは不明だが、中級職以上がレアであるなら、凶悪な魔物の素材は市場にはないだろうという想定である。

「そりゃありがたい！　レン殿、これは本当に美味いですな。シルヴィ、おかわりを貰おう」

エドがシルヴィに皿を突き出すと、アレッタのスプーンの動きが速くなり、アレッタもシルヴィに空になった皿を突き出した。

「わたくしもですわ！」

「……アレッタお嬢様、そのようになさらなくても、私が給仕しますから」

「そ、そうね……ついムキになってしまいましたわ」

頬を赤らめながらもシルヴィから新しい皿を受け取るアレッタ。

受け取った皿をあっという間に空にしたエドは、アレッタに向き直った。

「ところでアレッタお嬢様には報告しておきたいことがあるんじゃが、この場で良いじゃろうか？」

「……ええ、構いませんわ」

エドの真剣な表情に、アレッタも表情を引き締め、居住まいを正す。

そんなアレッタに、エドは右の眉だけ器用に上げて見せる。

「まず一つ目。驚かないで聞いてほしいのじゃが、レン殿が中級解呪ポーションを持ち合わせておるそうじゃ」

アレッタはゆっくりとスプーンをテーブル代わりの丸太の上に置いた。

そして深呼吸を一つ。自分が今聞いた短い言葉を冷静に分析する。

そして、

「……それは、本当、ですの？」

と、まるで内緒話でもするように小声で尋ねる。

「まだ聞いただけじゃ。見たところで儂には見分けられぬがレン殿が嘘を言う理由はないじゃろう……いずれにせよ、馬を失った儂らは迷宮都市に買い付けに行くことはできないわけじゃが、儂らの旅の目的は思わぬ形で達せたと思って良い」

「レン様、わたくしたちにその薬を譲ってくださいますの？」

アレッタはレンの方に向き直って、まっすぐ、縋《すが》るような目でレンを見つめた。

「ああ。相場がわからないけど、相場の値段で譲るよ……シルヴィとアレッタさんは、中級になっても魔術師じゃないから、自力では解呪ポーションは作れないし」

「そうなんですの？」

「解呪ポーションは、錬金術師と魔術師の両方の技能が必要なんだ」

レンの言葉に、アレッタは首を傾げた。

「わたくし、水魔術なら少し使えましてよ？」

「ああ、そういえばそんな話も聞いたっけ。それなら初級の解呪ポーションは作れるかな……でも、中級だと魔術師側も中級が必要だよ？」

「魔術師にも中級があるんですのね……残念ですわ。次に何かあった時は、わたくしがお父様に薬を作って差し上げられるかと思ったのですが」

「初級の体力、気力、魔力の回復なら、錬金術師だけで作れるし、状態異常も普通のなら作れるよ。そもそも解呪なんて滅多に使う機会はないから」

迷宮に潜ればその限りではないが、ゲーム内では、地上部分には呪いを使う魔物は少なく、使っても初級止まりだった。

それを思い出しながらレンがそう言うと、アレッタの表情が少し晴れる。

「……中級錬金術師を目指して頑張りますわ……中級解呪ポーションは迷宮都市で買い求めるつもりで来ましたので、代金は今すぐお渡しできますけど……ポーション以外にもいろいろとお礼をしないといけませんから、足りないかしら？」

「前にも言ったけど、俺への謝礼なら街に戻ってからまとめて頼みます。当面は街に行く際に、必要な分だけ貰えればそれでいいです」

「もちろんそれは経費としてお渡ししますわ」

レンの言葉に、アレッタは頷いた。

二人の会話が一段落するのを待ち、エドが口を開いた。

「それでじゃ、伝えることはあと二つある。レン殿の接近戦の腕前を見たが、単独で森を抜ける力は十分にあると判断した」

「……そちらは横になりながら聞いてましたわ。街に向かうのは、いつ頃になりそうなの？」

アレッタの問いに、エドは腕組みをしつつ天井を見上げた。

「……まだわからんですな……周りの森で素材を集めるにしても、必要な物が必要なだけ揃うかは、試してみないとわかりませんでのう」

「……なるほど……シルヴィ、あなたも素材集めを手伝いなさい」

「お嬢様を一人にするわけには参りません！」

「……森に出なければ私に危険はないのでしょう？　人手があれば、それだけ早く街への帰還が叶《かな》います。お願い、手伝って？」

「……かしこまりました」

渋々頷くシルヴィに、アレッタは満足げに頷く。

「それともう一つじゃ。完成は明日になるが、レン殿に頼んで、洞窟の一階に風呂を作ってもらっておる。後で見て、問題があれば言ってほしいのじゃが」

「お師匠様がお風呂を、ですか？　お師匠様はそんなことまでできるのですね。でも必要でしょうか？」

「お風呂はとても嬉しいですけれど、わたくし、洞窟暮らしでそこまで望んではおりませんでしたのに」

「……アレッタお嬢様もシルヴィも忘れとるようじゃが、レン殿が街に向かえば、二十日程度、レン殿に洗浄《ピュリファイ》を掛けてもらえなくなるのじゃぞ」

エドの言葉を聞き、アレッタとシルヴィの表情が驚愕《きょうがく》のそれに変わる。

「……なるほど……考えを改めましたわ。お風呂は必要です。レン様、心より感謝いたします」

「確かに必要ですね……そっか、お師匠様がいないと、お洗濯も皿洗いも必要になりますね」

「シルヴィ、非常時に備えて食料だけはたくさん持ってきたはずですけれど、手拭いや着替えはそれほど多くありませんわよね」

「いえ、迷宮都市で出物があるまで待つことも考えていましたので着替えは十分にあります……でも、それなりの宿に泊まる予定でしたので、お風呂での消耗品までは持ってきていません」

「風呂の消耗品ってどんなのだ？」

レンが口を挟み、シルヴィとアレッタに睨《にら》まれる。

「……お師匠様、女性の入浴の話ですので……」

シルヴィにそう言われ、レンは自分の失言に気付いた。

必要な道具を尋ねるということは、それらの用途についてもある程度言及することになるわけで、かなり生々しい話になってしまう。

自身の考えの足りなさに赤面したレンは、ポーチの中から、必要になるかどうかわからないまま、いろいろと取り出してシルヴィに渡していく。

「ごめん。忘れてくれ。あ、とりあえず、石鹸《せっけん》、フローラルウォーター各種、ええと……カミソリに吸水性のいい布……ああ、あとハーブの精油各種。あと軽石っぽい鉱石」

　レンはシャンプーのレシピも知っていたが、それを作るクエストがなかったので、残念ながらポーチの中には入っていなかった。

　レンの差し出した各種アイテムを手に取り、シルヴィはその贅沢なラインナップに笑みがこぼれるのを止められなかった。

「石鹸と精油はとても助かります。お師匠様、ありがとうございます……あの、できればですけど、柔らかいブラシのようなものはありませんか？」

「大きさは？　片手で持てるくらい？　ならこれかな……昔、買った物だから品質は並だけど」

　主に採掘した宝石などの清掃用の豚の毛のブラシと、鎧のメンテナンス用の馬の毛のブラシ――いずれも予備――を取り出すと、レンは念のため、それらに洗浄《ピュリファイ》を掛けてシルヴィに手渡す。シルヴィはそれを自分の頬に当て、数回こすってから、豚の毛のブラシを選んだ。

「お師匠様、こちらをお借りします」

「ああ、それは両方ともあげるよ。どちらも普通に街で買える物で、予備だから」

「それではシルヴィ、食事も終わりましたし、お風呂場を見に行きますわよ……レン様も来てくださいますよね？」

「ああ、俺はいいけど、今から見に行くのか？　シルヴィの食事は？」

　アレッタの給仕をしていたシルヴィはまだ食事を取っていない、とレンが指摘すると、シルヴィはにこやかな笑みを浮かべて首を横に振った。

「お師匠様、私は味見しながらそれなりに摘まんでますから、問題ありません」

「わかった……エドさん、ランタン持ってってもいいですか?」

照明《ライト》の魔術は任意の場所を照らすのには向いていないため、レンは壁の凹みに設置していたランタンを手に取り、エドに確認する。

エドは大きく頷くと立ち上がった。

「ああ構わん。というか、儂も一緒に行こうかの」


風呂場に下りた一行《いっこう》が、二階に戻ってきたのは、それから小一時間が経過した後だった。

「いろいろと細かな要望が出ておったが、レン殿、無理はせんでくれ。無理なら無理と言ってもらった方が諦めもつくというものじゃ」

「できることとできないことがありますね……脱衣所の床の敷物は手持ちがありますけど、鏡と照明は素材がないと無理です」

「……なるほど」

「あと、小窓に網を付けて虫が入らないようにするのは簡単ですけど、換気効率を考えると、あんまりやりたくないですね」

風呂場に風呂釜の煙や一酸化炭素が流れ込むことはないはずだが、お湯を沸かす以上、水蒸気の発生は如何《いかん》ともしがたい。

石の洞窟に作った風呂なので、換気をしなければ湿気が自然に抜けるようなことはないため、レンはそれはやるべきではないと判断した。

「洗い場に置く椅子が欲しいとも言っとったが、どうじゃろうか？」

「木から削り出しますかね。裸で座る椅子だから表面処理をどうしたものか……ああ、樹脂を塗ればいいかな？　後で試しましょう」

「アレッタお嬢様たちがワガママを言って本当にすまん」

エドは真面目な顔つきで、レンに丁寧に頭を下げて見せた。

「構いません。森の中の洞窟暮らしじゃ息も詰まります。俺が街から救助隊を連れてくるまで、健康な精神状態でいてもらうためにも、多少はガス抜きしてもらわないと。そういう意味では風呂作りはいいきっかけです。もう少し気軽にいろいろ言ってもらってもいいくらいですよ。できないことはできないって言いますし」

「感謝する。そう言ってもらえると助かるわい」

「エドさんも適度に息抜きしてくださいね。救助隊連れてきた時、みんなの精神状態がボロボロだと困りますから」

「うむ。儂は一月程度の行軍訓練の経験もあるから余裕じゃよ。まだまだ若い者には負けんわい」

そう言って、エドは呵々と笑うのだった。

五日目

翌日は、朝からアレッタ以外の全員が川原に出て作業を行った。

アレッタは洞窟で錬金術の勉強である。本人はいろいろやりたがっていたが、その体力のなさと安全の観点から、レンが勉強を優先するようにと指示をしたのだ。

川原に出た一行は、レンが柵の周囲の見通しを良くする際に切った木を薪のサイズに切る作業から開始した。

ほぼ生木なので、そのまま薪として使うことはできないが、風呂釜の少し下に薪を入れるための穴を作ってそこに保管することで、風呂を沸かすたびに乾燥が進むという仕組みである。

薪を入れたら、土で埋める予定なので、完成するのは薪ではなく炭になるかもしれないが、燃料を手に入れるという目的からすれば、どちらに転んでも大きな問題はない。

エドとシルヴィが薪を作っている間、レンは森に分け入り、以前見掛けた孟宗竹《もうそうちく》のような太い竹を数本切り出すと同時に、竹林に積もった大量の落ち葉を回収する。

竹には幾らでも使い道がある。

きちんと割っておく必要があるが、生でもそれなりに燃えるし、落ち葉もたき付けに使える。

僅かな加工で食器やコップ、保存容器にもなる。

そして何より手芸向きだ。レンは竹を使って魚を捕るための筌という罠を作るつもりだった。

レンが竹の加工のため、細工師の道具を並べていると薪割りを終えたシルヴィが寄ってきた。

「お師匠様、竹で筌を作ると聞きましたが、私に作らせてもらえませんか？」

「そりゃ構わないけど、シルヴィ、細工師の技能も持ってるのか？」

「細工師の技能はありませんけど、筌なら実家にいた頃に作ってましたから」

簡単なことなら練習すれば、技能がなくてもできるようになるのだ、とシルヴィは胸を張った。

それを聞き、レンはなるほどと納得した。

簡単な料理、例えばゆで卵なら料理人の職業技能がなくても作れるのは自然なことだし、竹細工にしても、それだけに特化して練習すれば、それなりに作れたりもするのだろう。と。

この世界が職業と技能で成り立っているのは事実だろうが、それだけではないというのは、レンにとって嬉しい発見だった。

「それじゃ筌の作成はシルヴィに任せるよ。鉈《なた》と小刀と紐があればいいかな？」

「えーと……はい。お任せください」

「あ、初級体力回復ポーションを置いてくから怪我《けが》したら遠慮なく使ってね」

「ありがとうございます」

「じゃあ、後は任せるよ」

「ではレン殿、儂らは森で食料と素材採集をするとしましょうかの」

薪の山を作ったエドは、薪を川原に広げて日に当てながらレンに声を掛けてきた。

レンは頷くと、エドと共に柵の外に出る。

エドは荷物を運ぶため、自分たちのボストンバッグ《アイテムボックス》を持ってきていた。

「儂は食料と薪を集めようと思うとるのじゃが」

「ええ、それでお願いします。俺は魔物忌避剤と定着ポーションなんかの素材集めと、後は自作した結界棒の効果の確認をします。敢えて魔物に襲われますので、その際は合図しますね」

「承知した。レン殿なら心配は不要とは思うが、十分に気を付けるのじゃぞ？」

「はい、エドさんもお気を付けて……そんなに離れすぎないようにしますので、何かあったら呼んでください」

二人は武器を片手に森の中に踏み入っていく。

普通、森の日が当たる部分は灌木で埋まっているものだが、既にレンの手で目隠しになりそうな木は切られており、二人を遮る物はない。

一見するとノンビリと、その実、周囲に気を配りつつ歩く二人だが、不意にエドがしゃがみ込む。

それを見たレンは腰を落として警戒するが、その気配察知には怪しい気配は感じられない。

しばらくの間、木の根の辺りでごそごそしていたエドだが、イモムシのような物を掘り出すと、嬉しそうにそれを皮の袋にしまい込む。

（まあ、昆虫はタンパク質豊富だし……うん。知らない記憶の中にもイモムシ料理とかあるよ）

レンはエドから顔を逸《そ》らし、森の奥に視線を向ける。

（定着ポーションの素材で補充したいのは、塩水石とスライム系から採れる酸の石。『碧の迷宮』のスライムは厄介なタイプだから気を付けないと）

昭和時代に発売された国民的ＲＰＧ以来、日本ではスライムと言えば水滴型で可愛《かわい》らしい見た目の最弱の魔物という風潮があるが、海外のファンタジーゲームでは、スライムは不定形の危険な魔物として描かれていることが多い。

木の枝や洞窟の天井に張り付き、通りかかった冒険者の上に降り注ぎ、口や鼻を閉ざして呼吸を奪い、目を灼《や》いて光を奪い、酸で武器や防具ごと人体を溶かすのだ。

物理攻撃はその核に当たらなければ効果が小さく、攻撃のたびに武器は酸に侵されていく。

弱点は透けて見える核の部分で、核に攻撃を当てるか、全体を火で焼けば簡単に倒せるが、死角になりがちな頭上から音もなく奇襲してくるため、気配察知が育つまでは割と厄介な敵となる。

「……いた」

レンは、武器を弓に持ち替えると、木の枝の上で獲物を待ち構えていたスライムの核を狙って矢を射る。

核を貫いた矢は、酸に侵されて煙を上げているが、スライムは枝からズルリと落ちてきた。

「……スライムは気配察知に反応するから、マンティス系よりは楽で助かるよ……よし、酸の石ゲット。あと三つは欲しいかな」

弓から細剣《レイピア》に持ち替え、スライムに刺さった矢で、割れた核から魔石と酸の石を取り出すと、石と矢の残骸を洗浄《ピュリファイ》で綺麗にしてからポーチにしまう。

そして再び周囲に目を向ける。

その視線が、森の地面の一点で止まった。

(当たりかな?)

キラキラと光を反射する白い石が露頭しているのを見つけたレンは、小さいシャベルでその周囲を掘る。

拳大の岩塩のような石を掘り出したレンは、小さなハンマーの尖《ピック》った側で端の方を削り取る。

粉状に削れた石は、一見すると塩にも見えたが、一瞬の後、液状に変化する。現実ではあり得ない反応に少し物珍しさを感じながらも、レンは石とシャベルなどに洗浄《ピュリファイ》を掛けてからポーチにしまい込む。

（ゲームならではの鉱物だな。そのうち聖銀《ミスリル》なんかも掘ってみたいけど……お？）

レンの気配察知に大きめの魔物の反応があった。

木々の間から魔物の正体を確認したレンは、背負い袋から四本の結界棒を引き抜くと、五メートル四方程度になるように結界棒を地面に刺し、魔力を流して起動する。

結界棒の上端の魔石が淡く緑色に光って、結界が展開されたことを教えていた。

それに加え、魔力感知でも結界を確認したレンは、エドに向かって大きく手を振って、エドを後ろに下がらせ、細剣《レイピア》を弓に持ち替えて、森の奥に向かって矢を放つ。

放たれた矢は、木々の隙間を縫うように飛び、森の奥の小山のような緑の塊に突き刺さる。

「……！」

巨大な緑色のクマ——グリーンベア——は腰の辺りに痛みを感じて振り向いた。

すると、木々の隙間から矢が飛んできて、今度は肩の辺りに刺さる。

グリーンベアの体長はほぼ四メートルと大きいため、矢が刺さった程度では大したダメージにならないが、それでも太い針で刺された程度には痛む。

だから、三発目の矢が首筋に刺さったことで、グリーンベアは森の奥に敵がいると認識して体を起こした。

体を起こしたグリーンベアは、矢が飛んできていた方向に向かって走り出す。森の中だというの

に時速にすれば四〇キロほどだろうか。

太い木は避けるが、進路にある灌木は全て踏み潰される。

「レン殿！」

「見ててください！」

そんなやりとりの中でグリーンベアは疾走し、レンが堪えきれずに飛び退《の》こうとした瞬間、突然、鉄琴に似た澄んだ音と共に、見えない何かにぶつかって弾き返される。

それが三メートル先にいる獲物《レン》のせいであると認識したグリーンベアは、レンの前で後ろ足だけで立ち上がり、咆哮《ほうこう》を放った。

「よし、結界杭は機能した。今のは威圧の咆哮か……ゲームより迫力があるし、モーションも違うな……結界は攻撃を通さないから、怖いって感じてるのは威圧の咆哮の効果じゃないよな？」

対峙《たいじ》する緑色のクマの魔物に圧倒されながらも、レンはその頭を狙って弓をゆっくりと引く。

その動きに反応したグリーンベアが、レンに向かって右手を素早く振り回す。

再び硬質な音が森の中に響き、弾き返されたグリーンベアはその場でたたらを踏む。

大木ですら揺るがす攻撃をしても妙な音が出るだけ。

何が起きたのかわからない、と困惑の表情を見せるグリーンベアに、レンは楽しそうに笑う。

「クマでもそんな顔するんだな……もう何発か攻撃してみてほしいんだが……無理か？」

レンの声にうなり声で返したグリーンベアは、両手を広げてレンを抱き潰そうとする。が、それも硬い音と共に弾かれ、グリーンベアは後ろにひっくり返った。

慌てて起き上がったグリーンベアは、うなりながら結界棒に囲まれたレンの周りをぐるぐると回り、時折前足をレンの方に伸ばすものの、その攻撃がレンに届くことはなかった。

グリーンベアの攻撃を受けた瞬間、結界棒の魔石がうっすらと黄色く光る。その明るさと色に変化がないことを確認したレンは、グリーンベアの顔を狙って弓の技能を使った。

「もう一つ確認したいことがあるんだ。悪いが付き合ってもらうぞ……流星射《りゅうせいしゃ》！」

レンが番えていた矢は一本だけである。

しかし放たれた矢は、進むほどに本数を増やし、僅か数メートルで十本近くまで増えていた。

急所である顔面に矢を受けたグリーンベアが、絶叫を上げてその場で転がり回る。

振り回した腕が結界を掠《かす》め、何回か結界に弾かれる音がしたが、結界棒はレンのことをしっかり守っていた。

そんな中、転げ回るグリーンベアに向かって、レンは何回も流星射を放ち、グリーンベアは全身から光る矢を生やした状態となるが、その光の矢は時間経過と共に次々に消えていく。

「ゲームならそろそろ倒せてる頃だけど……ダメージの入り方はゲームとは違うみたいだな」

レンの呟きの数秒後、グリーンベアは全身に血を滲《にじ》ませて立ち上がった。体中に矢の刺さった傷跡こそ残っているが、体にも、足元にも一本の矢も残っていない。

ゲームの流星射は、気力を消費して一本の矢を無数の気弾に変化させ、狙った範囲に突き刺さるという技能で、本来はもっと遠距離から広範囲を狙うものだ。

分裂するほどに一本あたりの威力は減じるが合計威力は増していく。今回は近距離からなので、矢は分裂しきっておらず、威力は半減しているが、それでも至近距離から散弾銃を撃ち込んだ程度のダメージは出ている。

しかし、現実の世界では小さな刺し傷だけで熊に致命傷を与えるのは難しい。

「ゲーム内なら、弱い攻撃でも当て続ければ倒せたけど……今の攻撃で大したダメージになってないってことは……体力《HP》の考え方はゲームとは違うんだな」

体力が数値で表現されているゲームの敵なら、ダメージが一しかない攻撃でも、繰り返せばいつかは倒せる。体力が千ならダメージ一の攻撃を千回繰り返せば千になるという単純計算だ。自然回復等の影響もあるだろうが、体力が数値化されている以上、針で突くようなダメージだろうが、与ダメージが体力を上回るまで攻撃を加え続ければ良い。それがルールだ。

だがレンは、その在り方がそのままこの世界に反映されていないのではないかと考えていた。

レンの体力ゲージが表示されないのは、生命力の数値化が難しいからだと予想したのだ。

例えば、掌を貫くような傷を負えば確かに痛いだろうが、それだけで即座に命を落とす者は少ない。

だが、それと同じ大きさ、深さの傷を受けたのが脳や心臓であれば、生き物は簡単に命を失う。目であれば視力を失うし、膝であれば歩けなくなる。

傷を負った部位により結果は様々に変化する。それを数値だけで表現するのは無理がある、とレンは考えたのだ。

致命の一撃という概念や部位ごとの状態を判定することで、そうした溝を埋めることはできるが、現実を簡略化して表現する以上、そこには表現できる限界——解像度のようなものが存在する。

レンは、一発あたりのダメージが少ない技能をグリーンベアに使うことでそれを確かめたのだ。

「血が出てるんだから、ダメージはあるんだろうけど、クマにしたらどの傷もかすり傷みたいなものだよな」

それでもゲーム内でこれだけダメージを与えれば、いい加減、倒せていたはずだった。

ゲームとの違いを確認しながら、疾風の弓をポーチにしまったレンは、細剣《レイピア》を抜き、グリーンベアに向かって構える。

レンの独り言に反応したグリーンベアは、歩き回るのをやめて再度後ろ足で立ち上がり、レンに向かって両手を広げて咆哮を放つ。

「悪いが退治させてもらう……烈風突《れっぷうとつ》！」

グリーンベアに向かって大きく踏み込みつつ、レンは踏み込み速度と比べるとゆっくりと言える程度の速度で細剣《レイピア》を突き出す。

細剣《レイピア》が風をまとい、見えない何かがグリーンベアに向かって飛ぶ。

向こうが歪んで見えるほど濃密な大気の塊をグリーンベアの胸に叩きつけるように放ったレンは、踏み込んだ分だけ後ろに下がり、結界の中に戻る。

空気の塊を受けたグリーンベアの胸が大きく凹み、その衝撃でグリーンベアはぺたりと座り込み、そのまま胸の傷と、口と鼻から血を流しながらゆっくりと仰向《あおむ》けに倒れた。

気配察知でグリーンベアの気配が薄れていくのを確認したレンは、細剣《レイピア》を鞘に収める。

そして、レンのそばに近付いてきているもう一つの気配に振り向く。

「……倒せたんじゃろうか？」

「胸郭《きょうかく》ごと心肺を潰しましたから……エドさんも、倒せたと思ったから近付いてきたんでしょ？」

「そりゃまあのう……しかし今のは烈風突じゃろう？　烈風突は吹き飛ばす技と思っとったわい」

「大型の魔物は重いから吹き飛ばない分、直接ダメージが入りやすいんです……さて、結界棒の効果は確認できたし、大型の魔物も倒せましたので、もう少し素材を集めますね」

レンは、グリーンベアの気配が完全に消えていることを確認してから、結界棒を袋にしまってポーチに収めた。

エドも、グリーンベアの様子を窺い、完全に死んでいることを確認して安堵の息を吐く。

「で、グリーンベアはどうするんじゃ？」

「あー……貴重な肉ですし、俺のウエストポーチになら入りますから、後で川に沈めて冷やしましょうか」

「……ふむ。レン殿は狩りはあまりされないのじゃな。後と言わず、すぐにでも川に沈めるべきじゃ。時間を置けば肉が臭くなるし、内臓の寄生虫も厄介じゃ」

「えーと、はい、わかりました。それじゃいったんポーチに入れて川原に移動しましょう」

レンの持つウエストポーチは入れた物の時間がほぼ止まるため、中に入れてしまえば慌てる必要はないし、なんなら、ポーチ自体に解体の機能が付いているのだが、レンの知らない記憶が、そんなポーチは極めて希少であると教えていた。

だからレンは、自分のポーチが単に容量が大きいだけのアイテムボックスであるように振る舞っていた。

レンがグリーンベアをポーチにしまおうとすると、エドが慌てたように待ったをかける。

「あいや待たれよ」

エドは周囲を見回し、大きな葉を何枚か集め、その辺に生えている草を集めて包み、拳より二回りほど大きい葉っぱのボールを作った。

「ええと、それは？」

「死んだ獲物は、肛門が緩むでの。漏れないように栓をしておくのじゃ。解体する時もこれがあると、肉にクソが付きにくくなる」

エドは、葉っぱで作ったボールをグリーンベアの肛門に押し込む。

かなりの大きさだが、あまり抵抗なくのみ込まれる。

「もうしまっても良いぞ？」

「あ、はい」

グリーンベアに近付いたレンは、その前足をポーチに触れさせる。

それだけでグリーンベアの巨体が消え失《う》せた。

「冷やすのなら、川原に戻りましょう……冷やすのは川原の辺りでいいですよね？」

「後を考えると微妙じゃが、その量の肉が失われるのも困る。川原の下流に沈めるとしよう」


川原に戻ると、シルヴィが川に筌を沈めていた。

「シルヴィ、もう完成したんだ？」

「はい、お師匠様。とりあえず、干し肉の欠片《かけら》と芋の皮なんか刻んだ物を入れてます。それにしてもお早いお戻りでしたね？」

「うん。獲物を冷やしたくてね」

レンは、川原にグリーンベアを出すと、その後ろ足に紐を巻き付ける。

その横で、エドはグリーンベアの首から肛門までを切り裂き、慣れた手つきで内臓を抜き取ると、腹の中に川原に転がっている石を詰める。

「血抜きが不十分じゃが、この大きさでは仕方あるまい……レン殿、川に沈めてくれい」

「了解」

レンはグリーンベアを一度ポーチにしまって、水面の上で取り出す。

水しぶきが上がる中、レンはグリーンベアの足に結んだ紐を掴み取り、それを川原に錬成《ニードゥ》した石の柱に結ぶ。

「エドさん、先に解体したんですね」

「解体というほどではないがの。血抜き兼内臓の取り出しじゃ、この方が冷えるのが早いでの。毛皮も剥いでおきたいが、今回は肉を優先じゃ」

「……で、取り出した内臓はどうするんですか？」

「廃棄じゃな。一応、破かぬように抜いたが……ああ、これは錬金術で使うんじゃったか？」

エドが差し出したのは、クマの胆嚢《たんのう》だった。

胆管を結んでいないので、中の胆汁が漏れ出ている。

レンはそれを受け取り、胆管を糸で縛ってポーチにしまう。

「クマの胆《い》は、錬金術じゃなくても使いますね。他にも内臓はいろいろ使えますけど、肝臓と心臓も廃棄ですか？」

「いや、それがの。心臓と肺は完全に潰れとったし、胃も破れとった……胃液で汚れとるし、血の臭いがひどいから、内臓は使えんよ。川に流してしまおう」

「……なるほど、それなら……ええと……エドさん、ちょっとこっちに来てください。川原の内臓と血を押し流します」

血まみれの川原から一歩下がってレンがエドを呼ぶ。

「洗浄《ピュリファイ》かの？」

と言いながらレンの指示に従ったエドに、レンは、首を横に振る。

「いえ。ええと……ウォーターボール！」

レンは右手を突き出し、川原の内臓の山に向けて大量の水をぶつけた。

攻撃魔術の中では比較的威力が弱い魔術だが、レンのイメージ通りに生み出された水はかなりの量で、エドが川原に積んでいた内臓、その他諸々や血液は川に向かって押し流されてゆく。

「ランスやアローではなくボールにしたのはなぜじゃ？」

「ランスとかだと刺さるだけで流せませんから」

「なるほどのう……すっかり綺麗に……いや、まだ血が少し残っておるか。もう何発か使ってもらえるじゃろうか？」

「ええ、問題ないです……あ、筌に入れる餌として、内臓を少し残しても良かったかもですね」

「いや、まだグリーンベアの肉も脳も舌も残っておるし、この後もいろいろ狩るつもりじゃよ」

なるほど、と頷いたレンは、川原に残った血痕《けっこん》を洗い流すようにウォーターボールを使い、最後はファイアランスで解体していた辺りを熱消毒するのだった。

「レン殿、少し洞窟に寄っても良いかの？　荷を減らしたいんじゃが」

「はい、どうぞ」

「で、お師匠様たちは、また森に向かうんですか？」

エドが洞窟に向かうと、シルヴィは、レンに借りていた工具類をレンに返しながらそう尋ねた。

レンはそれらをポーチにしまいながら頷く。

「うん。スライムの酸の石はもう少し手に入れておきたいし、乾いた薪も欲しいからね」

「なら、今度は私も行きましょうか。お嬢様もそうおっしゃってましたし」

「シルヴィは武器は何を使うんだっけ？」

「短剣です。一応、ほら」

シルヴィはその場でくるりと回ってレンに背中を見せた。

その腰には、短剣が二本、互い違いに収まっている。

「短剣二本……その差し方だと双剣使いか？」

「はい。私の腕だと、片手で防いで、もう片方で攻撃する程度で、舞ったりはできませんけど」

「……双剣の舞は、初級だけど必要な技能習熟度が高いからね……あ、エドさん、シルヴィも行くってことでいいですか？」

「ああ、元々そのつもりじゃったしの。おっと、そうじゃ」

戻ってきたエドにレンが尋ねると、エドは頷き、レンに向かって片手で拝むような仕草をする。

「レン殿、度々で申し訳ない。お願いがあるのじゃが」

「なんでしょう？」

「錬成《ニードゥ》で、これくらいの大きさの植木鉢を作ってもらえんじゃろうか？」

エドが、高さ三〇センチほど、直径二〇センチほどの大きさを手で示す。

レンは、川原に落ちていた石を錬成《ニードゥ》し、エドのリクエストに応える。

「こんな感じで？　芋でも育てるんですか？」

すぐに育つものでもないだろうが、レンが知っている限り、エドたちの食料の中では芋だけが種として使える状態の作物だった。

だが、エドは首を横に振った。

「いや、育てるのはポム虫じゃ。ポム虫はアレッタお嬢様の好物なのじゃよ」

「……なるほど……後でおが屑《くず》を用意しますね」

レンの知らないはずの知識では、ポム虫は湿ったおが屑の中で育てると土臭さが抜けて甘くなる虫で、先ほどエドが森の中で掘っていたイモムシがそれだった。

調理方法はシンプルで、焼くか煮込む。焼くと硬くなって甘さが増し、煮込むととろける食感が人気の食材である。ゲーム内で食べた覚えはなかったが、レンの知識の中には、その味や食感まで記憶されていた。

その記憶によれば、確かに美味しいが、日本人の常識が、それは食べ物じゃないと叫んでいた。

（……早く忘れよう……）

レンは頭を振ると、細剣《レイピア》を片手に森の中に入っていく。エドとシルヴィは、そんなレンを不思議そうな顔で見送りかけ、慌ててその後に付いて森に入るのだった。

森の中でレンは狩人《かりゅうど》になっていた。

木の上のスライムを狙い、鳥を射落とし、食べられる魔物がいればそれも射る。

そんなこんなで、レンの箙に詰まった矢は順調に数を減らしていく。

狩った獲物はエドが止《とど》めを刺し、シルヴィがアイテムボックスの機能が付いたボストンバッグに入れて運ぶ。その合間に薪を拾い、キノコや野草、野生の香辛料、岩塩などを確保する。野草の類いは根から掘り出し、周囲の土ごと確保する。

さらには錬金術で使えそうな素材を小まめに確保し、矢の素材になる細い竹を集め、時折、木に生《な》った果物を収穫し、山芋を掘り出したりもした。

「レン殿、だいぶ奥まで来てしまったが、そろそろ荷を置きに戻らぬか？」

「そうですね……獲物もたくさん捕れたし、素材も揃ったし。一日の収穫としては十分でしょう」

「お師匠様、後で錬金術の素材、見せてくださいね」

「ああ、扱いが特殊なのもあるから、戻ったらアレッタさんにも見せよう」


レンたちが川原に戻ると、洞窟入り口付近でアレッタがうろうろしていた。

レンはエドに短く警告を発した。

「……エドさん、確保よろしく！　警戒します！」

「うむ！」

空や対岸に魔物の姿は見えないが、見えてからでは手遅れである。

レンの声に、エドはアレッタ目掛けて走り出した。

レンは弓を手に、特に魔物忌避剤の効果が及びにくい川向こうと上空の警戒をする。その隣でシルヴィも双剣を構え、レンが遠くに警戒する間、見落としがちになる近場の警戒をする。

アレッタに駆け寄ったエドは、少しだけアレッタを叱るように声を上げ、すぐにアレッタを洞窟の中に引きずり込む。

その際、アレッタが、薪らしき物を落としたのが目に留まった。

「シルヴィ、警戒解除。俺たちも行こう」

「はい、お師匠様……お嬢様、薪の整理をしてたんでしょうか？」

「どうかな？　でも、勝手に川原に出るような娘《こ》じゃないと思ってたんだけど」

「貴族の娘ですから、基本的にお嬢様はとてもストイックです……でも、川原もダメなんですか？　森に行くなという話はしてたと思いますけど」

「そうだったか？　てことは、アレッタさんは川原までなら出てもいいと思っていたのか……」

レンたちは洞窟の前に落ちていた数本の薪を拾い集め、アレッタが何をしようとしていたのかを理解した。

先にエドが拾ってきた乾燥した薪が、風呂釜の中に綺麗に積み重なっていたのだ。

「アレッタさん、風呂に入りたかったとか？」

「今はまだお師匠様の洗浄《ピュリファイ》があるのですから、それはないと思いますけれど……それにお風呂なら言っていただければ私が沸かしますから、お嬢様は何もする必要はありません」

「でもこれ、綺麗に積み上げてるし、どう見ても沸かそうとしてるよな？」

風呂釜に井桁に積んで薪を入れる理由は他に思いつかない。

アレッタも案外子供っぽいところがあるのだな、とレンはアレッタの評価を少し変更した。

レンたちが二階に上がると、アレッタは丸太の上に座って俯いており、その前にエドが腕組みをして立っていた。

「川原に出る危険性はおわかりですな？　護衛なしで川原に出るなど、何をしようとしていたのですか」

「ごめんなさい。風呂釜は洞窟の入り口のすぐ横でしたから、あのくらいなら大丈夫かと思ってしまいましたの」

「……魔物に発見されれば、洞窟に逃げ込んでも手遅れとなる恐れもあるのです。コンラード様の呪いが解決しても、ここでアレッタお嬢様が怪我でもすれば、コンラード様がどれだけ悲しむか」

エドの言葉に、何がまずかったのかを理解したアレッタは、申し訳なさそうに、

「申し訳ありません……考えなしでしたわ」

と素直に謝罪する。

「……まあ、反省はしているようですから、これ以上は言いますまい……それで、一体何をしようとしていたのですかな？」

「レン様とエドをお風呂に入れてあげたかったんですの……さっきの大きなクマの解体、見てましたわ。あんなに血まみれになって……ですので、少しでも寛いでほしかったんですの」

アレッタの言葉に、エドは天井を見上げ、首をぐるりと回した。

「……そのお気持ちだけ頂戴します。私ならレン殿に洗浄《ピュリファイ》をしてもらえば済むことです」

「いつも気を張っていて、心が疲れませんの？」

「……アレッタお嬢様、私にとってこの場は戦場です。気を抜くのは、街に戻った後と決めており

ます」

「エドさん、その辺にしとこう。アレッタさんは、川原に出ることの危険性を十分に理解していなかった。森に出なければいいと考えていたのは俺たちの説明不足が原因の一つだ。アレッタさんにも問題はあったけど、俺たちにも問題はあった。お互い、直すべきところはしっかり直そう」

「……ですな……アレッタお嬢様。なぜ川原が危険なのか説明しますので、お聞きください」

「……はい」

エドとアレッタの話は長くなりそうだったので、レンはシルヴィに声を掛けて川原に出た。

「シルヴィは魔物の解体とかできる？」

レンの質問にシルヴィは頷いた。

「はい……あ、お師匠様たちが狩った獲物を解体するんですね？　味が落ちちゃいますからね」

レンも狩ったその場で血抜きだけはしていたが、内臓を抜いて冷やすところまではできていない。

川原の下流に陣取って、レンが足元を平らに錬成《ニードゥ》すると、ボストンバッグからシルヴィが獲物を取り出して並べ始める。今回、食肉になりそうな魔物は見境なく確保してきた。

獲物の中にはグリーンピジョン《ハト》、グリーンスターリング《ムクドリ》などもいる。日本人の常識では、鳥肉と言えば鶏なので、グリーンスターリング《ムクドリ》は随分と小さく見える。

「お師匠様、お手数をお掛けし申し訳ありませんが、ここに膝の高さの台を作ってもらえないでしょうか？　獲物に、他の獲物の血や内臓が触れないようにしたいんです」

「膝くらいの台か……ええと……もう少し石が欲しいかな」

台の予定地に丸石を集めたレンは、その場でシルヴィの注文通りの台を錬成《ニードゥ》する。

シルヴィは、台の作成をレンに任せ、川縁でグリーンボアを取り出して解体に着手した。

後ろ足に縄を結び、グリーンボアを川に沈め、まずその毛皮に付いた土や血を洗い落とす。

首を矢が貫通した際に毛皮が血まみれになっていたため、途端に川が赤く染まる。

グリーンボアの毛皮を洗い終えると、シルヴィは浮力と川の流れを利用してグリーンボアを川原に引き上げ、解体用のナイフで腹を裂き、肋骨と骨盤を広げ、腹膜や筋を切りながら内臓を剝がしていく。

時折、バキバキともものすごい音がする。それを見て、レンもシルヴィに頼まれるままに、足を引っ張ったり肋骨を引いたりと力仕事に協力する。

狩った直後にエドがグリーンボアの肛門に草を詰め込んでいたため、中身が漏れることなく処理が進む。

内臓に残っていた血が川原を赤黒く染めていくが、シルヴィは気にせずに内臓を引き剝がす。

「お師匠様、ボアの胆嚢も必要ですか？」

「せっかくだし、取っておくよ」

レンはシルヴィが引っ張り出した胆嚢を確認すると、糸で胆嚢から出ている管を縛り、内臓から切り離す。

「内臓は、心臓と肝臓だけでいいでしょうか？」

「そうだね。見た感じ内臓は綺麗そうだけど、森で何を食べていたかわからないから、残すのは安全そうな部位だけにしとこう」

「……アレッタお嬢様も内臓はあまり好まないんですよね。じゃあ内臓は廃棄で」

虫は平気なのにモツが苦手というのがよくわからない、などと思うレンだったが、処理が面倒な部分なので、レンとしても廃棄には賛成だった。

「あ、もしかして、お師匠様の洗浄《ピュリファイ》なら、腸《わた》なんかも綺麗にできるんですか？」

「いや、洗浄《ピュリファイ》って面積と、何を汚れと判断するのかによって必要な魔力が変わるから、凹凸の多い内臓はちょっときついと思うな」

「なるほど……人間の表面よりも内臓の方が大変なんですね……あれ？　なら、なんでアレッタお嬢様の髪とか大丈夫だったんでしょうか？」

髪一本一本の表面ともなれば、結構な広さになるのでは、とのシルヴィの指摘にレンは頷いた。

「あー、術者の認識でも結構変わるんだよ。アレッタさんの髪は長いからそこそこ魔力食うけど、一塊って認識になるからか、魔力はそこまで必要ないんだ」

「ん？　えーと？　ああ、なんとなくわかりました」

シルヴィは頷きながらグリーンボアの内臓を川に流し、再びグリーンボアを川に浸けて冷やす。

「お師匠様、これだけ内臓を流していたら、筌に魚が掛からないかもですね」

「撒き餌を撒いていると思えば、むしろ寄ってくるかも知れないよ」

「なるほど、それに期待しましょう。あ、お師匠様も解体しますか？」

「あー……まあ、うん。やるよ」

ゲーム内ではウエストポーチの解体機能があるが、解体技能は様々な職業で得ることができる。

その一つが弓使いであり、もう一つがプレイヤーなら誰もがチュートリアルで強制的にその職業を選択させられることになる冒険者である。

技能がある以上、自分の中には記憶があり、それを使いこなせるはずだ。そう考えたレンは、解体用ナイフを取り出すと、グリーンホーンラビットに向かってしゃがみ込んだ。

(まず内臓を抜く？　……血抜きは……首を射貫《いぬ》いてるから不要かな？　あ、血で汚れてるから洗うのが先か)

ナイフを置いたレンは、グリーンホーンラビットを川に浸けて赤黒く汚れていた全身を洗う。

それはダニや汚れの除去が目的であると知らない記憶が教えてくれる。

続いて腹を裂いて肋骨を広げて内臓を抜き取る。

心臓と肝を大きな葉っぱの上に避けておき、他は竹を切って作った筒に入れる。食用ではなく、筌に入れる魚の餌代わりだ。

内臓を抜いたら川で腹の中を洗い、足を縛って川に浸けて冷やす。

心臓は二つに割って中の血を抜き、肝臓はそのまま葉っぱに載せたレンが振り向くと、シルヴィも隣で別のグリーンホーンラビットの処理を行っていた。

「お師匠様はエルフだけあって、解体が上手ですよね」

「そうかな？　まあ、弓使いだからね。狩った獲物の処理は、必須技能だし」

「なら次は鳥の解体ですね……あ、でもどうしましょうか」

シルヴィは、台の上に並んだ鳥類を眺めてため息を漏らした。

「何か問題？」

「いえ、問題ではないです……とりあえず、血抜きと腸抜きをしましょう」

鳥の魔物は、矢が当たった場所はまちまちだった。

枝に止まっている鳥なら首を狙って射貫けるレンでも、飛んでいる獲物では胴体か羽根に命中することが多いためだ。

枝に止まっているのを狙ったグリーンピジョンとグリーンスターリングに関してはかなり綺麗な状態だが、他は首を裂いてひっくり返しておく。

そして、その間に、鳩《はと》にしては少し大きめのグリーンピジョンの肛門周りの羽を毟《むし》り、肛門から釣り針に似た形のフックを入れて腸を引き抜く。

続いて羽を毟ろうとしたところでシルヴィがストップをかけた。

「お師匠様、血抜きと腸《わた》抜きだけにしましょう。羽を毟らなければ、それなりに日持ちしますし」

「日持ち？　このまま置いとくのか？」

「まあ、水には浸けますけど、全身の羽を毟って解体するのは後日、調理する前で……鳥って羽を毟ると腐敗しやすくなりますから。だからその前に他の鳥も同じ程度の処理をして……あ、胴や羽を射貫いたのは、傷の周辺の羽だけ毟って、傷口を綺麗に洗いますけど」

「俺の常識だと、鳥肉って傷みやすいと思ったんだけど……ああ、そうなのか」

レンが知らないはずの知識が、シルヴィの言っていることは間違いではないと教えてくれた。

羽を毟ると、抜いた痕から腐敗しやすくなることと、冷暗所に保管すれば四、五日はそのままでも問題ないことがわかると、レンは他の鳥の魔物についても同様の処理を行っていく。

なお、傷口からも腐敗しやすくなるため、胴体や羽根に傷がある鳥に関しては、傷の周辺の羽を毟って傷口付近をしっかりと洗うようにする。

ちなみにレンの場合、洗浄《ピュリファイ》を掛けておけば良いのだが、シルヴィは先ほどの洗浄《ピュリファイ》の魔力量の話が、レン自身は知らないはずの知識が邪魔をしてしまい、そこには思い至らない。

「次は、グリーンボアとグリーンベアの処理をしましょうか」

「そっちはまだだろ？　グリーンボアなんて、さっき水に入れたばかりだし。それよりシルヴィ、食料保存のための冷蔵庫を作ろうかと思うんだけど」

どこに置こうか？　と尋ねようとしたレンだったが、

「それはどういう物でしょうか？」

というシルヴィの返事を聞いて、レンは魔道具の冷蔵庫が一般的ではないと理解し、少し考えてから返事をした。

「ええと……二重になった木の箱で板の間に断熱材としておが屑を詰めて、箱の中に氷を入れておくみたいな？　箱の中は低温が保たれるから、肉や魚の貯蔵に向いてる、はず？」

レンの説明を聞き、シルヴィはそれがどのような物なのかをイメージし、首を傾げた。

「冷気が逃げない部屋に氷を保存するということは、それは氷室のような物でしょうか？」

「部屋じゃなくて箱だけどね。まあ似たような物かな。氷室は使ってるんだ？」

「いえ。古い貴族家には英雄の時代前後の物が残っていたりするそうですが、氷魔術の使い手がそこまでいませんから、滅多に使われることはないと聞きます」

氷魔術？　と疑問を感じたレンだったが、この土地がほぼ亜熱帯であることを思い出し、冬場でも氷や雪が手に入らないのか、と納得した。

「そっか、ここらじゃ天然の氷は手に入らないか」

「万年雪の高山なんかにはあるそうですけど、街道沿いで雪や氷を見ることはありませんね。私も氷を見たのは数えるほどです。それにこのご時世、たまにならともかく、定期的に魔術師に氷を出してもらうなんて贅沢はできません。お師匠様が氷を作れたとしても、私たちだけでは氷の補充もできませんから、せっかく作っていただいても、どれだけ使えるか、少々疑問です」

「うん、そうだね……そうだ、それなら氷だけを詰め込んだ横穴を一つ用意しようか……氷の部屋の中もかなり寒いと思うけど、食事の支度で出入りするたびに外気に触れたら氷が保たなさそうだから、食料は食料保存庫に入れて、食料保存庫の氷がなくなったら、氷の部屋から氷を持ってくる感じで」

「……そのやり方で、お師匠様が戻ってくるまで氷が保ちますか？」

「……細かいところはこれから考えるよ」

元々レンが作ろうと思っていたのは、ゲームの中でも使われていた魔石冷蔵庫や時間遅延のアイテムボックスだった。が、シルヴィの返事を聞いて、それは悪目立ちしそうだからと氷室方式の冷蔵庫をその場ででっち上げたのだ。完全に思い付きなので十分な検討などはできていない。

洞窟内に氷を保存すると言っても、ただそのまま入れたのでは、すぐに解けてしまうということはレンも知っていた。

特にレンが作った洞窟は、安山岩の岩山に掘った洞窟だ。

岩というのは金属ほどではないが、日が当たれば温まるし夜になれば冷たくなる。

一般的な岩石は空気や水より遥かに熱しやすく冷めやすい性質がある。これを比熱が小さい――

岩石は空気や水より少ない熱量で温度が変化する――と表現する。

岩の内部に亀裂や節理などの隙間、気泡などがあれば、そこにある空気が断熱材となって熱の伝達を阻害するが、そうしたことがなければ外の気温がダイレクトに伝わってくる。

だから、岩に穴を掘って氷を入れただけでは、外部の熱が氷を解かしてしまう。

だが日本には、岩室に氷を保存するということに関して、有名な洞窟が幾つもあった。

その一つが富士山《ふじさん》の青木ヶ原樹海《あおきがはらじゅかい》に存在する鳴沢氷穴《なるさわひょうけつ》である。

玄武岩質溶岩でできた洞窟の中は年間を通してとても涼しく、氷が保管されたエリアでは盛夏《せいか》であっても凍えるほど寒い。

その冷気は冬に青木ヶ原樹海の地表が雪で埋め尽くされた時に発生したものだ。

冷たい空気は温かい空気より重い。だから地下深くまで続く穴があればそこに沈んでいく。

そうやって、冬の間、冷気が保存され続ける。

それが氷穴に溜まっている冷気の正体だが、今回、冷気の元となる氷はレンが作るので、地下深い穴は必要ない。

レンが参考にしようと思っているのは、真夏でも中の氷が解けない仕組みの一部である。

その仕組みは単純に言えば空気を用いた断熱による保冷だ。

氷穴は入り組んだ形をしており、氷穴の上にはたくさんの洞窟や亀裂がある。そうした空洞や気泡が入った壁などが断熱材の役割を果たしているのだ。厳密に言えば他の空洞内の空気が断熱材として機能し、最深部の氷穴には外の熱が入ってきにくいのだ。

レンたちの洞窟は安山岩でできているため、玄武岩の溶岩とは少々異なるが、空気が断熱材だと理解しているレンにしてみれば、異なる材料であっても同じ結果を得ることは可能だと思えた。

「まあ、なんとか作れると思うよ」

「氷室が作れるのなら嬉しいですね、肉も魚も長持ちすると聞きますし。もしもお師匠様の負担にならない程度でできるのでしたらお願いしたいです」

「うん、わかった……ところで、そこに転がってる馬車だけど、解体してもいいかな？」

川原の柵に引っ掛かったままの馬車を指差し、レンがそう尋ねると、シルヴィは首を横に振って、自分では答えられないと言った。

「アレッタお嬢様に聞いてください。馬車は財産ですので使用人の一存では答えられません。ここから街道まで運ぶ手段もないでしょうから、無意味に反対はされないと思いますが」

そう答えるシルヴィに、レンは頷く。

「そりゃそうか、わかった……さて、冷蔵庫は後でやるとして、とりあえず、解体した肉はシルヴィに任せていいか？」

「はい、一部は塩を塗って干しておきます。お師匠様は？」

「風呂の外装仕上げかな」

「お風呂の外装ですか？　そういえば、未完成って話でしたね。お嬢様がお風呂に火を付けてたら大変なことになったのでしょうか？」

「いや、風呂桶に水を入れてから火を付ける分にはどこも壊れない。ただ、風呂釜の真上に煙突を作る予定の穴があるから、そこからの煙の直撃を食らっただろうな」

「危機一髪だったわけですね……それでは、私は解体した物を処理したら、洞窟で昼食の支度をしますので」

「ああ、美味しいの期待しているよ。ああ、ここの片付け終わったら、戻る前に風呂場の外装やってる所まで来てもらえるかな」

「はい、承知しました」

シルヴィに後を任せたレンは、風呂釜の真上に開いた穴から石の管を出し、それを真上に向けて伸ばしていく。

煙突の最下部は漏斗状にして水抜きの穴を開ける。煙突に雨が吹き込んでもこの穴から水が抜けるので、風呂釜に雨水が流れ込むことはない。

石の煙突を上に伸ばし、先端に小さい屋根を作り、風呂釜の真上の部分にも煙突を避けるように屋根を追加する。風呂を沸かす者と薪が、雨で濡れないようにという配慮である。

「お師匠様、解体の後片付け、終わりました」

「うん。それじゃ、ちょっとそこに立って。両手は横に伸ばしてそのまま……洗浄《ピュリファイ》」

シルヴィの全身を泡が包み込む。

あちこちいろいろと汚れていたシルヴィが、一瞬にして綺麗になった。

「お師匠様、ありがとうございます」

「うん。食事の支度する人が血まみれってのは良くないからね。気にしないで」

綺麗になったシルヴィに背を向け、レンは風呂釜の周囲にエドの背丈より少し高めの石の壁を作り、煙突と屋根、石の壁を硬化スプレーで固めていく。

「後は……ああ、排水溝が欲しいって言ってたっけ」

川原の構造は、レンたちが住処《すみか》にしている岩山がそのまま川まで続く岩畳になっていて、その岩畳の上に、丸く削れた石がゴロゴロと転がっているというものだ。

丸石の下には流れ着いた泥や木切れなども溜まっているので岩畳はあまり見えないが、もしも排水を放置して岩畳の上に意図しない水の流れができたりすれば、エドが懸念していたように散布した魔物忌避剤を流してしまうかもしれない。

風呂場の排水溝から川まで、水が流れる道筋を作ると、レンは風呂場に移動してウォーターボールを風呂場の床に放った。

そして、外に戻って、水の流れ方を確認し、岩畳の上に水溜まりを作らないように高低差を意識しつつ、岩畳に深いV字型の排水溝を刻んでいく。

(たまに泥を掻《か》き出せば問題なさそうだな。エドさんにメンテするように伝えておくか)

これにて風呂の外装は完了である。

「次は冷蔵庫か……氷室を作るとして、どこに作るべきか」

明らかにダメな部分もあるので、レンは消去法で考え始めた。

川に面した辺りは直射日光で炙られた岩のすぐ裏となるためアウト。

熱源に近いのは避けたいので、風呂場から距離を置きたい。

洞窟の構造は入ってすぐ左が風呂関連。坂道を登って右に曲がり、もう一度右に曲がると一四メートルの通路があり、その通路の左右に居室とトイレがある。そこらからも距離を置きたい。

「ここかな」

坂道を登り、右に曲がった突き当たり、レンはその岩肌に触れてみる。

熱が伝わるとは言え日陰の岩肌である、ややひんやりと感じることを確認したレンは、おもむろに壁に錬成《ニードゥ》で小さな穴を開け、炸薬ポーションを使って横穴を作り始めた。

レンこと鈴木健司は、日本にいた頃は体を壊して休職こそしていたが、ＩＴ業界で働いていた。

健司は入社してすぐの頃、大量のサーバーを預かるデータセンターの管理を任されたことがあった。管理者である。本来、新人にやらせる仕事ではないが、マニュアルを渡され、その通りにやれと命じられていた。実際の細かな管理はＡＩが行い、健司は機器の置き換えなどの肉体労働と万が一の場合の連絡、謝罪要員というのが実態だった。

そこでの主な業務は、サーバーやネットワーク機器の定期点検とファームウェアのバージョンアップ、保守期限切れの古い機器を新製品に置換したりという作業、それに加えて重要なのがサーバー室の温度管理だった。

過去に発生した空調施設トラブルに端を発する大規模なサービス停止の例を引くまでもなく、サーバー類は高熱を発するため、冷却し続けないと故障してしまう機器だ。

そんな機器を集めたのがデータセンターである。そこにあるサーバーが停止すれば、場合によっては銀行のＡＴＭが使えなくなったり、電話が使えなくなったり、アプリにログインできなくなったりと様々な問題が発生し、その被害総額は軽く億を超えることもある。

だからサービスに影響が出るようなことは絶対に避けねばならない。

緊急時対応マニュアルに完璧は望めないが、日常業務はマニュアル化されており、慣れた作業ならＡＩも比較的トラブルを起こしにくい。

サーバーも二台セットで運用・待機の冗長構成にして、運用系が停止しても即座に待機系に切り替わることでサービスを停止させないような仕組みになっていたりもするから、多少の故障ではなかなか止まらない。だが、部屋の温度が上昇すれば同じ室内のサーバーはあっさり全滅する。

そんな場所で働いていたから健司は、サーバールームの温度管理に関わる数字には神経質なほどで、人間から発生する熱量についてもいろいろな数字を暗記していた。

謝罪要員というのは、謝るだけでは終わらない。なぜ発生したのか、どう対処するのかの説明も求められる。本社から本当の管理者《上司》が来るまでの時間稼ぎをするのにも知識が必要なのだ。

言うまでもなく、冷却された部屋に数人なら人間の発熱量は誤差のレベルだ。しかしお偉いさんの視察などのイベントで大人数がデータセンターに詰めかければそれは誤差では済まなくなる。

活動量の小さい成人男性の一日あたりの消費カロリーは二二〇〇ｋｃａｌ《キロカロリー》。単位を変えると九二ｋｃａｌ／ｈ《キロカロリーパーアワー》。一時間その熱量を集中して与えれば、一リットルの水の温度を九二度分上昇させるという数字である。

人体が発する熱量は、極端に多くはないが、無視できるほどに小さくもないのだ。

特に、氷室のような狭くて閉じられた空間に人間が入り、短時間でも作業を行うのであれば、人体の発熱量は顕著な影響を及ぼす恐れがある。

こうした健司の記憶が、レンの行動に方向性を持たせていた。

「氷室に入るのは氷の運び出しが目的だから分類は力仕事。氷室に入るのはエドさんかな？　力仕事するなら多少代謝が上がるはず。作業時間は、氷が張り付いたりしていなければ一分未満ってところか。そっか、気密ドアなんてないから、ドアの開閉でも結構な冷気が失われるな……あ、中に

ていた。

松明《たいまつ》持ち込まないように言っとかないと」

氷室用に掘った穴の前で、レンは藁半紙《わらばんし》に鉛筆で数字を書き入れて計算をしては頭を掻きむしっていた。

氷室予定の部屋の中は、二×二×四メートルの直方体になるように削って、硬化スプレーを掛けてある。その壁面に触れて熱を確かめるが、先ほどと違いはない。

「うん。体温よりは低い。この岩自体の熱は、氷を入れれば下がる。後は断熱材でなんとかするとして、問題は出入りの時に失われる冷気と作業時に発生する熱量だよな。さて、どうしたものか」

今回の氷室作成の目的は、あくまでも一カ月程度、三人の人間が生き延びられる環境を作ることを目的としており、氷室は安全に食料を保存するための一つの手段でしかない。

そもそもレンが錬金術を始めとする各種職業と手持ちの資材を駆使すれば、魔石で冷やせる冷蔵庫や、時間遅延率が高いアイテムボックスも作れる。

だが、シルヴィの反応を見たレンはそれでは悪目立ちすると判断していた。

だからレンとしては、ありふれた物を作ろうと苦心していたのだ。

一応の構想はあった。

日本の天然の氷室を参考に空気を使って断熱効果の高い洞窟を作るのだ。

だが、運用を考えて計算してみると、レンが救助を連れて戻るまで氷が保つかが微妙だった。

断熱した洞窟に氷を保管するだけならやりようはあるが、食糧貯蔵用の箱の冷却のために氷を持ち出すなら出入り口は必須となり、出入りのたびに、氷室の中の氷が直接外気に触れて解けていく。

だからと言って氷を取り出さないという目的のため、氷室の中に食料をしまえば、出入りの回数が増すため、氷室内の温度管理が難しくなる。

それら要素を勘案し、レンなりに計算してみたところ、氷室内の冷却時間は思っていたよりも短くなりそうなのだ。

これが土中に穴を掘った氷室や、気泡が大量に入った溶岩でできた洞窟ならもっと高い断熱効果を期待できるのだが、みっしりと中身が詰まった気泡の少ない岩という素材は熱伝導率がそれなりに高く、あまり氷室向きではなかった。

一つの解は冷気が抜けにくい地下に掘ることだが、ここでそれをやれば水没の危険がある。

「……後は……前提条件を変えたらどうなる？」

レンが考えていたのは、

【木箱に食料を保存し、その木箱に氷を入れて冷やす】

という、氷を保冷剤にするクーラーボックス的な運用である。

しかし、レンが不在になれば、氷の補給ができなくなるため、その対策として、

【氷だけを保存しておく氷室を用意する】

ことを考えたのだ。

氷室には氷を取りに入らなければならないのだから、入り口を石壁で閉じてしまうわけにはいかない。

手持ちの素材では気密性が低くなってしまうから、氷が解けてしまう。

（どうせ気密性が期待できないのなら、いっそ、氷室に食料を保管して……だからそれだと、氷に外気が直接触れるから、さらに解けやすく……なら、氷と人の入る場所は分けてやればどうだ？）

レンは、

【氷室に氷だけを保存する】

【氷室の冷気を使って食料貯蔵庫を直接冷却する】

という方法で冷蔵庫を実現する場合の熱の動きを計算してみた。

氷室の冷気を使うため、氷室は気密にはならないが、人が通るほど広い通路は不要だ。冷気が通る空気穴があれば良い。

三回計算して、問題がなさそうだとわかると、レンは氷室の一番奥の部分の天井の硬化を解いて、天井に炸薬を仕掛け、上向きの穴を掘った。

落ちてきた砂利で踏み台を作ったレンは、上向きの穴から、氷室の真上の位置に横穴を作る。

レンの考えた「前提条件を変える」とは、氷を保存する場所《氷室》に人間が出入りする回数を零回にする方法だった。

元々、必要なのは氷が発する冷気であって氷そのものではない。

だからレンは、木箱の冷蔵庫に氷を移して冷やすという方法をやめることを考えたのだ。

構造は三階建てになる。一階部分が食料貯蔵庫。二階部分が氷の保存庫。三階部分が空洞だ。

「さすがに暗いな……照明《ライト》」

レンの頭上に光の珠が浮かび、周囲を照らし出す。

食料貯蔵庫階《氷室一階》の上の階層、氷の保存庫階《氷室二階》に登ったレンは、壁と天井、床の不要部分を全て削り取って、高さ、幅が二メートルの直方体に近い穴に錬成《ニードゥ》し、硬化スプレーで固める。

床は中央をほんの少しだけ高くして左右を低くする。

炸薬で上向きに掘った穴は、二階部分の横穴からさらに上に二メートルほど続いている。

そこを利用し、もう一つ氷の保存庫階《氷室二階》の上に炸薬で横穴を作る。そして、丸い横穴を錬成《ニードゥ》で左右に長い楕円形に整えてから硬化する。

断熱用の空洞《氷室三階》はこれで完成である。二階に下りたレンは、断熱用の空洞《氷室三階》に繋がる穴を錬成《ニードゥ》で完全に閉じて、空気の流れすらなくしてしまう。

断熱用の空洞《氷室三階》が横長楕円で、その下に四角い一、二階という構造なので、レンの計算では三階部分の空気が断熱材として働き、上から氷の保存庫階《氷室二階》には熱が入りにくくなる。

次は氷の保存庫階《氷室二階》だ。

ここがある意味、氷室の心臓部となる。氷だけを閉じ込め、保存する部屋である。

一階部分に人が出入りすることで、一階から冷気が抜け暖かい空気が入ってくる、その分、二階にも熱が回ってくるが、レンの考えた仕組みはそれを解消するはずだった。

まず、氷の保存庫階《氷室二階》の床の両端、ほんの少し低くなった部分に溝を作り、溝の底に五〇センチ間隔で直径三センチの穴を開ける。

床の穴から食料貯蔵庫階《氷室一階》に置いた魔石ランタンの光が漏れてくるのを確認したレンは、二階の床に細い溝を無数に錬成《ニードゥ》して作ったばかりの溝に繋げる。

レンは床に座り込むと、砂利を素材に厚さ五ミリの蜂の巣《ハニカム》状に穴の開いた石の板を作り始める。

板には四角い外枠はなく、蜂の巣《ハニカム》構造だけで構成されている。

蜂の巣の穴の大きさは、板によってまちまちだが、どれも直径は一センチ前後であり、巣穴同士を隔てる薄い壁の厚みは一ミリもない。

触れているだけでも割れそうな蜂の巣構造《ハニカム》を硬化スプレーで固め、それらが大量に完成したところで、レンはその板を床に隙間なく並べていく。

一通り並べ終えたら、同じことを繰り返す。

蜂の巣構造《ハニカム》の板を三枚重ねたところで、壁にも同じ処置をして、天井部分にも同じ板を錬成《ニードゥ》で張り付けていく。

サイズの異なる六角形の連なりが洞窟の天井床壁面を埋めたところで、レンは自分が登ってきた食料貯蔵庫階《氷室一階》に続く穴を、自分が通れる最低限の大きさに縮め、その穴以外の部分を蜂の巣構造《ハニカム》の板で埋めると、ウエストポーチから木の板を取り出して蜂の巣構造《ハニカム》の板を敷き詰めた床の上に並べた。これが氷を置く台となる。

そして、木の板の上に、水魔術のアイスブロックという魔術で作成可能な限度いっぱいの大きさである一．八メートル四方の氷を並べていく。

氷の保存庫階《氷室二階》は高さ、幅が二メートル、縦穴含めて奥行き六メートルの直方体の穴で、そこに蜂の巣構造《ハニカム》の板を付け、さらには木の板まで敷いているのだ。これだけで上の洞窟はほぼいっぱいになってしまったが、レンはそれを見て満足げに頷いた。

(蜂の巣構造《ハニカム》の板は、全部穴のサイズを変えたから、板同士の接触部分の大半は点状になる。これなら外部の熱が入りにくいはずだ。

だけど氷の保存庫階《氷室二階》に冷却機能はないから、二階の氷はゆっくり解けていく。で、二階の床に開けた穴から、氷が解けた冷たい水が少しずつ一階に滴り、冷たい空気も重たいから一階に落ちる。一階の冷却はその水と冷気で行う。二階の床に開いた穴から空気は少しずつ往来するから、冷気が下りて、暖かい空気が上がるけど、その程度の体積なら、ドアの開け閉めで失われる冷気よりも少ないし、上に上る温かい空気は滴る冷水や冷気とすれ違う際に冷やされる、はずだ）

レンは、氷の保存庫《氷室二階》に残した小さい穴から食料貯蔵庫《氷室一階》に下りると、下りてきた穴の上に木の板を置き、それを蓋の代わりとした。レンがいる間のメンテナンスを意識したものだ。

食料貯蔵庫《氷室一階》に下りたレンは、上に登るために作った石の踏み台を砂利に戻してポーチにしまい、一階の床も中央を高くして、両脇には溝を掘り、溶けて流れてきた水が、一階床に貯まらないように床の傾斜を調整する。

溝に流れこんだ水が氷室の外に排水されるように溝を作ったレンは、氷の保存庫《氷室二階》同様、床と壁と天井に、蜂の巣構造《ハニカム》の板を張り付けていく。

それが終わると、氷の保存庫《氷室二階》とは異なり、壁面にウェブシルクを張り巡らせた。

天井から滴ってきた冷水は、まず壁に張ったウェブシルクに染み込む。染み込みきれない分は壁沿いに作られた溝を伝って室外に流れ出す。

次にレンは、蜂の巣構造《ハニカム》の板を敷き詰めた床に木の板を並べ、その上に砂利を錬成《ニードゥ》して大きなラックのような物を作る。食料貯蔵用の棚なので、棚の周りを空けて、全方位から手を伸ばせるようにし、棚に重い物を載せても壊れないように、しっかりと硬化スプレーを掛ける。

（氷室の基本構造はこれで良いとして、次は出入り口か）

木の板を重ね、間におが屑を挟んだドアでは重すぎる。

エドが氷を出し入れするのならそれでも良かったが、シルヴィが出入りするのなら、軽くしないとならない。

「木の板を組み合わせて、隙間を樹脂で塞いだ物をドアの基本形として使うけど、今回は、全体に戸当りを付けよう」

ドアを閉めた時に、ドアと戸当りが密着すれば、僅かでも空気が漏れにくくなる。

それなりの精度が求められるが、レンの細工師の技能なら不可能ではない。

が、その前にすべきことがあった。

「食料貯蔵庫階《氷室一階》の入り口を狭くして通路っぽくしないと」

食料貯蔵庫階《氷室一階》は幅、高さ二メートル、奥行き四メートル強の広さに作ったが、入り口から一メートルほどは、左右に幅六〇センチの石の壁を五枚ほど作って、幅八〇センチの狭い通路にする。

複数の壁で通路が狭くする目的は三つ。通路の断面積を小さくして空気の流量を減らすこと。小さなドアで閉じられること。複数枚の壁の間に空気の渦ができることだ。

ちなみに、排水が流れる溝は、その石の壁の下を通して洞窟側に続いている。

「後は暖かい空気が中に入るのを少しでも遮るために……」

レンは狭い通路の奥の天井に、二〇センチほどの下がり壁――天井からぶら下がる壁――を設置し、温かい空気の流入を僅かでも減らせるようにすると、そこからウェブシルクの布を垂らした。

カーテン一枚なので、断熱効果などはないも同然だが、空気の流れはかなり遮られる。

細かな作業の繰り返しで消耗した魔力をポーションで回復したレンは、上下左右に戸当りがあるドア枠を作り、樹脂を塗ったドアを内開きになるように取り付ける。

ドアラッチがないので、形だけのドアノブに引っ掛けた紐をドアの外の杭に引っ掛けるスタイルだが、しっかり引っ掛ければドアと戸当りの隙間がなくなり、空気の流れはかなり制限される。

「……よし、出入り口はとりあえず完成だ。後は排水部分を作れば完成かな？」

排水溝の先を外の洞窟の隅に繋げたレンは、そこに水を溜めるための小さなバケツほどの大きさの穴を掘り、穴には薄い石の板を硬化した蓋を被せておく。

その穴から洞窟の通路沿いに溝を延ばし、一階に繋がる坂道を下って脱衣所の前を通過し、そのまま外まで溝を繋げると、最後は風呂から川まで続く溝に合流させる。

そんなレンの様子を、アレッタのお説教を終え、今朝から冷やしていたグリーンベア解体を始めたエドが不思議そうな顔で見ていた。

「まあ、利便性も考えたらこんな感じかな？　実際どの程度使えるかはわからないけど」

二階に戻りながら、今度は溝に蓋を付けていく。

氷室の前に戻ったレンは、数回、扉の開閉試験を行うと、自分の横穴で勉強中のアレッタと、そばで料理をしているシルヴィに声を掛ける。

「アレッタさん、シルヴィ、ちょっと予定が変わったので、お話に来ました」

「あら、レン様、何かありましたて？」

「ええと、シルヴィには少し話してたんだけど、馬車を解体した板を冷蔵庫の材料にする計画は中止します。そんなに板を使わない方法を思いついたので、そっちの方法で作りました」

「そうなんですの？　思い出のある馬車を壊さずに済むのは嬉しいですわ」

アレッタは笑顔でそう言い、不思議そうに首を傾げた。

「でも、作りました？　もう完成してるのですか？」

「食料貯蔵庫の横穴を三階建てにして、二階以下は全体を断熱効果のある板で覆って、二階部分に氷を詰め込んだ。で、一階には二階から解けた水と冷気が下りてくる。僅かな空気と水のやり取りしかないから、氷のある二階は冷たい状態が維持され、冷気が落ちてくる一階部分もそれなりに涼しくなる。そこに食料を貯蔵するんだ」

レンの説明を頭の中で整理しつつアレッタは、

「上に氷があって、氷が解けて冷たい水が流れてくるわけですね？　氷が解けてなくなってしまったりは？」

と質問を返す。

「一応、大丈夫なはず。氷が解けた水は全部下に流してるし、氷の部屋に外の温度が伝わりにくい構造にしてるから」

「冷たい水を下に流してしまったら、氷が解けるのが早くなるのではありませんの？」

アレッタの問いにレンはどう答えたものか少しだけ迷い、鍛冶師なら初級でも知っていることだから、と事実を口にすることにした。

「物によって、熱の伝わり方が違うのはわかるかな？」

「熱の伝わり方、ですか？」

「例えば、同じ大きさの鉄の棒と、木の棒があったとして、その端を持って棒の先端を火の中に入れた時、先に持ち手が熱くなるのはどちらかわかる？」

「……鉄、かしら？」

やや自信なさげに答えるアレッタに、レンは、よくできましたと褒める。

「そう。それが熱の伝わり方の違いだ。どんな物体にも熱の伝わりやすさってのがあって、空気と水なら水の方が二十五倍くらい熱が伝わりやすいんだ。だから例えば同じ部屋に水に入れた氷と、皿の上に置いた氷があった場合、先に解け切るのは水の中の氷になるんだ」

「不思議ですのね？　熱の伝わりやすさは、温まりやすさ、冷えやすさと同じ意味でしょうか？」

「いや、それはまた少し違う考え方になるけど……まあ、大体同じかな」

アレッタの問いに答える場合、熱伝導ではなく、比熱、熱容量という考え方が必要になってくるが、そのあたりは、錬金術師上級の知識と、鍛冶師中級の知識が必要になってくる。

だからレンは、そのあたりはまだ難しいと判断し、大体同じと濁したのだ。

「そういえば昔、家庭教師から、海と陸では陸の方が暖まりやすく冷めやすいと聞いたことがありますわ。その温度差で、昼は海から陸に風が吹き、夜になると陸から海に風が吹くとか」

「ああ、海風と陸風だね。日が照った時、陸の方が先に暖かくなるから、昼は陸で上昇気流が生じて海から空気を引っ張ってくるのが海風。夜は陸の方が先に冷たくなるから、冷えた空気が下りてきて、押し出された空気が海に向かうのが陸風だったかな？」

「そういう理由だったのですね。温度差による現象とだけ知られてて、詳細は不明と習いましたわ」

「あー、俺の知ってるのはエルフの里に伝わる伝承で、根拠はないかもだから信じないでね」

「わかりましたわ……それでレン様、その、氷室の見学をさせていただいても？」

「ああ、もちろん。まあまだ冷えてないと思うけどね」

シルヴィはちょうど煮込みの最終段階だったため、レンはアレッタのみを伴って氷室に向かった。

そして、魔石ランタンを点灯させて、アレッタにドアを開いて見せる。

「どうぞ。その白いカーテンの向こうが氷室の食料保管庫です」

「ありがとう存じます……まあ……立派な棚がありますのね……それに壁の布が綺麗ですわ」

「全部ウェブシルクですね。この氷室の上に、ここより少し奥行きのある氷の部屋があって、天井の穴から冷気と冷たい水が下りてきて、ウェブシルクを冷やします。ウェブシルクを湿らせることで、冷たい水が長時間、壁の辺りに残りますから部屋の温度を下げる役に立ちます」

「あら？　空気と水では空気で冷やした方が良いのではありませんの？」

「大量の冷たい空気を用意できるならそうですが、それは難しいので、冷たい水を使ってます」

「……難しいんですのね」

「正直、俺にもどうするのが正解なのかわからないんです。こんなの作ったのは初めてだし」

レンは、壁につるしたウェブシルクに触れてみた。

すると、冷たく、少しだけしっとりとした感触を感じる。

「ああ、少し、水が下りてきてますね」

「こんなに早く解けてしまって、氷のお部屋の氷、保ちますの？」

「大丈夫だと思います。今解けてるのは、氷の部屋が元々それなりの温度だったからで、解ける間《そこ》に部屋の温度も下がったでしょうから」

「確かにこの部屋は少し涼しいですから、お肉とか長持ちしそうですわね。解けて流れた水は、布に吸われて乾くのでしょうか？」

アレッタの問いに、レンはウェブシルクの下の方に触れてみる。

まだその辺りは湿っていないようで、手には冷たく乾いた感触が感じられた。

「最初は乾くでしょうけど、部屋の湿度が上がれば乾燥しにくくなります。もしも水が多くなって、下までびっしょりになったら、床の溝《こっち》に流れ込んで、外に流れ出ます」

「外まで水を流すんですの？　洞窟の中に小川を作ったのかしら？」

「ええと、まだ水はないですが、こちらへどうぞ」

レンはアレッタを連れて氷室から出ると、溝の蓋を指差した。

「洞窟の壁沿いに溝があって、この貯水槽に溜まります」

レンは、通路の角のバケツほどの穴を指差した。

「ここに水が溜まるんですの？」

「まあ、たぶん、それなりに。なので、貯水槽にして、洞窟の二階でも少しだけ水が使えるようにしてみました」

「井戸の代わりになるというわけですわね？」

目を輝かせるアレッタに向かって、レンは首を横に振って見せた。

「違います。飲んじゃダメです。肉なんかを保管する氷室の床の溝を流れた水ですから、川の水より汚いです。風呂場に行けば綺麗な水をたくさん使えますから、これは下まで水を汲みに行くのが難しい時に雑巾とかを洗うのに使える水って扱いです」

「レン様、この貯水槽の隣に、同じ大きさの貯水槽を作れませんこと？」

「そりゃ簡単ですけど、用途はなんですか？」

「貯水槽が二つあったら、片方を水源にして、もう片方で洗い物ができるかと思いましたの」

「なるほど。汚れた雑巾を洗う時に、洗い終えた水と水源が混じらないように、分けるんですね？

逆流しないように、間に節を作ってやれば高さを気を付ければいいかな……」

レンは、貯水槽から少し離れた場所に、貯水槽より少しだけ大きな洗い場を作成した。貯水槽から溝を通って水が流れ込むようにして、溝には竹の節に似た板を高さを変えて数枚並べる。洗い場から流れる出る高さはその節より低いので逆流しにくい、はずである。

「絶対に逆流しないとは言えないけど、全部の節の板を越えないと逆流できないから、多少は使えると思う。そうだ、俺が出たら、俺の部屋を洗濯物の洗い場兼物干しにするといいよ」

「川原に干すのは危険ですのね？」

「洗濯物が川原でひらひらしてたら、魔物が寄ってくるかもしれないからね」

「なるほど。魔物は人間以外にも興味を示しますのね。勉強になりますわ」

「それはさておき、この溝は、このまま坂道通って外まで繋がっているんだ。その見学ついでに、気分転換に川原に出てみるかい？」

「良いんですの？」

「川原には魔物忌避剤を散布してあるから、左右の森からは魔物は出てこない。川向こうと空の魔物が脅威だけど、今ならエドさんがいるし、俺も付いてる。ちょっと待っててね」

洞窟の入り口までアレッタを連れ出したレンは、一人で川原に出ると、エドに、護衛をするので気分転換のため、アレッタを川原に連れ出したいと告げた。

「まあ、ずっと洞窟の中では息が詰まりますからのう……いや、レン殿の作った洞窟に不満があるわけではござらぬが」

「気分転換は大事ですよ」

レンはそう言って笑うと、弓と箙を取り出して周辺の警戒を始める。

結界棒が使えれば良いのだが、残念ながら結界棒は石の川原には刺さらないのだ。

「ところで、エドさん。肉をしまうための氷室は作りましたけど、本格的に干したり燻製《くんせい》にしたりはしないんですか？」

「……塩がのう……食事をする分には十分にあるのじゃが、干したりするとなれば、昨日見つけた岩塩を入れてもちと足りぬのじゃ」

「なるほど……普通の塩なら、素材としてそこそこありますから使ってください。救援を連れて戻ってきた時、三人が動けないようじゃ困りますから、しっかり食べて、しっかり体調を整えておいてくださいね」

「うむ……感謝の言葉もない。金の話ばかりで申し訳ないが、街に戻ったら諸々支払うと重ねて約束する。どれ、アレッタお嬢様も焦《じ》れている様子。連れて参ろうか」


川原でひとときの休息を楽しんだアレッタが洞窟に戻ると、エドは解体の後片付けを行い、筌に掛かった魚を取り出し、解体の際に保管しておいた腐敗しかけた内臓を餌として筌に入れて沈める。

「そういえば、枝も仕掛けの内じゃったの」

エドは川から枝を持ち上げると、川原に設《しつら》えた流し台のような場所で、枝をバシバシと振る。

「お？　おお、川海老が掛かっとったようじゃ」

ピチピチと跳ねる数匹の小さな透明な川海老を、綺麗な竹筒に回収したエドは、洞窟に戻ってそれをシルヴィに手渡す。

受け取った竹筒の中を覗き込み、シルヴィは首を傾げた。

「スープに入れてもいいですけど炒めても美味しそうですね」

「揚げても美味いと思うぞ」

素揚げにして塩を振っても美味そうだ、とレンが言うと、シルヴィは残念そうに首を横に振った。

「ここで揚げるのはちょっと難しいですね」

「難しい？　油ならあるけど……って、そうか、そのコンロじゃ火力が足りないか」

シルヴィが使っている七輪に似たコンロは、煮物、焼き物程度なら十分に作れるが、揚げ物となると火力が不足する。

もちろん、強制的に空気を送り込めば瞬間的に火力を上げられるが、大量の燃料を消費することになるし、洞窟内で大量の薪を燃やすのはさすがに危ない。

風呂釜のように外から薪を入れるのなら、火があるのは実質屋外となるが、屋内で火を焚けば炭酸ガスだけではなく煙や火の粉に煤《すす》、その他諸々の問題が生じる。だからと言って外で火を使えば、魔物に発見された際に厄介な事態となる。

「錬金魔術で油の温度を高温にしようか？　魔石コンロでも結構火力が出るから使ってみるか？」

「あ、いえ、これからまだまだ長いのですから、手持ちでなんとか工夫します」

「俺が街に向かう際、魔石コンロは置いてくつもりだから遠慮は無用だよ？」

レンの言葉にシルヴィは首を横に振った。

「いえ、そこは譲れません。街まで長い時間森の中を進むのなら、温かいご飯を食べないと。魔石コンロはお師匠様にこそ必要です」

「あー……まあ、うん。確かに危険地帯を長期単独行って考えたら、精神状態の維持は大事だけどね」

「レン殿。こちらにも普通の小型コンロはあるし、シルヴィの言うように、魔石コンロはレン殿が持っていってくだされ。その代わり、あれじゃ、魔石ランタンは置いてってくれるんじゃろ？」

筌の中に入っていた、どことなく鮭《さけ》に似た顔つきの魚をさばき、エラとはらわたを抜いたエドは、塩水の入った桶で魚の身を洗いながら、そう言って笑った。

「そりゃもちろん。ランタンがないと、洞窟内の生活は不便ですからね。俺には照明《ライト》の魔術がありますし」

「儂らはランタンだけで十分助かるんじゃよ……ほら、それよりもシルヴィ、傷む前に食材をレン殿が作ってくれた冷蔵庫？　……氷室？　そこにしまわねば。ところで、シルヴィ、この魚、ワタを抜いて塩水で洗って、そのまま浸けておるが、構わんかったかの？」

「あ、はい。ええと……これは山鮭ですから、塩水で少し漬けたら、河原の石の上に並べて干してみましょうか」

山鮭という名称を聞き、レンの中の料理人技能の記憶が、その正体を教えてくれた。

それはサクラマスにそっくりな魚だった。

「そのまま切り身にして焼いても美味しそうだな」

サーモンピンクに染まった肉はまさしく鮭だった。

切り身にして塩振って焼いたら美味そうだ、と言うレンに、シルヴィは、それは料理じゃなく、ただ焼いただけですと返す。

「なら、切り身を酒に漬けて、小麦と塩と、何か適当な香辛料を付けて焼くとかかな」

「ムニエルですね。気付け用の強いお酒ならありますけど、ムニエルでお酒を使うんですか？」

「香りの良いお酒なら、それなりにね。そうだ、氷室にはバターや調味料とかも置いとくから、好きに使ってね」

「お師匠様はなんでもお持ちですね」

「錬金術師の職業を育てるのに、いろんな職業の技能が必要だったからね。誰かに協力を頼むより自前でいろんな職業を揃える方が早そうだったから、その時、いろいろ作った売れ残りだね」

技能熟練度を向上させる、一番簡単かつ面倒な方法は、何回もその技能を使うというやり方である。勉強に例えるなら、それは漢字の書き取りのようなもので、簡単だがひたすら面倒な作業だ。

レンは、錬金術師＋他の職業の組み合わせで作れるポーションや道具を作りまくって関連技能のレベルを上げ、素材がなくなったら森に入って素材集めをしながら、細剣《レイピア》や弓や魔術師の腕を上げていた。

自身の成長のために様々なアイテムを作ったレンは、黄昏商会という、自前の商会を立ち上げ、そこで作った物を売って稼いだ金でプレイヤーから素材を買い集めては新しい物を作って技能を育てて、というゲームの楽しみ方をしていた。

ゲーム内におけるレンの立ち位置は、ポーションの品揃えが良く、素材を割と高めに買ってくれる商会のオーナーというものだったが、技能を育てるために作った物全てが売り物になるわけでもなく、結果、レンのウエストポーチの中には、『買い手は付くけど売ってしまうのが勿体《もったい》ない気がするレア物』や『買い手が付かないからいずれ潰して素材にするつもりの武器防具』『クエストクリアに向けて集めていた品と余った品』『技能熟練度向上のために作ったけど、売り物にならなさそうな諸々』といった物——要は不要品——がかなり入っていた。

調味料などはその最たる物で、味覚を制限されたプレイヤーは買ってくれないし、使用する素材の価格から、NPCに売るには少し値が張るため、ポーチの中には多数が死蔵されていた。

「いったいいつ作った物ですか？　古すぎたら使えないと思うんですけど」

「まあ、そこはほら、錬金術の初級の本を読んだなら、ポーションに薬剤鮮度維持の魔法陣を貼るのは知ってるだろ？　あんな感じの、もっとすごいことができるんだよ」

時空魔術を付与した箱の存在はさすがに異質なので、レンはごまかしに掛かる。

ポーションの瓶の蓋の部分に貼る薬剤鮮度維持の魔法陣は、錬金術の粋を集めた魔法陣の一つで、腐敗や変質をコントロールする。

時空魔術のように時間を遅延させるわけではないが、薬剤の品質に限って言えば、ある意味でそれに近い結果が得られるのだ。

「なるほど？　腐ってないなら、調味料はありがたいですね。あ、マヨネーズが新鮮だったのも、そのおかげですか？」

「まあ、当面はそう思っておいて」

「……さて、レン殿、このまま入ると氷室が汚れてしまうので、洗浄《ピュリファイ》をお願いしたいのじゃが」

解体した後、川で簡単に洗っただけのエドは、自分の体を見下ろして、情けなさそうな顔をする。

「そうですね。それじゃ、シルヴィも靴を綺麗にするから並んで」

レンはエドとシルヴィを並んで立たせると、二人に対して洗浄《ピュリファイ》を使用する。

ついで自分にも洗浄《ピュリファイ》を使ったレンは、様子を窺っているアレッタの視線に気付いた。

「氷室に入りますから、シルヴィへの説明は、アレッタさんからお願いします。靴に洗浄《ピュリファイ》を掛けるのでこっちに来てください」

「わかりましたわ。ええと……これも必要になりますわよね」

アレッタは、魔石ランタンを手に、レンの前に立ち、洗浄《ピュリファイ》で靴を綺麗にしてもらうと、魔石ランタンを点灯させ、シルヴィに笑みを向けた。

「それじゃシルヴィ、氷室に入りますわ。こちらのドアはトイレの物と似た作りですけど、鍵はありませんの。釘に掛けてある紐を外してドアを開けると、目の前にカーテンがありますわ」

ドアを開けたアレッタは、その向こうのウェブシルクの白いカーテンに触れる。

「あら？　さっきより冷えてますわね」

「そりゃ、氷室だからね。氷の部屋から冷気が下りてきたんだろ」

レンの言葉に頷いたアレッタは、カーテンを片側に寄せる。

カーテンレールなどのない天井からぶら下がっただけのカーテンなので、ただ単に片側にまとめましたという状態だが、その結果カーテンの向こうから冷気が流れ出し、照らし出された氷室の中を見たエドとシルヴィは驚きに目を見張った。

「……総石造りとは、随分としっかりとした棚じゃな」

「……これだけ広ければ。たくさん載せられますね」

「エドワード、シルヴィ、とりあえず、棚に食料をしまってくださいまし」

「承知」

ボストンバッグから前日分の獲物も取り出して並べていく二人を見ながら、レンもウエストポーチから、調味料各種、植物油などを並べ、続いて初級体力回復ポーション、中級体力回復ポーション、初級状態異常（毒一）回復ポーション、初級状態異常（毒二）回復ポーション、初級状態異常（麻痺《まひ》）回復ポーション、初級状態異常（混乱）回復ポーションを三本ずつ並べる。昔、店舗販売用に作成した物なので、ポーションの瓶には名称と簡単な効果が書いた紙が貼られている。

ポーション類は冒険者が持ち歩けるように作成されており、特に冷暗所で保管する必要はないが、ここなら邪魔にならないし、わかりやすいだろうという判断だった。

回復系ポーションは、初級の物は陶器の瓶だが、中級になるとガラス瓶を使うようになる。

それを知っていたエドは、レンが並べた瓶がなんであるのかを理解し、引きつった表情を見せた。

「レン殿、それはさすがに高価すぎますぞ……支払い切れるかわかりませんが」

「不要なら使わずに返してください。必要な時に手元にないという状態にはしたくないんです。必要になったら遠慮なく使ってくださいね。支払いについては相談に乗りますから」

「……感謝します」

「この辺りはグリーン系の魔物のエリアですから、滅多なことはないと思いますけど、まあ保険です」

「お師匠様、あれはなんでしょうか？」

食料を棚の上に並べ終えたシルヴィは、氷室の一番奥の天井を指差して、そう尋ねる。

「ああ、この部屋の上には、この部屋より大きな横穴があって、この部屋の床と同じように床や壁を加工して、そこに氷を並べてるんだ。で、天井に開いた小さい穴から冷気が下りてきてる。ついでに氷が解けた冷たい水も流れてきて、壁の布に染み込んで部屋を冷やしてるんだ。で、あの天井の木の板は、その氷の部屋に登るための穴の蓋かな」

「登れるんですか？」

「不具合があった時に直せるようにね。でも、出入りが激しいと、氷が解けるのが早まるから、普通は登ったらダメだし、この氷室にも、できるだけ最少人数で、短時間だけ入るようにしないとダメだからな？」

レンの言葉に頷いたシルヴィは、突然後ろからアレッタに抱きつかれ、目を丸くする。シルヴィに抱きついたままアレッタは、レンに質問をした。

「レン様、点検用の穴があるのはわかりましたけど、どうやって登るんですの？」

「ああ、俺は砂利で台を錬成《ニードゥ》して登ったけど……そうだな。この石の棚をよじ登れば届くんじゃないか？」

「ああ、なるほど……土足で登ると棚が汚れそうですけれど、一応届きそうですわね」

「私とアレッタお嬢様なら登れるでしょうけど、あの穴の大きさでは、エド様は入れなさそうですね……」

「……だから、氷を作れる人以外は、氷の部屋に入っちゃダメだから。いいね？」

「わかりましたわ」

不満げに頷くアレッタに、レンは、貯水槽の説明をするように頼む。

するとアレッタは、シルヴィの手を取って氷室から廊下部分に出ていき、貯水槽の構造の説明を始める。

「……レン殿」

「はい？」

「まあ、そういうことにはならんと思うが、万が一の時に、氷の部屋に立てこもることは可能じゃろうか？」

「……ん？　どういう状況を想定してますか？」

「例えばじゃが、ラクーン系が洞窟に侵入してくるとかじゃろうか？」

「ラクーン……状態異常を使う？　……ああ、要点はそこじゃなくサイズですね？」

「うむ。ベア系なら洞窟には入ってこれんが、ラクーン系なら入れるじゃろ？」

ラクーン系の魔物は、アライグマである。

サイズは実際のアライグマよりずっと大きく、大型犬程度。見た目は可愛いが、状態異常を振りまく極めて凶暴な魔物として知られている。ゲームではその毛皮が防具に利用できることから乱獲対象だったが、ＮＰＣからすれば、脅威度の高い魔物だ。

「なるほど、侵入されてしまった場合ですか。ええと、まず、ここのドアはトイレと同じ強度で、鍵も掛からないから、魔物の侵入を阻止したりはできません。氷の部屋に入るには、棚を登って小さい穴から入るしかないから、人間より大きい魔物は入れません。ラクーンだと大きさ的にはギリギリ通過できるかな？　でも、棚を登って背伸びして穴に入るような動きは普通ならできないでしょうね。それに、上に登った人が、穴の上に板を置いて、板の上に座れば、下からでは排除は難しいでしょうね。板は木の板だから、火を使う魔物とかだと厄介でしょうけど」

「ふむ……あ、いや。実際にそんな事態になると思っておるわけではないのじゃが、ああいう隠し部屋のようなものを見るとつい、な」

「わかります。貴族のお屋敷や砦とか、隠し通路とかありそうですよね」

二人がそんな話をしていると、興奮気味のシルヴィがレンを呼びに来る。

「お師匠様！　貯水槽の仕組み、ありがとうございます。二つあるので、片方は洗い物するのに使おうと思います。それで、ちょっとお願いしたいことがあるんですけど」

「おう。水は川の水と同じくらい汚いからそこは注意してな？　それと貯水槽並べるってのは、アレッタさんのアイディアな。俺はそこまで考えてなかったから」

「それでも助かります。食器洗いとか、夜、お風呂場でやるとなると、灯《あか》りがありませんから」

「あー……なるほど、なら、これも渡しておこう」

レンはウエストポーチから巻物を取り出してシルヴィに手渡した。

「なんです、これ？」

「一度だけ、覚えてない魔術を使える使い捨ての魔道具で、これは照明《ライト》の巻物。巻物を開くと、頭の上に光の珠が二時間くらい浮いてるから、暗い所で仕事するのには使えると思うけど……って、そうか。シルヴィ、ちょっと試してほしいんだけど、この巻物を開いてもらえるか？　何か見えても、絶対に触れないこと」

「なんです、これ？」

「転移の巻物。そっと開いたら、何が見えても触れないこと」

二人の話を聞いていたエドが、目を剥くが、二人はそれに気付かずに話を続けた。

「……ええと……開いて……あ、これ？」

「板が見えるか？」

「はい、ガラスとはちょっと違う透明な板ですね。不思議です」

「……板に、街の名前とか書いてないか？」

「いえ、何も書いてませんけど？　どういう仕組みなんですか？　これ」

「んー、本当は、一年以内に訪れた街に、一瞬で移動できるはずで、板には街の名前が並んでるはずだったんだけど……あ、転移の巻物は回収するよ」

シルヴィから回収した転移の巻物をポーチにしまったレンは、革袋に照明《ライト》の巻物を二〇本ほど袋に詰めてシルヴィに渡した。

「これは照明《ライト》の巻物。別に貴重品じゃないから、とりあえず、試しに一本広げてみて？」

「はい」

シルヴィが巻物を開くと、その頭上に光の珠が浮かび上がる。

「あ、使えましたね……手元はちょっと明るすぎますけど、これ、調整はできないんですか？」

「うん。それが照明《ライト》の欠点でね。光の珠を板で覆ったりするしかないけど、出てくるのは頭の上だから現実的じゃないし……おっと、そういえば貯水槽の改造だっけ？　何すればいい？」

「あ、はい。貯水槽じゃないんですけど、坂を登って、右に曲がる廊下部分、あそこの壁に、紐を引っ掛ける場所を作っていただけないでしょうか」

「用途は？」

「ええと……洗濯物を干す場所です。川原で干すのは危ないって話ですから、洞窟内で干せる場所と考えると、あの通路部分かなと思いまして。こう、通路の対角線を斜めに繋ぐ感じで」

ああ、とレンは頷いた。

洞窟内に洗濯を干すにしても、レンの部屋では生活環境ど真ん中すぎる。しかし、生活環境から離れた場所と考えると干せる場所は限られてくる。

そして、ここに干したい、と決めても、硬化スプレーで固めた壁では、レン以外では加工が難しい。

「反対側は氷室だから壁もないけど、いいのか？」

使いにくいだろう、とレンが言うと、シルヴィは首を横に振った。

「そこは、無い物ねだりをしても仕方ありませんので」

「洞窟内で生活するんだから、我慢はしない方がいいぞ……そうだな……坂道登った左側に穴を掘ろう」

炸薬を取り出したレンは、坂を登った左側の壁に炸薬で横穴を掘る。

奥行き四メートルの穴を二つ繋げて奥行き八メートル、と思っていたレンだが、できた横穴の長さは六メートルほどになった。

「……貫通したか……」

とりあえず、と天井を硬化し、貫通してできた穴に、石の棒で柵を作る。

見栄えは悪いが、これで間違って外に転げ落ちることはなくなる。

「レン様、洞窟を拡張してますの？」

炸薬の音に気付いたアレッタが氷室から顔を出してくる。

そして、通路奥の柵から何気なく外を覗き、悲鳴のような声でエドを呼んだ。

氷室でポーションを確認していたエドは、アレッタの声を聞きつけると、氷室を飛び出し、瞬きするほどの時間でアレッタの隣にやってきた。

「お嬢様、何が？」

「あ、いえ、危険があったわけではありませんわ……いえ、ある意味とても危険なのかしら……エドワード、あれを見てどう思います？」

「失礼」

エドは、アレッタの前に出て、アレッタが指差す先を見つめた。

アレッタが指差していたのは、穴から見て右斜め前の方向で、レンからは見えない位置だった。

「……む……なるほど……ここは……そうじゃったのか」

エドはそう言ったきり絶句した。

アレッタの指差した辺りは森の木々がなく、四本の真っ白い塔と低い石積みの壁に囲まれた石造りの建物があった。

そして、塀の外には木造の民家が数軒と、小さな畑があり、畑は綺麗に手入れがされている。

「こんな近くに村があったのか？」

レンもエドの横から外を覗き、そう呟く。

そして、自分の行動を思い出す。

川原の上流側《右側》に完全に柵で覆ってしまい、出入り口すら付けていない。

だから、レンが歩き回ったのは、基本的に川原の下流方向《左側》だけだった。

その下流方向《左側》にしても、森に入ったのは素材集めと狩猟目的だけで、岩山の全周を確認すらして

いない。

アレッタたちが来たことで、優先順位が変化したためだ。

「レン殿は、まだこの周辺の調査はされてなかったのですかな？」

「……まあ、迷子でしたから……あの距離だと気配察知の範囲外ですし……周囲を調査しようと思っていたところにアレッタさんたちが流れ着いてきて、街まで行く話になったし」

まあ、タイミングも悪かったのだろう、とレンは嘆息した。

アレッタたちが流れ着いてくるのがもう少し遅ければ、レンが周辺の調査を行っていたはずだ。

岩山の周りを一周していれば人が歩いた痕跡を発見したかもしれないし、気配察知の範囲内に村人を補足していたかもしれない。それに、極めて見晴らしが良さそうな岩山に登頂することに思い至っていれば、村は目に留まったはずだ。

「なるほどのう。我々も洞窟を見て、これだけの生活環境が整っておるなら周辺は探索済みと思い込んどったから何も言えんわい」

「なんにしても、これで助かりましたね」

「……レン様……可及的速やかにこの穴を、外から見えないように塞いでくださいまし」

「はい？」

「穴を！　外からわからないように塞いでください！　お願いですから！　理由は後で説明しますから！」

珍しく声を荒らげるアレッタに、レンは素直に頷いた。

「では、塞ぎますね」

レンは、通路の穴を掘った時に出た砂利を使い、柵を作った部分を石の壁で覆った。

そして、アレッタの顔を見たレンは、思わず初級体力回復ポーションを取り出した。

「アレッタさん、顔が真っ青です。ポーション飲みますか？」

「いえ……ええと、レン様は、ここがどこかわかっていないのですわよね？」

「ええ、迷子ですから」

「……なら、情状酌量の余地は……あるのかしら？」

ふらり、と倒れるアレッタの体を抱きとめ、レンはエドに視線を向ける。

エドは、とても困ったような顔をしていた。

「……エドさん。何がなんだかわからないんですが、説明をお願いできますか？」

「……ああ、そうじゃな。今さら慌てても手遅れじゃし、まずはアレッタお嬢様をベッドまでお連れしよう」

エドはアレッタをベッドに運び、横たえながらシルヴィに指示を出す。

「……シルヴィ、荷の中に茶とドワーフの酒があったな。あれをお嬢様に」

「かしこまりました」

「シルヴィ、鍋こっちに出して……純水生成っと……ついでに温度調整《アジャストテンプ》九〇度っと」

シルヴィが差し出した鍋に、錬金魔術で純水を満たし、水温を九〇度にするレン。

「ありがとうございます、お師匠様……それにしても何があったのですか？」

一人だけ柵の向こうの村を見ていないシルヴィが、不思議そうに首を傾げながら、コンロに火を熾《おこ》す。

「……村かな。石積みの壁があったけど、街にしては随分小さかったし」

「……レン殿の氏族は他の人間種族との交流を断っておったようじゃから、知らぬのも無理はない。知っている儂らでも、あれを見るまで、そうだとは思いもせなんだ」

「さっきの場所って、有名なんですか？」

「そうじゃな……我々ヒトにも、エルフにも、ドワーフにも、妖精にも、獣人にも、全ての人間種族の間でよく知られた場所じゃよ」

「ええ、訪れたことのないわたくしですら、一目でわかるほどに有名ですわ」

むくり、とベッドの上でアレッタが半身を起こす。

「ここは聖地ですわ……ソレイル様の聖地。四本の白い塔に囲まれた石の聖堂が見えましたもの」

「ソレイル様の聖地？」

シルヴィは鍋をコンロの火に掛け、ただオウム返しに繰り返した。

レンは『碧の迷宮』の神の設定を思い出していた。

ゲームの中で、人々に職業に必要な道具と基本技能を与えるのは神の役割であり、職業の数以上の数の神が設定されている。

錬金術師なら「アルシミー」、弓使いなら「シャスエール」と様々な神がいて、多くの場合、一つの神殿には複数の神が祀《まつ》られていた。

基本的に多神教で、職業を司《つかさど》る神々の間に上下はない。

だが、人間種族にとって例外的な神が二柱存在した。

その一柱が太陽の神、ソレイルだった。

『碧の迷宮』の世界を作った原初の神。神々の父であり、母であり、人間を作った神と言われている。平たく言えば創造主だ。

ちなみに、元になったのはフランス語で太陽を意味するＳｏｌｅｉｌ《ソレイユ》ではなく、同じく太陽を意味するＳｏｌａｉｒｅ《ソレイル》だというアナウンスが運営から出ている。

「つまり、あの村が創造主であるソレイルを祀る聖地って理解でいいのかな？」

「まあ、大体合ってますわ。それと様を付けなさい。エルフも私たちヒトと同じく人間の一員なのですから、不敬ですわよ？」

「ああ、ソレイル様な、ソレイル様……で、なんでアレッタさんはそんなに顔色を悪くしてるんだ？」

レンの問いにアレッタは俯き、大きなため息を漏らした。

「……ソレイル様の聖地は、先ほど見えた塔に囲まれた聖堂ではありませんの。その聖堂から見て、太陽が昇る方向にある大きな岩山ですわ」

「岩山？」

「その昔、岩山の上にソレイル様がご光臨されたと言われてますの」

「なるほど……岩山か」

レンは天井を見上げた。

洞窟の天井は岩でできていた。

壁を見る。壁も岩でできていた。

どちらを見ても、岩でできていた。

現実逃避を諦めたレンはため息をついた。

「……聞きたくはないけど……その岩山ってもしかして」

アレッタは頷いた。

レンは視線をエドに向ける。

エドは腕組みをして、ため息をついた後、重々しく頷いた。

「……つまり俺は、聖地である岩山の中に穴を掘って住んでいたと？」

「そうなりますわね……聖地と知らなかったのですから、仕方ありませんわ」

「まあ、儂らも同罪じゃ。知らぬとは言え、岩に開けた穴の中に住んでおったし、レン殿にお願いして穴を増やしてもらってもおる」

カチャカチャと音がする。

レンがそちらを見るとシルヴィがお茶の道具を持って震えていた。

「俺の住んでいた辺りでは、緊急避難って考え方があるんだけど。その、生命の危機に直面した場合、それを免れるためにやむを得ず行った行為については、責任を免除されるっていう……まあ、適用条件は結構厳しいけど」

「ヒトの世にも似た考え方はあるのう。じゃが、人間全体が崇拝する神の聖地じゃ。宗教家なら宗教に殉じろと言うじゃろうな。もちろんアレッタお嬢様も含めた全員に対して、じゃ」

エドに淡々とそう言うが、エドもその言葉に納得している様子はなかった。

レンは震えるシルヴィの手から茶器を取ると紅茶を入れる。

洞窟の中に、紅茶の香りが広がり、その香りでレンは少しだけリラックスした。

「……怒られるかもしれませんけど、証拠を消してしまうというのはダメですか?」

レンの言葉を聞き、アレッタは顔を上げた。

「証拠って、こんなに大きな洞窟があるんですのよ?」

「炸薬で開けた穴だから、穴を元通りにするだけの砂利は残ってないけど、硬化スプレーはまだ十分残ってる。だから」

レンは、砂利を用いて氷室の断熱材として作った蜂の巣構造《ハニカム》の板を錬成《ニードゥ》し、アレッタにそれを見せた。

「こんな板を大量に作って、硬化して、穴を全部塞いでおこうかと思うんだけど」

「これはなんですの?」

「蜂の巣構造《ハニカム》の板だね。少ない素材で大きな穴を埋めるにはうってつけの構造材なんだ。これの大きめのを作って硬化して洞窟を埋めれば、後で崩落したりする危険性はかなり減ると思う。当然、窓なんかも全部埋めて、洞窟があったと外からわからないようにするんだ」

「……アレッタお嬢様。結果がどうなるにせよ、少しでも状態を戻せるのなら、やっておくべきかと」

「できるだけ戻しておくというのは賛成ですわ。でも証拠を消すためというのは良いのかしら?」

アレッタがそう言って視線をさまよわせる。レンはシルヴィから受け取ったままの茶器の、アレッタの分のカップに紅茶を入れ、アレッタに紅茶を勧める。

「アレッタさん、紅茶をどうぞ」

「ありがとう。ちょうど喉が渇いていましたの」

アレッタが一息ついたところで、レンが何かに気付いたかのように顔を上げた。

「ええと……エドさん、証拠隠滅を提案しておいてなんですが……実は何をするのも手遅れかもしれません」

「どういう意味じゃ？」

レンは窓に近付いて外の様子を窺う。

それを見て、エドもレンの隣に並んで外を見る。

「まだ距離がありますが、川上から人間らしい気配が近付いてきています。さっき、穴を開けたのを見られたのかもしれませんね」

「ふむ……川上か」

「この動き方だと、たぶんこの辺りに向かってます。もっと遠くから察知できたら良かったんですけど」

「森に踏み込める程度に腕の立つ者が近付いてきておる、と……レン殿、窓だけでも塞げぬものじゃろうか？」

「やってみます」

レンは、まず目の前の柵の部分を石の板で閉じると、トイレに入って換気口を塞ぐ。

洞窟内に入っていた外の光がなくなり、シルヴィの頭上の光の珠と、魔石ランタンの灯りだけが洞窟内を照らし出す。

「照明《ライト》」

レンは照明《ライト》を使って自分の頭上に灯りを確保すると、洞窟内を走って外に出て風呂場の換気口を塞ぎ、煙突その他を切り離し、煙突を素材にして風呂釜の表面も埋める。

レンの後を追って出てきたエドは、川原の丸石を拾って洞窟の入り口部分に放り込む。

それを見たレンは、エドが積んだ石を素材に、石の壁を錬成《ニードゥ》して洞窟の入り口を塞いだ。

「二人はいいんですか？」

「短い間じゃ。火を使わんなら問題あるまい」

「……それなら次は柵を……っと、時間切れですね」

「そのようじゃの」

柵の向こうに人影が見えた。

レンは慌てて照明魔術《ライト》を停止し、ずっと明るい所にいましたよ、という顔で、人影の様子を観察する。

その数四人。

二人は要所に金属を用いた革鎧を着て、片方は片手剣と盾、もう片方は槍を所持した男性。

残る二人は女性だった。

とても、森に入るのに相応《ふさわ》しいとは言えないような服装で、強いて言えば古代ローマのトガと呼ばれる、体に大きな一枚布を巻き付けたようなゆったりとした服装に見えた。一人はその上に高価そうな薄衣を重ねており、もう一人は腕に実用的な革の防具を着けている。

レンは、四人の立ち位置から、男性二人は女性の護衛だろうとあたりを付ける。

男性二人は川原の石の柵を前に、入れそうな場所を見つけられずに戸惑っているようだった。

そしてすぐにレンとエドに気付いて視線を向けてくる。

「エドさん。俺はこの辺りの事情に通じていないので、対応は任せます。あと、必要なら俺のことは使用人だと思って命令してください」

「ふむ……それが一番安全かもしれぬの……レン殿、森で伏せている者はおらんかの？」

「……気配察知可能な範囲にはいません。あの四人だけみたいです」

「ふむ。敵対の意思はないということか？　ならば、挨拶をしに行くとしよう」

エドが柵に近付くと、柵の向こう側の男性二人が盾を構えて女性たちを庇《かば》う位置に移動する。

エドは笑顔で両手を広げて、敵対するつもりがないとアピールする。

「儂はエドワード・メレス。サンテール伯爵家に仕える騎士じゃ。先日の雨で流されてこの川原に流れ着いた。そちらの女性は神官のように見えるが、ここはどこなのじゃろうか？」

エドの名乗りを受け、二人の女性が前に出る。

両方とも髪は薄茶色で肌は白い。顔つきはお互いによく似ている。薄衣を羽織っている方は長めの髪を首の横で緩く縛っており、もう片方はくせっ毛なのか、髪が僅かに波打っている。

体の線はゆったりとした衣装が隠しているためスタイルは不明。二人とも背丈はアレッタと同じくらいである。

女性二人が姿勢を正すと、腰にフレイルを下げているのがちらりと見える。

薄衣を羽織った女性が一歩前に出て、護衛たちに警戒をやめるよう指示を出す。

そして、

「……私はクロエ。ソレイル様の神託の巫女《みこ》。こちらは妹のマリー。ソレイル様の聖域の巫女。後ろの二人は護衛」

と名乗りを上げた。

「なんと……神託の巫女様でしたか……ああ失礼。柵をどけましょう……レン殿、柵に通り道を」

「はい……錬成《ニードゥ》」

レンが錬成《ニードゥ》で柵の一部を砂に変えると、クロエは気負った様子も驚いた様子もなく、自然体で川原に足を踏み入れてくる。

それを見て、護衛の二人も慌てて後を付いてきて、クロエを挟むようにその左右に立つ。

マリーは、楽しげに笑みを浮かべ、川原に入ってくると、スタスタと岩山に向かう。

「……それで、巫女様はなんのためにいらしたのじゃろうか？」

マリーの様子を気にしながらエドが問うと、クロエはじっとレンを見つめた。

「間違いない。あなたがレン」

レンは名前を呼ばれた驚きに目を瞠《みは》り、エドは知り合いなのかと言いたげな視線をレンに向ける。

「ええと？」

レンは健司だった頃の記憶を探る。

レンがこの世界に来てから出会ったのはアレッタたちだけだ。もしもレンの名を知る者がいるとすれば、それはゲーム時代の知り合いの可能性が高い。その上でレンを見知っているのなら、黄昏商会の常連ではないかと考え、頭の中で顧客名簿を、めくる。

しかし、健司の記憶の中にクロエに合致する人物はいなかった。

「夢の中で、あなたたちを見た」

「夢で？」

「ソレイル様のご神託は、夢と自動書記によって行われる。あなたのことはご神託で知った」

「知ったって、何を？」

レンは慎重に言葉を選びながら尋ねる。

地球の神話では、神と関わった人間は大抵の場合ろくな目に遭わない。

護衛を二人しか連れてきていないことから、この場でレンを悪魔の使いとしてつるし上げたりする気はないのだろうと予想はできるが油断すべきではない、とレンは警戒した。

「あなたが英雄の時代の……知識を持つこと。この世界を救う力となること。そして、今現在、困った事態に直面していること？」

「困った事態？」

「あれ」

クロエは岩山を指差す。

そこには、フレイルを振りかぶったマリーの姿があった。

「ちょ！」

止める間もなくフレイルが岩山にぶつかり、軽い音と共にレンが施した偽装の岩が砕け散った。

数回フレイルを振るい、人が通り抜けられる程度に洞窟の入り口が広がったのを見て、マリーは満足気に頷くとクロエの後ろに戻った。

「……いいんですか？　あんな穴を開けちゃって」

「奥の穴を作ったのはレン。私は夢で、あの洞窟ができるところを見てる」

「クロエ殿と言ったか、レン殿は儂らの命の恩人じゃ。易々《やすやす》と渡すことはできぬぞ？」

エドの言葉を聞き、クロエは楽しげに笑った。

「知ってる。アレッタ・サンテール、シルヴィアーナ・テスタ、エドワード・メレスは、流れ着いたここで、レンに拾われて命を繋いだ」

「そうじゃ。恩には恩で報いるのがサンテール家の家訓じゃ」

「レンは自由にしていい。望むのなら、伯爵の治療のため、全員をサンテールの街まで送る」

「なぜそこまでしてくださるんじゃ？」

「……レンは、この世界を救うためにこの地に喚《よ》ばれた？」

自信なさげではあるが、クロエはそう答えた。

その言葉を聞き、レンはクロエたちをまじまじと見つめる。

ゲームに似た世界に紛れ込んだ理由について、ヒントも何もない状態だったのに、そこに答えが提示されたのだ。

積極的に日本に戻りたいと思っていないレンであっても、それは聞き流せない情報だった。

「喚んだ？　誰が俺を喚んだんだ？」

「ソレイル様からは、リュンヌ様が喚んだと聞いてる」

「……ええと……あれ？」

『碧の迷宮』には、特別な神が二柱存在する。

その一柱が創造主であり、太陽神でもあるソレイルであり、もう一柱が月の女神リュンヌである。

そして、リュンヌは冥府の神としても知られていた。

（確か日本神話のイザナギとイザナミと似たような関係性だっけ？　元夫婦の神様。共にこの大地を作り、神々を生み、死した神を悼んだリュンヌが冥界を作り、死者の魂の安息の地とした……いや、でもゲームの設定ではリュンヌって）

レンがそんな細かい設定を覚えているのには相応の理由があった。

困惑するレンに、クロエは静かに語りかける。

「リュンヌ様はかつて魔王となり、世界に災いをもたらした。でもリュンヌ様が司るのは死だけじゃない。愛と知恵も司る優しい神様。それにあなたを喚ぶことは、ソレイル様もお認めになった」

ゲーム内に登場する魔王。

それがリュンヌだった。だからレンは、ゲーム内で関連する神話を聞いて覚えていたのだ。

「ソレイル、様が認めて、リュンヌ様が俺を喚んだ、と？」

「そう言ってる」

頷くクロエに、レンは頭を抱えたくなった。

「……ちょっと待て。そもそも俺が来ると知っていたのなら、なぜこんなに迎えが遅れたんだ？」

「遅れてない。ソレイル様のご神託が、この時を示していただけ」

「なるほど……エドさん。アレッタさんたちを呼んできてください……ええと、洞窟を引き払う感じで」

「承知した……泉の壺だけはレン殿に回収を頼みたいが」

泉の壺は、風呂場の棚の上に設置されており、周囲にレンが作った枠を外さないと、持ち出すのが少々難しい構造になっている。

レンはそれを思い出し頷いた。

「わかりました……さて、クロエさん。少し腰を据えて話をしたいです」

「私たちはそのために来た」

「……ではまず場を整えます。錬成《ニードゥ》」

レンは連続で錬成《ニードゥ》を使い、丸石から小さい椅子を八個作り出す。

「好きな椅子にどうぞ」

「……今のは、洞窟を作る時に使っていた土魔術の錬成《ニードゥ》？　面白い」

クロエが椅子に座り、護衛の二人は二人の斜め後ろに立つ。

護衛ならそうするだろうと思っていたレンだったが、マリーもまた、護衛の立ち位置に立つのを見て、どういう身分なのだろうかと不思議に思いながらも、今はそれよりも優先すべきことがあると切り替えた。

「単刀直入に聞くけど、俺に何をさせたい？」

「私は聞いてないし、神の意図を探る不敬もしない。ただ今日この時、この場所に来てあなたと会うようにとご神託を授かった」

「……聞き方を変えよう。会ってどうするつもりだったんだ？　実際こうして話もしている。顔を見てそれで終わりってわけじゃないんだろ？」

「あなたの思うままに。サンテール伯爵の呪いを癒やすも良し、安定した生活を営むも良し。もしもあなたが望むのなら、魔王として立っても神殿はそれを否定しない。それを伝えに来た」

「そんな馬鹿げた話を信じろと？」

レンがあきれたように呟くが、クロエの表情は真剣だった。

レンがため息をつくと、クロエの後ろに控えていたマリーが口を開いた。

「あなた！　お姉様に失礼ですよ！　お姉様はソレイル様の声をお聞きになって、あなたにそれを伝えてくださってるのですから、もっと崇《あが》めるべきでしょう！」

「マリー！　お黙りなさい。それを決めるのはあなたではありません」

「……いやまあ、俺が神様の巫女に対して無礼なのは否定できないから……うん、クロエさん、謝罪する……でも喚んだのなら理由があるだろうに。神様の意図を探るのを不敬と言うけど、神様が望んでいることを叶えるのも君の務めじゃないのかい？」

「レンがそう望むのなら……情報を整理する。ご神託で伝えられたのは大きく三つ。

一つは、レンたちがここで遭難していて、聖地に穴を開けてるということ。穴を開けるのを見た時は気が遠くなった。普通なら死罪。

二つ目はレンが英雄の時代の生き残りの英雄であるということ、先ほどは言葉を選んだけど、ご神託ではそうだった。

三つ目。レンはこの世界の危機を救う。だからその行動を制限してはならない……一つ目の遭難については私たちが来たことで解決。洞窟の穴についてもソレイル様の望んだことだと私が宣言すればそれで解決。三つ目については、どんなことでも神殿がレンの望みを叶えるように動く」

クロエの話を聞き、レンは考え込んだ。

レンが聖地に穴を掘りまくったことについては、ご神託ということで不問にできると言う。

それはつまり。

「ソレイル様は俺が聖地に洞窟を作るのを知っていて、脅迫の材料にするために止めなかったのか？」

「それはない。レンを脅迫するのが目的なら、穴を掘らせずとも聖地に無断侵入した罪だけで十分。レンが来た時点でご神託があれば、聖地に穴なんて掘らせなかったのに。残念」

心底残念そうに呟くクロエを見て、そこに嘘はないとレンは判断した。

(聖地ってのは、無断侵入しただけでアウトなんだ……アレッタさんが青くなるわけだ)

「それに、私はレンを守る」

「まあ、不問にしてくれるのなら、問題はないんだけど……で？　俺が英雄の時代の生き残りで世界を救う？　無理だろ。エドさんと模擬戦をしてみたけど、俺はそこまで強くないぞ？」

確かに魔術などを制限した状態でもエドに勝つことはできた。

だがレンは、それを僅差の勝利だと考えていた。

そもそもレンは、自分で素材集めをするためにそこそこ強くなりはしたが、あくまでも生産職なのだ。プレイヤーの中にはレンよりも強い者はそれなりにいた。

そんなレンの主張を聞き、クロエは頷いた。

「リュンヌ様が選んだ。たぶん力は関係ない」

クロエの言葉を理解できず、レンは首を傾げる。

それを見て、マリーがクスリと笑みをこぼした。

「通訳が必要かしら？」

「ええと、マリーだったか。頼む」

「リュンヌ様は冥界の主で死を司ります。でも同時に、大地を作った一柱として愛と知恵をも司ります。武力の類いは別の神々の担当ですから、リュンヌ様があなたを喚んだ以上、求められているのは物理的な力ではないはずです。とお姉様はおっしゃっています」

「うん。マリーは賢い」

「お姉様の含蓄《がんちく》あるお言葉を理解できぬ有象無象に対して、その真意を伝えるのは私の使命です」

クロエに褒められ、マリーは嬉しそうに頬を染める。

それを見て、ああ、こういう娘なのか、とレンは少し距離を置きたい気分になった。

「……それはつまり、知恵で世界を救えってことか？」

レンの問いかけに、コクリと頷くクロエ。

求められているのは物理的な力ではない、と言われて、レンは自分に何ができるのだろうかと考えてみた。

日本ではＩＴ関連業界で仕事をしていたので、そっち関連の知識ならある。

緊急対応や謝罪で必要になりそうな知識は割と暗記している。

しかし、それらの知識を生かすためには、サーバーと、電力などが必要だし、サーバーはそれ単体では大したことはできない。

健司時代の経験から多少のアウトドア知識もあるが、エドたちの方が余程詳しいはずだ。

その他の知識は、と考えて、レンは頭を抱えたくなった。

錬金術師としての知識があり、それらのレシピを知っているから、レシピにある物なら石鹸でもシャンプーでも紙でも、なんなら化粧品の類いでも作れる。が、それはこの世界の錬金術師ならできることだ。レンにしかできないこととして、例えばレシピにない物を日本の知識で再現できるかと言われると、かなり怪しかった。日本ではそれなりにラノベを読んでいた健司である。その中で作られた様々な地球の品について、概要レベルなら記憶している。

例えば、黒色火薬が木炭と硫黄、硝石でできるということは知っていた。だが、その具体的な部分はまったく記憶になかった。例えばそれらの混合比が一対一対四で、その混合比や粒の大きさによって種類が異なることや、木炭をすり潰して硫黄を混合し、それを革張りの容器に移し、硝石と少量の水（水分量五％程度）を加えてさらにすり潰し、圧搾して比重を高めた物を、所望する粒度（狩猟用黒色火薬でざっくり〇．五～一ミリ）になるように粉砕し、完成した物をゆっくりと乾燥させる、などという知識はレンの中にはない。

また、仮にそれらを知っていたとしても、硝石については歴史小説を読んだ折に、トイレや、古民家の床下の土をどうにかする程度の知識しかなかった。

蚕の糞《ふん》に小便を掛けて発酵させた物を灰汁《あく》と煮て濃縮したり、古民家の床下の土（長く雨が掛からない場所で数十年経過した、有機物が豊富だが植物が育たない場所の土）を集めて湯に溶かし込み、その上澄みに草木灰を加えて煮込んだりという方法についても、そこまで具体的な方法を記憶してはいなかった。

或いは土魔術の錬成《ニードゥ》で鉱石から鉄を抽出したように、古民家の床下の土から硝石を抽出することが可能かもしれないが、鉄と違いレンは硝石を見たことすらないため、イメージすることは難しいだろうと考えていた。

端《はな》から火薬を作る気などなかったが、それなりに知っているつもりの知識ですらこれである。

ペニシリンに至ってはアオカビから取れると学校で習ったのを覚えているだけだ。仮にこの世界に同じアオカビが存在するのなら、頑張って大量に培養すれば、対象のアオカビを探し出せるかもしれないが、そこからペニシリンを取り出す具体的な方法は欠片もわからない。

「専門分野のことならともかく、知識チートできるほど、科学に詳しくないんだけど……指針はないのか？」

「ない。レンの自由にすると良い。ソレイル様の神殿は、それに力を貸す」

「随分と曖昧だな……それなら、世界を救うってのは？　具体的に、今、何か危機はあったりするのか？　また、魔王が登場したとか？」

ゲーム内ではリュンヌが魔王となり、世界の危機に多くの英雄たちが現れた、とされている。

この世界において、魔王という存在は、過去に実在したものなのだ。

「魔王出現のご神託はない……でも、強いて言えば、英雄の時代と比べ、今の人間の数は、一割程度まで減っている。それが危機と言えば危機？」

『碧の迷宮』では、かなりの数の人間種族、ヒト、エルフ、ドワーフ、妖精、獣人のNPCが生活していた。

公式の発表を信じるのなら、村や街には、目に付くNPCの八、九倍のNPCが存在し、活動していたという。

九割減ということは、その、目に付かない場所にいたNPCが全滅したというに等しい。

「一割まで減った？　そんな状況でよく文明を維持できてるな」

「……減った人口の半分は、英雄たち」

そうか、とレンは頷き、軽く暗算してみて、すぐにその言葉の異常さに気付いた。

『碧の迷宮』というゲームは、仮想現実大規模多人数同時参加オンラインロールプレイングゲームである。

雑に述べるなら、たくさんのプレイヤーが同時に参加していたゲームである。

具体的には日本国内だけなら九万人ほどだ。

これが二一世紀前半――量子コンピュータ前の時代――なら、サーバーや通信機器の性能限界から、複数のサーバーにプレイヤーを数千人ずつ振り分けていただろう。

だが、『碧の迷宮』は違った。

有り余るマシンパワーにものを言わせ、日本語話者プレイヤー九万人全員が、最終的に一つの世界にログインできるようにしたのだ。

もちろん、ゲーム開始時に全員をそのままログインさせればスタート地点《始まりの街》が大混乱となるため、多くのゲーム同様、序盤は異なるサーバーに分散させ、プレイヤーがレンのように岩に穴を開けたりすれば、それは全サーバーに反映され、スタート地点《始まりの地》から離れるほど、プレイヤーは一つのサーバーに統合されていった。

エドやクロエが口にする『英雄』が『プレイヤーが操るアバター』だというレンの想像が正しければ『英雄』の人数は九万人だ。

クロエは、それが減った人口の半分だと言った。つまり、減った人口は合計で一八万人だ。

一八万人が減り、残ったのが元々の一割ということは、一八万人は九割に相当する。

実に計算しやすい数字になったが、レンはその計算結果を認めたくなかった。

「ちょっと待て、それって、今残ってる人口は何人くらいなんだ？」

「人間全体で二万人くらい？　も少し多いかも？」

二万、と聞いたレンは、計算通りかと呟き、そして気付いた。

「……待て、今、人間って言ったよな。てことはヒトだとどうなる？」

ゲーム内にはヒト、エルフ、ドワーフ、妖精、獣人などが存在しており、それらの総称が人間だった。

他にも実装予定の種族も存在したが、レンが見たことがあるのは、人間側ではその五つの種族だけだった。

「概算でヒトは一万人程度。エルフ、ドワーフは各三千。獣人が四千」

「妖精は？」

「最後に確認されたのは私が生まれる前」

つまり零、とクロエは答えた、

「……えげつない状況だな……しかし、よくそれだけの人口で貴族制度が残ってるな」

「人間の生息可能範囲は、少しずつ狭まっている。それに対抗しているのが王家と貴族。王家と貴族の存在がヒト種の生命線。強力な命令系統を持たない他の種族は、減るのが早かった」

二万人という数字の大きさについてレンは、辛うじて覚えている幾つかの数字を引っ張り出して比較してみた。

例えば、野球場として使用する場合のドーム球場の収容人数は、三万～五万人程度だ。

市町村などの人口で考えると、人口二万人の市もなくはないが、大半は町になる。

健司が生まれた市なら人口三〇万人程度だ。

つまり二万人というのは、地方のちょっと大きめの町や極めて小さな市の人口、或いはドーム球場の観客席に詰め込める人数以下なのだ。レンは、この人数を少ないと考えた。

二万人の内訳として半数を占めるヒトはまだ良いが、エルフもドワーフも、残り三千では絶滅の恐れすらあるのではないかとレンは考えた。

実際に妖精は絶滅の疑いがあるのだから、考えすぎと笑い飛ばせる話ではない。

「生息域の減少の理由はわかってるのか？」

「わかってる。結界杭の魔石の確保が不十分」

結界杭で囲まれた安全地帯を作り、人間はそこで生活をしていた。

その領域を維持するには魔石が必要で、その魔石が十分に確保できなければ、結界は失われる。

それは事実だが、魔石不足に起因する生息可能域の減少と聞いたレンは、

「……グリーン系の魔物だって魔石くらい落とすだろうに」

と呟いた。

エドは言うまでもなく、シルヴィであっても、グリーン系の魔物ならそれなりに対抗できる。

シルヴィ《メイド》と同程度の冒険者を揃えれば魔石収集は容易ではないか、とレンは腕組みをして首を捻る。

「落とす？」

「あー、グリーン系の魔物を解体すれば魔石が採れるって意味だ」

「グリーン系の魔物の魔石では、結界維持もままならない」

地上に生息する魔物はグリーン、イエロー、レッドに分類され、グリーンの魔物から得られる魔石は弱く小さい。それは事実だがレンの知る結界杭ならグリーン系の魔石でも稼働するはずだった。

「……杭が劣化してるのか？　……なるほど……そのあたりをなんとかしろってことか？」

魔物を倒して魔石を集める、ではなく、結界杭が劣化している原因を調べ、レンの知るレシピで結界杭を保守しろと言うのなら、確かにそれは錬金術師兼魔術師のレン向きの仕事と言える。

「レン、エドたちが出てきた」

クロエに指摘されるまでもなく、気配察知でその存在を知っていたレンは頷くと、エドたちの方に視線を向けた。

そこには、ボストンバッグに入らなかったのか、大量のウェブシルクを抱えたシルヴィと、カーテンレールにしていた槍の柄を肩に乗せたエド、その後ろからアレッタがおずおずと近付いてきていた。

「……レン殿、中は可能な限り綺麗にしてきましたぞ。壺の回収だけお願いしたい」

「わかりました……ああ、アレッタさん。エドさんから聞いたかもしれませんが、神殿でサンテールの街まで馬車を出してくれるそうなので、詳しい話を詰めてください」

レンの言葉に頷くアレッタを見て、クロエもマリーに視線を向ける。

「マリー、調整は任せる」

頷くマリーからレンに視線を戻したクロエは、椅子から立ち上がってレンの横までのんびり歩いてきて、

「レンは洞窟を案内して」

と言った。

護衛の一人がクロエに付き従おうとするが、クロエは護衛に掌を向け、護衛は不要だと下がらせる。

「洞窟を案内？　ええと、洞窟内をできるだけ埋めようと思ってたんだけど？」

「少し整えるだけで十分」

「手間が掛からないから俺は助かるけど……」

クロエとすれ違う際、アレッタとシルヴィは深く頭を下げ、道を譲った。

クロエはそれを当然のように受け入れ、柔らかい笑みだけを返す。

そんなクロエと連れ立って、レンは洞窟に向かった。


レンが張った薄い石造りの壁はマリーによって綺麗に破壊されていた。

その破片を踏み越えてレンとクロエは洞窟内に侵入する。

だが、魔石ランタンも取り外してしまっているため、洞窟内は暗かった。

「照明《ライト》」

レンの頭上に光の珠が浮かぶ。

「レン、私にも」

「いいけど……照明《ライト》……眩《まぶ》しかったら片方消すから言ってくれ」

二人分の照明《ライト》が洞窟内を明るく照らす。広い迷宮内を探索する際の照明となる魔術なので、狭い洞窟内では明るすぎる。

「まず、お風呂を見たい」

「はい、こっちね」

カーテンが取り除かれた脱衣所に入ると、床に敷いておいた布も回収されていた。

そのまま風呂場に足を踏み入れ、レンは泉の壺の周りの柵を砂にすると、慎重に壺を持ち上げてウエストポーチにしまう。

クロエは興味深げに風呂桶に近付くと、ペタペタと風呂桶に触れ、窯の剥き出しの鉄板を撫《な》でる。

水栓と、床に掘られた排水用の溝を興味深げに調べたクロエは、満足したように頷くと、通路に出て二階に上がっていった。

「何が楽しいんだか」

「聖地の中なんて、これを逃したら一生見る機会がない。神託の巫女の務めの一つに、見識を広め、ソレイル様にお伝えするというのがある。だからこれは私のお役目」

通路の途中で、レンの呟きを聞きつけたクロエが振り向いてそう言った。

「その割に、楽しそうだな?」

「見識を広める際、巫女の感情の動きも大事な情報」

「まあ、いいけど……あ、登った所、右側な。左は穴があるだけで、他には何もないぞ」

「レン、こっちに来て」

何もないと言われたにも関わらず、クロエは通路を左に曲がり、最奥の壁まで進んで、壁をノックする。

「こっちには何もないって言ってるのに」

「この壁に覗き穴を作って」

「……聖地に穴を開けろってか？」

これまでやったことを棚に上げてレンがそう言うと、クロエは楽しそうに笑った。

「問題ない。神託の巫女《わたし》がやれと言った。誰かに何か言われたらそう答えるといい」

「責任取ってくれるならやるけどさ」

レンは、奥の壁の、クロエが覗きやすそうな高さに直径五センチほどの穴を開ける。

クロエはそこから外を覗くと、楽しげに、あちこちに視線を向けた。

「楽しいか？」

「楽しい。聖堂が見えるし、家も見える。こんな高い所に登ったのは初めて」

高いと言っても、せいぜい五、六メートルである。

しかし、見たところ聖堂そのものは大きな平屋だし、周囲の白い四本の塔は、細すぎて登れるようには見えない。

この辺りで、この高さに登ろうとすれば、聖堂の屋根に登るか、木に登る程度しか方法がないのだろう。

数分後、景色を堪能したクロエは振り向くと、レンに穴にはめる石の蓋を要求してきた。

「完全に石で埋めることもできるけど？」

「穴は残して。いつかマリーにも見せたい」

「……巫女がそんなのでいいのか？」

ため息をつきながらレンは硬化スプレーと砂利を取り出すと、錬成《ニードゥ》で開けた穴の周囲を滑らかに錬成《ニードゥ》してから硬化し、そこにぴったり収まる石の蓋を作り、硬化してから穴にはめた。

「できたぞ……っていないし」

レンが振り向くと、クロエは氷室の扉を開けて中を覗き込んでいた。

「ここが冷蔵庫って言ってた部屋?」

「神託で見てたんだっけ? まあ、そうだね。冷蔵庫っていうか、氷室だな。この洞窟の上にたくさんの氷を詰め込んだ洞窟があって、そこの天井隅の小さな穴から冷たい水と冷気が流れてくる。元々は壁に布を掛けて、布に冷たい水が染み込むようにしてたけど、布は回収したから、下地の板が剥き出しになってるけどね」

「蜂の巣?」

「うん。蜂の巣みたいな構造の板だな。割と頑丈で、空気の層にもなるから、断熱材になる。クロエさんたちが来なければ、同じような板を大量に作って、洞窟の中を埋めようと思ってたんだけど」

「……なるほど……上の洞窟にはどうやって氷を追加するの?」

「うん? 追加はしないつもりだった。氷を作れる魔術師がいないと追加できないし。まあ、奥の天井に穴があるけど」

クロエはレンの言葉を聞くと、棚を回り込んで部屋の奥に入って天井に手を伸ばした。

「届かない……」

「覗いても氷があるだけの部屋だから」

見るまでもないよ、と言う前にクロエが口を尖らせた。

「……見たい」

レンはため息をつくと、クロエに部屋の隅に移動するように指示して、砂利でハシゴを作り出し、硬化スプレーで固めると、奥の壁に立てかけた。

「これで覗きに行けるだろ。天井の蓋は軽い木の板だから、押せば持ち上がる。上は氷で冷えてるから風邪引く前に戻ってくるんだぞ」

「ん。行ってくる」

板を押し上げ、クロエの体が天井の穴に消えていく。

そしてすぐに、

「寒い」

と震えるような声。

「氷の部屋だからな。早めに下りてきた方がいいぞ」

「そうする」

ハシゴを伝ってクロエが帰ってくる。

その表情はとても楽しげで、それを見たレンは、まあいいか、と肩をすくめる。

「みんなの部屋とトイレも確認する」

面倒なのでハシゴはそのままに、氷室から出て他の部屋を見て回る。

「この箱がベッド？」

「ああ、中にウェブシルクって布を詰め込んでな」

「レンの部屋は、作業机がある部屋」

レンの部屋を覗いてクロエが呟く。

「どんだけ覗いてたんだよ」

「トイレ……聖地の中に……これ、中身は綺麗にできる？」

トイレは深い穴に汚物を落として、そこに消臭剤を撒いただけの代物である。

構造的にはくみ取り式だが、洞窟そのものが使い捨てという前提だったので、くみ取る方法は考えてない。

汚物槽に外から穴を開け、水流で押し流すのが最も簡単な取り除き方だが、それはあまりしたくないというのが、レンの偽らざる思いだった。

「ええと……腐敗や発酵を抑える薬剤を撒いて、石で蓋をしておくのはどうかな？」

「蓋はしなくてもいい」

「そうなの？」

「この穴は、いずれ役立つ時が来るかもしれない。そういうことにする」

「それも神託？」

「そう。そういうことにしておけという神託」

「岩に穴を開けるの見て、気が遠くなったって言ってなかったか？」

「それはそれ」

軽く言い放つクロエを横に、レンはウエストポーチから滅菌消臭剤を五本取り出し、中身をトイレに注ぎ込んだ。

「それは何？」

「昔、錬金術で作った……強力な消臭剤なんだけどね。これだけ使うと完全に消毒しちゃうから、中でガスが出たりはしなくなる……それじゃトイレは使える状態で保存するってことで」

「あと、窓は戻して。お風呂も使える状態にしてほしい」

「泉の壷も戻しておくか？」

「……あれは魔石を消費するからいらない」

ふむ、と頷くと、レンは今までと同じように窓を作り、クロエを伴って一階に下り、洞窟の外から風呂釜と煙突の部分に穴を開け、短い煙突を追加する。

「これでいいか？」

「うん。十分、ありがと……これからレンは、神託に従い、聖地に避難所を作ったエルフを名乗っていい」

「ああ、そういうつもりで風呂とか整備させたのか。入り口は今のままでいいのか？」

「それは神殿《こちら》でやる」

レンとクロエが戻ると、川原に並べた椅子に座り、アレッタとマリーがにこやかに話をしていた。

エドと護衛二人、シルヴィは立ったままだ。

クロエが近くに来ると、マリーが立ち上がり、それにつられてアレッタも立ち上がる。

「お姉様、お帰りなさいませ。ささ、お座りください」

「ん、戻った。けどすぐに移動するから椅子はいらない」

レンはエドの横に立ち、小声で状況を尋ねる。

「戻ったけど、どういう状況です？」

「うむ。とりあえず、レン殿が戻ってきたら聖堂へ移動じゃな。で、一晩休んだ後、明日早朝、サンテールの街に馬車で向かう。レン殿含め、全員聖地での件はお咎《とが》めなし。加えて、レン殿には神殿から渡す物があるそうじゃ」

「渡す物？」

「神殿に用意してある。マリー、神殿に戻る」

「かしこまりましたわ、お姉様」

マリーはすっくと立つと、クロエの斜め後ろに移動する。

「ええと、クロエさん、ここから神殿までの間に魔物は？」

暗に、魔物処理を護衛二人に任せきりにして良いのかと尋ねると、クロエは、

「たまに出るけど、神殿の護衛がいれば問題ない」

と答え、護衛に進むように告げる。

護衛の一人が先導する形で、一行は森の中に足を踏み入れていく。

森の外からは見えなかったが、たまにここまで来る者がいるのか、森の中に少し入ると人が歩いた跡が獣道のようになっていた。

「……これに気付いてたら、人がいるって判断していたのに」

「その場合、儂らは助からなかったかもしれぬから、レン殿が川原のこちら側に踏み込まなかったのは、まさに天の配剤じゃったよ」

獣道にも似た細い道を辿って暗い森を抜けると、そこには少しだけ草原が広がり、その向こう側

に低い石壁に覆われた聖堂が見えた。

聖堂の敷地はほぼ正方形で、その四方に白い塔が立っている。

レンの知る結界杭とはまったく異なる形状だが、レンが魔力に意識を向けるとそれは結界杭として機能していた。

不思議なことに、聖堂横の小規模な農村には白い塔はない。

よく見れば農村側にはレンが見慣れない形の結界杭らしき物があり、村と聖堂は一繋がりの同じ結界の中にあるとわかった。

レンは、先ほどのクロエの言葉を思い出し、聖堂や村を魔力感知で調べてみた。

「あー……こういう風に劣化してるのか」

「こう?」

クロエが小さく首を傾げる。

「うん? ああ、魔力感知で結界を調べたんだけど、聖堂側は割と綺麗だけど、村の方の結界がかなりスカスカになってるなって思ってさ」

結界は空高くまで続き、見えないが地下深くまでも続いている。聖堂側の結界が凹凸のあるガラス板だとすれば、村の結界は歪みがひどく、一部には小さい穴が開いて網状になっている。

魔物が抜けられるほどの穴が開いているわけではないが、このまま放置すれば、遠からず網が破れそうだった。

「レンなら直せる」

なぜか断言するクロエに、レンは苦笑を返す。

「それは見てみないとわからないよ。でも最悪、新しいのを作って交換ならできるだろうね……」

結界杭は錬金術師だけでは作るのが難しいが、レンの職業を組み合わせれば可能となる。

（だけど、これ、全部の街や村にあるんだよな？　俺一人で直し切れるのか？）

そんなことを考えながら、レンはクロエたちと共に聖堂に向かった。


白い塔を四方に配し、石造りのそれほど高くもない塀に囲まれた聖堂に案内されたレンたちは、聖堂内の一室でもてなされていた。

そして、クロエが出がけに命じておいた、

「可能な限りもてなす用意をすること」

というシンプルな命令が愚直に実行された結果、アレッタが大変なことになっていた。

「こ、これは、王家の紋章の入った皿？　え？　なんでこんな場所にありますの？　私たちが使ってしまっても大丈夫ですの？」

マリーがその疑問に答えつつ、首を傾げる。

「三十年に一度、王家の方が詣でるので、その際に使用されるとか……え？　でもお姉様、これ、使っちゃっていいんですか？」

「問題ない。それが一番綺麗な皿」

「まあ、他のは素焼きだったり木彫りだったりですから、これが一番綺麗なのは確かですけど。私も虫干しの時に見ただけなのに」

「レンはリュンヌ様が選定し、ソレイル様がお認めになった言わば神の使徒。立場は王族より上」

のんびり紅茶を飲んでいたレンは思わずむせる。

その手からカップを受け取り、というよりも万が一にも王家の紋章が入った器を割らないように保護してテーブルに戻しながら、シルヴィは複雑そうな表情を見せる。

「待てクロエさん。俺が神の使徒？　なんの冗談だ。あ、いや、冗談じゃないとしても、今後、それを無闇に口にしないでほしい」

「レンがそう望むのなら」

レンが知る限り『碧の迷宮』のヒト種の社会は、王がいて、貴族がいる身分社会である。

王の権威が傷付けられようものなら、全力で叩き潰される可能性がある。

特に、現在は人間の生息域が少しずつ減少している非常事態である。このタイミングで王権に傷が付けば、人間全体の滅亡に繋がりかねない。そう考えたレンは、重いため息をついた。

「はぁ……それで？　こんな部屋やもてなしの準備を整えていた割に、馬車の準備だけ明日になる理由を聞かせてもらえるか？」

「……簡単。レンに聖域を見てもらいたい」

「聖域を？　ああ、そういうことか」

納得顔で頷くレンに、マリーは愕然《がくぜん》とした表情を見せた。

「お姉様、私は初耳なのですけれど？」

「……言うまでもないこと」

「そんな……私が鈍いのは謝りますから、その意図をお聞かせください。その男がお姉様の意図を理解したのに、私が理解できないだなんて屈辱です！」

「……レン。任せた」

　クロエはレンに丸投げした。

　なるほど、クロエもマリーの愛情に疲れているのか、と少し共感を覚えたレンは、頷いて部屋の中を見回してから、マリーに視線を向けた
「なあ、この聖堂に魔物が来ないのはなぜだ？」

「ソレイル様のお力です」

「半分正解で、半分外れ。もっと真面目に考えないと、クロエさんに愛想尽かされるぞ？　アレッタさんはわかるか？」

「聖堂の周りの塔に結界杭の効果があるのではなくて？」

「アレッタさん、正解。ではマリーさん。人間がここまで減ってしまった原因は？」

「結界維持に必要な魔石の確保が困難だからですわ」

「そ。昔の結界杭はグリーンの魔石で動いたけど、今は違うってクロエさんが言ってたよね？　でも俺の知識では、結界杭はグリーンの魔石で稼働する」

「その違いを調べるために？」

　マリーがそう呟くとクロエは頷いた。

「それもある。聖域の結界杭はグリーンの魔石で動くけど、村の杭はそうじゃないから、レンに直してほしい」

「へぇ、聖域側の結界は他と違うんだ？」

「グリーンの魔物の魔石で動く。ソレイル様の御力によると言われている」

「そのあたりは、俺が自分の目で確かめるよ。という訳で、俺にここの結界杭を調べさせ、修復させるのがクロエさんの目的だったわけだ。マリーさんもわかったか？」

「……理解できましたわ。できましたけど、理解できなかった自分に納得いかないですわ」

「そこはまあ頑張れ……で、クロエさん、早速見に行きたいけど案内は誰に頼めばいい？」

レンの言葉に、クロエは立ち上がると、ドアのそばに移動してレンの方をじっと見つめた。

「……もしかして、クロエさんが案内してくれるのか？　神託の巫女ってのは暇なのか？」

「そうでもない。でも今はこれが最優先」

「さよか……ええと、アレッタさんたちはどうする？」

「……遠慮しておきますわ、わたくしたちが立ち入れる領分ではなさそうですもの」

頷くとレンはクロエの案内で聖堂の建物から出て、敷地の四隅の塔の一本に近付いた。

円筒状の塔の高さは五メートルほどで、直径は一番太い基部でも二メートルもない。その基部は聖堂を囲む塀と一体化している。

近付くと、レンガサイズの真っ白い直方体のブロックを積み上げて作った物だとわかる。が、入り口のような物は見えない。

（ゲームには隠し扉とかあったけど、その類いか？）

レンが周囲に視線を走らせていると、クロエが塔に近付いて手をかざす。

すると、その周辺のブロックがうっすらと光を放った。

「へぇ、魔力認証式か」

「この光ってる部分から入れる」

「俺も入れるのか？」

「許可した。　行く」

クロエは待ちきれないと言うように、レンの手を引いて塔の中に沈み込むように消えていき、そのクロエに続いて、レンの姿も塔の中に消えた。

「……随分と広いし、暗くもないんだな。ブロックが発光している？」

塔の中はとても明るく、そして、とても広かった。

外から見た時は直径二メートルに満たないほどだったが、塔の中は、その十倍近い広さがあった。

その中央には直径一メートルほどの円形の台座があり、そこには結界棒によく似た形状――ただし全体的に十倍に拡大したような――杭が突き刺さっている。

「レン、ここ」

クロエは塔の中央の台座にレンを誘った。

「時空魔術で空間を広げているんだろうけど……これ、なんか意味あるのか？」

「知らない」

「……で、これが聖堂の結界杭本体か……俺が知ってる結界杭よりかなり小さいな。ここまで小型化できるんだな……それにしても、これって誰が作ったんだ？」

「聖堂ができた時期は不明。だからもしかしたら街道と同じで神々の手によるものかも？」

レンは、台座に近付き、慎重に結界杭を観察する。

まず、刺さっている台座を調べる。周囲の白いブロックと同じ材質に見える。

杭の本体はレンが見る限りただの鉄だ。ただ、まったく錆《さび》が浮いていない。

杭の上端には、黄色い魔石が埋め込んである。

「あれ？　クロエさん、これ、魔石の補充はどこからやるんだ？」

結界棒と違い、結界杭は中に魔石を入れて使い、それが消耗した時に交換するための蓋がある。

その、使い捨てか否かという点が結界杭と結界棒の一番大きな違いだ。

普通は杭本体の地面から一メートルくらいの位置に施錠可能な魔石を入れる箱を取り付けるものだが、目の前の結界杭には、蓋もなければ箱もなかった。

「聖域の結界杭は、台座部分も含めて一式」

クロエが台座の上の平らになった部分を軽くノックすると、白いブロックと同じ材質の小さな蓋がパカリと音を立てるように開いた。

蓋の下には、青みがかった銀色の金属の箱が埋め込まれており、緑色に輝く魔石が幾つか入っている。魔石は取り出すと光を失うが、活動中はこうして発光する。

その色で魔石の交換時期を読み取るのだが、箱の中の魔石は、まだ新しいことを示す深緑色をしていた。

「箱は……この色だと聖銀《ミスリル》か。さすがにこのあたりは普通の結界杭と同じだな……けど、俺が知ってるのと少し違うところもあるし……もっとしっかり見てもいいか？」

「もちろん」

「……なら、錬成《ニードゥ》」

錬金術師の錬成《ニードゥ》である。

土魔術の錬成《ニードゥ》は、魔力を含む物質を操作できないが、錬金魔術の錬成《ニードゥ》はそれができる。

一度に操作できる質量は土魔術の錬成《ニードゥ》の百分の一にも満たないが、操作対象物の魔力の有無に影響を受けない上、遥かに繊細に操れる。錬金魔術の錬成《ニードゥ》はその細かな操作を実現するため、見えない場所の鉱物や金属の状態をより正確に把握することもできるのだ。

レンが錬成《ニードゥ》で結界杭の中を探っていくと、杭そのものは鋼で作られており、表面に軟らかい鉄を張り付けているとわかる。

そして、鋼でできた杭の中心部には、聖銀《ミスリル》の芯が通っていた。

結界杭が作動する時にこの聖銀《ミスリル》がほんの少しずつ漏れ出していくため、レンはそこが結界が網状に劣化した理由だと予想していたのだが、その予想に反して、芯は杭の中の穴を完全に埋めるほどしっかりと詰められていた。

「……思ったよりちゃんと保守してるんだな。聖銀《ミスリル》も充填されている……でも結界は少し不安定だったし、もう少し見てみるよ」

「……神殿では魔石の交換以外の保守はやってない」

「いや、それはあり得ない。結界杭は、外部から魔石で魔力供給するから、先端の魔石は消耗しないけど、杭の中の聖銀《ミスリル》は少しずつ減っていくんだ」

「本当。だから心配でレンに見てもらった」

「……てことは結界杭に関する知識はそれなりにあるんだな。でもそれなら、なぜ保守なしでこの杭が稼働しているのか予想はあるのか？」

「たぶん、ソレイル様の御力？」

クロエはそう言ってみたものの、自分でも信じ切れていないのか、ゆっくり首を傾げる。

「神様がそこまで自由なら、俺を喚ばなくても、神様の力で問題を解決できたはずだよな？」

「そう。それが不思議」

「クロエさんにもわからないんじゃ、俺にだってわからないぞ？　例えば神様の力は強大だけど、力が使える場所や時期が決まってるとか、そんな制限はないのか？」

「ある。ご神託がそれ。灰箱へのご神託はここと王都神殿だけ。神託の巫女にはここだけ」

「……制限あるのか。なら、他の街の結界杭は手が届かないだけって可能性もあるのか……それにしても、結界は歪んでいたけど、この結界杭はやっぱり新品同様に見えるな。杭の中までしっかりと聖銀《ミスリル》が……あれ？」

レンが何気なく錬成《ニードゥ》の範囲を動かして魔石の入った箱の周辺を確認すると、聖銀《ミスリル》の箱と杭を繋ぐ導線が細く痩せていた。

その結果、聖銀《ミスリル》の導線と周囲の鋼の間に結構な隙間ができてしまっている。

レンが知る結界杭なら、杭の中の聖銀《ミスリル》から減っていくのだが、聖堂の結界杭はやや構造が違うため、こうした違いとなった可能性がある、とレンは推測してみた。

試しに魔力感知で魔力の通りを調べてみると、細くなった部分で僅かだがもたつく感じがあることから、レンはここが不調の原因だと結論した。

「クロエさん、問題を見つけた。魔石を入れる箱と杭本体を繋ぐ聖銀《ミスリル》の線がかなり細くなっている」

「直せる？」

「聖銀《ミスリル》があればね」

レンの手持ちにも聖銀《ミスリル》インゴットはそれなりにある。

聖堂周辺の結界杭だけなら、余裕で直せる。

だが、全ての街や村の結界杭の補修が必要なことを考えるとまったく足りない。

どうしたものかとレンが悩んでいると、

「これ」

と、クロエは、レンが持っている物とよく似たウエストポーチを差し出してきた。

ゲームのチュートリアル完了時に貰える物にそっくりのそれを見たレンは、思わず自分のウエストポーチが腰にあることを確認した。

レンのポーチは多少レンが改造しているため、まったく同じではないものの、間違い探しのレベルでよく似ている。レンはクロエがそれを持っている理由を質問をした。

「それを持っているってことは、クロエさんはプレイヤーなのか？」

「プレイヤー……英雄のことと聞いてる。私は英雄じゃない。これは、神様の一柱で在らせられるディスタン様が過去に当時の神官に授けた神具」

「……ディスタン？　って何を司る神様なんだ？」

「運命？」

「運営ってダジャレなのか、本当に運命なのかは置いとくとして……それをどうしろと？」

「この中にいろいろ入ってる。とソレイル様がおっしゃっていた。レンにあげる」

レンはクロエからウエストポーチを受け取ってベルト裏側の構造を確認してみる。

そんな所までチュートリアルクリア報酬のポーチによく似ていた。

チュートリアルクリアで貰えるウエストポーチは数種類から見た目を選べるが、全員が似た物を持つことになり、交ざると見分けがつかないため、幾つかの便利機能が付与されている。

その一つが持ち主登録機能で、登録者以外が手を入れても、ウエストポーチはアイテムボックスとして機能しなくなる。

それを知っているレンは、

「これ、俺が貰っても使えないよな？」

と尋ねるが、クロエは問題ないと笑う。

「使える。神託でそう聞いた」

「……登録もしてないのに？　……ま、試してみりゃわかるか」

レンはそれを腰に巻くと、ポーチを少しだけ開いて指を入れてみた。

中身を確認したいと思っていたため、中身がリスト表示され、すさまじい勢いで流れていく。

それを思考制御で停止させたレンは、リストの先頭から《スタック》ゆっくりと内容を確認する。

「えっと……なんだこりゃ、いろいろな素材九九個の山が各一六個？　俺のポーチは同一アイテムは上限四スタックまでだから、その四倍か……聖銀《ミスリル》は」

レンの言葉に反応して、リストに「聖銀《ミスリル》」という単語のフィルタが掛かった。

複数回、類似の単語で確認してみても結果は変わらなかった。

「……鉱石のみでインゴットはないけど量は十分か……てか、他の素材も未加工品ばかりだな？　これ、最初から結界杭入れといてくれれば、俺はいらなかったと思うんだが」

「準備できるのは、手が入ってない物に限られる？」

神託で聞いただけで理解できていないのか、棒読み気味かつ疑問符付きでクロエはそう答えた。

「……その割に、鉱石は掘り出した鉱石だし、薬草類も正しい方法で採取してるみたいだけど……でも、これだけの量の鉱石があるなら、結界杭を量産してもお釣りが来るな……インゴットにしないと使えないけど」

「つまり聖堂の結界杭の保守はできない？」

「いや、このポーチを貰えるのなら、手持ちのインゴットを放出しても問題はないから修理はするけど、他の街の結界杭よりも、聖堂の結界杭を優先していいんだな？」

真剣な口調のレンの問いに、クロエは頷いた。

「この聖堂の結界は、失ってはならない。なくなれば世界に対するソレイル様の干渉力が弱まる」

「なんでそうなるのかがわからないけど、まあ、神託の巫女様がそう言うんなら、信じよう」

「うん」

レンは自分のポーチから聖銀《ミスリル》のインゴットを取り出すと、錬金魔術の錬成《ニードゥ》で細かく分割し、液状に変化させたそれを魔石が入った聖銀《ミスリル》の箱の中に流し込む。

箱に入った聖銀《ミスリル》の欠片は、水銀のようにふよふよと揺れると、箱を構成する聖銀《ミスリル》に染み込むように消えていく。

そこから先は目に見えない部分の作業となる。レンは聖銀《ミスリル》の線の表面に魔法陣などが刻まれていないことを確認しつつ、その線を辿って聖銀《ミスリル》を移動させ、鋼と聖銀《ミスリル》の間に充填する。隙間が埋まったところで、魔術師の魔力感知を用いて、魔石からの魔力が結界杭本体に滞《とどこお》りなく流れていることを確認したレンは満足げに頷いた。

「できた。インゴット丸々二本使うとは思わなかったけど、隙間はなくなった。あ、今、他の結界杭とのバランスが崩れている状態だから、他の三本も急いで確認するよ」

「わかった。こっち」

クロエに手を引かれ、塔から出たレンは、残り三本の塔で、同様の保守作業を行う。全部の作業が終わる頃には、太陽が少し傾きかけていた。

「そういやクロエさん、渡す物があるとかって話は？」

「一つはそのポーチ。大切に使って」

「ああ、それはもちろんそのつもりだけど、いいのか？　神様から授かった物なら、神殿にとっては大事な物だろ？」

「レンに渡すのは、昔から決まっていた。問題ない」

「そっか、昔から決まっていたのか……」

それはつまり、レンがここに来ることも『昔』から決まっていたという意味だと理解したレンは、遠い目をして空を見上げつつ、聖堂に戻って、アレッタたちがいた部屋に戻った。

しかし部屋には誰もおらず、茶器の類いも片付けられていた。

「クロエさん、アレッタさんたちはどこに行ったんだ？」

「予定通りなら聖堂の外の村。聖堂には生活できる場所がないから」

「ああ、そういえば、聖堂の隣に村っぽいのがあったな……って、そうか、あっちの結界杭も直さないとな」

「うん。お願い」

「じゃあ、みんなと合流する前にそっちから片付けるか」

聖堂の北側に小さな門があり、そこを抜け、少し歩くと村になる。村の中央の通りの左右には数軒の木造平屋建ての建物が軒を連ね、少し進んだ村の中央付近に井戸がある。

井戸の向こう側には小さな畑と狭い野原があり、その向こうには木の柵があった。

聖堂と異なり、村の周囲は石の塀の代わりに木の柵が巡らせてあり、その外側は少しだけ地面が掘り下げられ、申し訳程度ではあるが空堀のようになっている。

木の柵で囲まれた四角い村の四隅には、聖堂の塔の中にあった結界杭と同じサイズの結界杭が剥き出しで刺さっていた。

その表面はひどく錆び付いており、赤黒くてゴツゴツした質感のそれは、遠目には結界杭というよりも、丸太の杭にも見えた。聖堂のそれと比べると、塔の有無だけではなく台座の有無も異なっている。

魔力感知で結界杭が結界を維持しているのは見て取れるが、レンが改めて確認すると、透明な壁状に展開されるはずの結界が、網状になっている。が、聖堂側の結界杭を修復した影響か、レンが最初に見た時よりも改善されている。

村の結界は聖堂の結界と繋がっており、聖堂側が正常になったことで、結界全体の状態が改善されたためだが、それは聖堂側の結界杭に余計な負荷が掛かっているということでもある。

手早く直さなければとレンは錆びた結界杭を錬成《ニードゥ》で確認する。

「錆は表面だけか。中身の聖銀《ミスリル》の状態は、こっちは杭の中身も減ってる感じだな……魔石を入れる箱は……地面の高さか。保守しにくそうな作りだな。クロエさん、この杭、結構錆びてるけど、ちゃんと保守しているのか？」

「魔石を交換してるだけ。特に保守はしてない。たぶん、今、結界杭を保守できる人間はいない」

結界杭を作成するには、中級以上の錬金術師と、初級の時空魔術が使える魔術師が必要となる。

しかし、一度作ってしまえば、保守は初級の錬金術師でもできるはずだ、とレンは首を傾げる。

「保守できない理由は？」

「たぶん、素材不足？」

「たぶんってことは、詳しくは知らないってことか」

「前に聞いた話だと、聖銀《ミスリル》の『製錬』？　ができないとか？」

「……なるほど。『精錬』か」

聖銀《ミスリル》鉱石から聖銀《ミスリル》インゴットを作るには、鍛冶師の中級の技能が必要になる。

鍛冶師中級になる方法が失伝しているなら、聖銀《ミスリル》の加工はほぼ不可能だ。

土魔術の錬成《ニードゥ》は、鉄鉱石から鉄のみを取り出すことができるが、土魔術の錬成《ニードゥ》は魔法金属に対しては使用できない。

例えば、聖銀《ミスリル》以外の不純物を可能な限り取り除いて聖銀《ミスリル》を残すことで、製錬——鉱石から金属を取り出すこと——に相当する作業は可能だが、聖銀《ミスリル》、というより魔法金属全般は製錬後の精錬——一般的には金属の純度を上げること——過程で特定のやり方で魔力を流し込まなければ魔法金属としての性質を発揮することはできない。

なお、錬金魔術の錬成《ニードゥ》なら魔法金属に対して有効だが、鉱石から聖銀《ミスリル》のみを分離するには不向きだ。錬金魔術の錬成《ニードゥ》は、製錬され、精錬された金属などを対象とするもので、不純物が混じった状態では効率が大きく低下するためである。

初級の鍛冶師が聖銀《ミスリル》インゴットを作成するのは現実的にはほぼ不可能なのだ。その結果、聖銀《ミスリル》がなくなり、結界杭の保守ができなくなったのだろう、とレンは理解した。

「事情はわかったけどクロエさん、聖銀《ミスリル》の精錬ができない状況なら、今、この国には聖銀《ミスリル》を加工できる炉は残ってるのか？」

精錬だけなら大した手間ではないが、炉がないなら、炉を作る土地を手に入れるところから始めなければならない、とレンが言うと、クロエは頷いた。

「大きな街なら英雄の時代の工房は保存されてる」

「なら、俺がそこに行って精錬すれば解決か……わかった。それなら村側の杭も全部修復しちゃおう」

村の結界杭を調べると、どれも杭内部の聖銀《ミスリル》がかなり消耗していた。

レンは先ほど同様、魔石を入れる箱から十分な量の聖銀《ミスリル》を注入していく。そしてついでとばかりに錆びた鉄を還元し、表面を滑らかに整え、油を塗っておく。

全ての結界杭の保守を終えたレンは、結界の状態を魔力感知で確認して頷いた。

「うん、網状だった結界がちゃんと壁状になってる……クロエさん、これ、軽々しくやってとお願いしにくいんだけど」

「構わない。言って」

「村の結界杭の魔石って、聖堂のと違ってイエローの魔石を使ってたよね。それを取り出してグリーンの魔石で動作確認してもらえないかな？　もちろん村人を避難させた上でだけど、魔物を連れてきて、結界の効果が十分かを確認してほしいんだ……時間があれば、俺が魔物引っ張ってくるんだけど、早めにアレッタさんの街に行かないとならないし」

「確認の目的は？」

クロエの質問に、レンは慎重に言葉を選びながら答えた。

「英雄の時代の結界杭はグリーンの魔石で動いていたんだよ。それが今じゃイエローの魔石を入れても網目状になっていた。あくまでも予想だけど、聖銀《ミスリル》が減ったことで、魔力消費量が増大していたと予想してるんだ。だとすれば今回の修復でグリーンの魔石で動くようになった可能性が高い。もしもそうなら、結界杭の運用コストが下がるだろ？」

人口が二万人まで減った理由として、クロエは魔石の確保が不十分だからだと言った。

もしもレンの読みが正しく、グリーンの魔石で結界を維持可能になれば、シルヴィでも魔石を集めてくることが可能となる。

それは人間の生息域拡大に直結する話だ。

その説明を聞いたクロエは、

「わかった。大丈夫。万が一、グリーンの魔石で結界が十分に機能しなかったとしても、この辺りの魔物なら、聖堂の護衛は問題なく倒せる」

と答え、そして、

「……その結果がわかったら、レンはすぐに知りたい？」

と尋ねた。

「あー、できれば知りたいかな。方法があるのか？」

ゲームには心話という名のメッセージ機能があり、運営は、例外はあるが心話はプレイヤー用の技能だと説明していた。だからレンの質問は、早馬などを前提にしたものだった。

その質問にクロエは、

「……ある」

と首肯し、

「そういう理由なら仕方ない。うん」

と何やら一人で納得する。

その台詞《せりふ》にそこはかとなく危険な気配を感じつつも、レンは、これは必要なことだからと、敢えて踏み込まずに、

「違法とかじゃないなら頼む。他の街や村だと、危険な実験とかはできないだろうし」

と頼むに留めた。

そんなレンに対して、

「頼まれた」

と答えるクロエは、なぜか少し楽しげな表情だった。


村の建物はどれも古い物だったが、結界杭の修復を終えたレンが、アレッタたちがいるならここ、とクロエに案内されたのは、比較的新しい建物だった。

新築というほどではないが、他の建物のように使用されている材木の脂が抜け切ってはいない。

「あ、お師匠様、お疲れ様です。クロエ様、お茶はいかがですか？」

レンたちを迎え入れたシルヴィがそう尋ねると、クロエは首を横に振った。

「もうすぐ夕食だからいらない。レンもゆっくり休む」

「ああ。ポーチ、ありがとな」

「神様たちが授けた物。気にしないで」

そしてクロエはそのまま外に出ていった。

家に入ったレンは、シルヴィの案内で屋内をぐるりと見て回る。

玄関すぐの場所が居間になっていて、その奥が土間の厨房《ちゅうぼう》。厨房から風呂とトイレにアクセスできる。

リビングの左右には各二部屋。どの部屋もかなり広い。

元々が、商隊が立ち寄った時に貸し出す施設ということで、各部屋にはベッドもあるが、床に毛布を敷いての雑魚寝を想定した作りになっているのだ。風呂付きなのは、神殿に詣でる前に湯を使いたいという希望が多いからだそうだ。

ちなみに王家の者が詣でる場合は、神殿に迷惑は掛けられぬと自前の豪華な天幕を使用するため、こうした建物を使うことはない。

「お師匠様はこちらと、あちらのお部屋、どちらにしますか？」

シルヴィが二部屋の候補を提示する。

どちらもとても日当たりが良い部屋で、レンは、部屋を見て首を捻った。

「随分と良い部屋みたいだけど、この部屋、アレッタさんやエドさんが使うべきじゃないの？」

「アレッタお嬢様が、お師匠様が神の使徒なら、お師匠様に良い部屋を使ってもらうべきだと」

「とりあえず、時間も勿体ないし、今回はその配慮に感謝してこっちの部屋を貰うけど、今後そういう気遣いは不要だってアレッタさんに伝えておいて」

レンはラノベにたまにあるような『神との対話』をした記憶はない。だから、神の使徒と言われても、その自覚は欠片もなかった。

クロエが受けた神託や、過去に神官がディスタンという神から賜ったという素材が詰まったウエストポーチを使用できたことなど、神が喚んだのがレンであるという傍証《ぼうしょう》が積み上がっているのは理解しているし、この世界がゲームではなく異世界だという状況証拠も増えつつある。

それらから、ソレイルやリュンヌという神のような存在が、この世界にいる可能性があるとも考え始めてもいる。レン自身に起きたことは、そうとでも考えないと説明ができないからだ。

だからと言って、『碧の迷宮』の中の設定上の神への信仰心が生まれるはずもなく、レンは、使徒と呼ばれて困惑していた。

信心深い者が多いだろう世界で、最も信仰心がないと自覚している者が使徒である。

レンとしてはもう笑うしかなかった。

「ところでシルヴィ、あの聖堂も神殿の一種なら、アルシミーの祭壇くらいはあるんじゃないか？」

「聖堂に他の神様を祀るという話は聞いたことはありませんけど……後ほど確認しておきますね」

「そうして。それで、もしもアルシミーの祭壇があるのなら、アレッタとシルヴィは錬金術師の初級になれると思うんだ」

レンの言葉を聞き、シルヴィは目を瞬かせた。

「お師匠様に言われて本を少し読んで、素材について勉強しましたが、本当にこれで錬金術師になれるのでしょうか？　学びはしましたが使いこなせるほどとは思えないのですが」

「ああ、問題ない」

知らないはずの記憶でも、今のシルヴィレベルの知識で、職業を得られるとわかっている。

職業に就くのはスタート地点でしかない。職業に就いた後で技能に習熟するための作業を繰り返す過程で初級の技能が安定するのだ。

「シルヴィは料理人の職業も持っていたよな。料理人も職業に就いたばかりの時は煮炊き包丁みたいな基本技能に慣れながらレシピを増やしたろ？　同じだよ、失敗しながら学ぶのはこれからだ」

「なるほど……わかりました。取り急ぎ、アルシミー様の祭壇がないか、聞いてきます」

「頼む」

レンはシルヴィが外に向かうのを見送ると、割り当てられた部屋に入ってドアを閉めた。

「……さて、職業を得られるようなら、急がないと」

レンは洞窟の横穴と比べると目眩《めまい》がしそうなほど広い室内を見回し、テーブルセットの上にテーブルよりも大きな皮を広げ、隣に細工師基本セットを並べる。そして、昔作った型紙を使い、錐《きり》で皮に印を付けていく。

次に板と皮包丁を使って迷いなく皮を裁断し、皮に糸を通すための穴を開け、仮止めをしてから蝋引きの糸で縫い付ける。

皮を縫い合わせると、端の部分に多少がたつく箇所が出てしまう。

端《コ》の部分《バ》の処理が綺麗にできていないと、見た目も悪いし、そこから傷んだりもするため、レンは小さい鉋《かんな》を使って、がたついている部分を丁寧に削り落とす。

大体綺麗になったら目の細かいヤスリ、帆布、と目の粗さを変えて磨いていき、最後に蜜蝋《みつろう》を塗り込んで、木の棒と帆布で仕上げる。

レンが作っていたのは、二つの革製のウエストポーチだった。

構造が同じポーチだが、使用している皮の違いから、片方は黄色で、もう片方は黒っぽい茶色だ。金属部品を使ったレンのウエストポーチと比べると、全体的にレトロっぽさが目立つ。

上蓋には先端に輪になった紐が付いたベルトが二本。その先端の輪《ループ》を、本体側に縫い付けた木の棒《トグルボタン》のボタンに引っ掛けることで蓋が閉まる。

ベルト部分には余裕があり、体のサイズが変わっても、ある程度は調整できる。

ポーチが完成したところでレンは、五センチ角の六枚の八角形の皮を切り出すと、それぞれに魔法陣を彫り込んでいく。彫り終えた魔法陣には、種類に応じた魔力を浸透させ、残り少ない定着ポーションを表面に塗ることで魔法陣の変化を防止する。

完成した魔法陣三枚をポーチの底に縫い付け、その中央に赤い魔石を固定する。

もう片方のポーチにも同じように魔法陣と魔石を配し、それぞれに起動用の魔力を流すと、つい先ほどまで見えていた魔法陣の底の部分が見えなくなり、中の空間が真っ黒に変化していく。

「ええと？　雑にでも動作試験しとくか」

レンは、一本あたり一二．五キロの金のインゴットを黄色いポーチに入れる。

ラージバーと呼ばれる規格のインゴットは、長辺が二五センチほどと、そのままポーチに入る大きさではないが、ポーチは変形もせずにするりとのみ込んでしまう。

ポーチが膨らんだり、重さが変化しないことを確認したレンは、

「重量軽減と空間拡張は見た感じ正常」

と満足げに頷いてインゴットを取り出し、黒茶のポーチも同じように試験する。

「時間遅延試験は、ちょっと面倒だけど、まあやっとくか」

レンは陶器製のポーションの空き瓶を三つ取り出すと、中に純水を入れ、温度調整《アジャストテンプ》で九〇度に加熱してからコルクで蓋をして、二つのポーチに一本ずつ入れ、残った一本をテーブルの上に置いて、上から布を被せる。この状態で放置し、しばらく後に温度変化を確認するのだ。

レンが作成していたのは、ゲーム内ではアイテムボックス（複合）と呼ばれていたアイテムである。

空間圧縮、重量軽減、時間遅延が付与されたポーチで、これを作成する場合、レンでなければ錬金術師上級に加え、細工師中級、魔術師中級の時空魔術の使い手を揃える必要がある。

それはかつてゲームの中で、レンが育てた錬金術師に渡した物と同じポーチだった。

レンは、シルヴィとアレッタが錬金術師になった記念に、師匠としてそのポーチをプレゼントするつもりだった。

正直、今朝の段階では渡すつもりはなかった。どう考えても悪目立ちしそうだからだ。しかし使徒云々《うんぬん》の時点で、レンは目立たないのは無理だと諦めたのだ。

錬金術師中級になれば、アイテムボックス（複合）は作れないにしても、細工師と魔術師の協力を仰げば、アイテムボックス（空間圧縮）や、アイテムボックス（重量軽減）程度は作れるように

なる。その目標になるよう、レンは、これを二人に渡そうと考えを変えた。

収納力はざっと、二千リットル。アレッタたちが所有するアイテムボックス機能の付いたボストンバッグを規準に、それより少しだけ容積が大きい程度に抑えている。

実際は僅かな調整で、もっと大容量にもできるが、あまり大きな物だと、軍事利用の可能性があると考え、制限を掛けたのだ。

クロエの話が正しいなら、人口二万人で戦争をするとも思えない。

最初こそ、そう考えていたレンだったが、生存環境の奪い合いという生物として真っ当な理由から戦争が起きる可能性に思い至り、軍事転用防止のため、性能を控え目にしたのだ。


時間遅延の性能確認の待ちに入ったレンは、クロエから貰ったポーチの内容を改めて確認した。

とにかく、素材が山ほど入っている。だが、魔物素材は一切入っていない。

「……魔物素材、特に魔石があれば、一時的にでも直近の問題は解決したんだけど……まあ、それができるなら俺を喚んだりしないか」

魔物素材がない代わり、と言って良いのだろうか。ポーチの中には、入手困難な薬草や鉱石も大量に入っていた。

聖銀《ミスリル》は当然として、金剛鋼《アダマンタイト》や魔銅《オリハルコン》の鉱石も入っている。

レンの鍛冶師の職業レベルは中級なので、聖銀《ミスリル》と魔銅《オリハルコン》の加工は可能だが、金剛鋼《アダマンタイト》は難しい。

「これは、俺に鍛冶師上級になれって言ってるのか？　それとも、鍛冶師を育てろってことか？」

仮にも運命の神を名乗るディスタンが用意したポーチなのだ。

その内容からなんらかの意図が読み取れるのでは、とレンは慎重にポーチの内容を確認した。

そして、小一時間ほどが経過した時、レンは確信する。

「これ、適当に、未加工の素材を全部放り込んだだけだ」

と。


しばらく時間を置いてから、ポーチ内の瓶と外に放置した瓶の温度を比較すると、外のは飲めそうな温度になっていたが、ポーチ内の瓶はまだとても熱かった。

それにより、ポーチ内の時間遅延が働いていることも確認できた。

瓶を片付け、二人に渡すポーチに幾つかのアイテムを放り込んでいると、ドアがノックされる。

「どうぞ」

「お師匠様、シルヴィです。入ります」

「結構掛かったね。どうだった?」

「はい、聞いてきました」

シルヴィによれば、聖堂はソレイルのものなので聖堂の敷地内には他の神を祀る祭壇はないそうだが、聖堂の外、つまりこの村にはソレイル以外の全ての神々を祀った祠《ほこら》があるとのことだった。

「アルシミーも祀ってるんだね?」

「はいお師匠様。ソレイル様以外の全ての神様を祀っているそうです」

「……なら、ちょっと行ってみるか……アレッタさんはどうしようか?」

「既に用意は整ってます」

なるほど、時間が掛かったのはアレッタの準備があったからか、と納得するレン。

「なら、行こうか」

シルヴィはレンの部屋から出ると、居間を横切り、反対側のアレッタの部屋のドアをノックして中に入っていく。

居間のソファに座っていたエドが、片方の眉を上げて、

「どちらか参られるのかの？」

と尋ねてきたので、レンは頷いた。

「ええ、錬金術の勉強も進んでるので、ちょっと祠まで。シルヴィから聞いてませんか？」

「いや、聞いとらんが、祠？　……ああ、なるほどのぉ。しかし、このような場所でも職業を賜れるものじゃろうか？」

「まあ、たぶん」

大きな街だと個々の神様の神殿があることもあるが、小さい街では一つの神殿に複数の祭壇が設けられ、条件を満たした者が対象の神に祈りを捧げれば、職業の技能と職業に必要となる基本セットを神から与えられる。というのがゲームの仕様だった。

職業の基本セットは、神からの賜り物という位置付けで神の像の足元の箱の中に現れ、レンが知る限り、どの街で祈っても基本セットが貰えないということはない。

「では、儂もご一緒せねばな」

「護衛も大変ですね」

「なに。仕事じゃし、本当に二人が錬金術師になれるのかも楽しみでの」

「錬金術初級なら、珍しいものじゃないと思いますけど」

「だとしても、領にとって錬金術師が増えるのは望ましい変化じゃよ」

エドは笑みを深め、立ち上がると少し緩めていた装備を整える。

少しすると、アレッタがシルヴィを従えて部屋から出てきた。

「レン様、今から祠でお祈りをして参りますわ」

「うん。みんなで一緒に行こう」


一行は井戸のそばにある祠に足を運んだ。

祠は木造の小さな小屋で、そうと知らなければ農具用の物置にも見える。

アレッタが祠の両開きのドアを開けると、外見の印象とは異なり、中はしっかり整えられ、水や花は新しい物が供えられているのが見て取れたが、燭台《しょくだい》に蝋燭《ろうそく》はなく香炉にも灰しか入っていない。

祠の中は、左右に職業を司る神の像がずらりと並び、正面には、それ以外の神の像が並んでいる。

祠の中央には日本の神社の賽銭箱《さいせんばこ》より一回り小さな石の箱があり、その手前には、仏壇などの前に置く経机に似た台が置かれていて、その上には花が生けられた花瓶と、水の入った小さい茶碗《ちゃわん》が並んでいる。

「祭壇は共通なんだな……せっかくだし、少し整えよう」

レンはポーチから薄紫色の蝋燭を取り出すと、真鍮《しんちゅう》製の燭台に挿して火魔術の着火《イグニッション》で火を点《とも》す。

蝋燭の火がゆらりと揺れるたび、うっすらとラベンダーに似た香りが立ち上る。

炭の欠片に火を付けて香炉の灰の中に浅く埋め、料理の素材として持っていた桂皮《シナモン》、大茴香《スターアニス》、丁字《クローブ》を少しずつ掌に載せると、軽く混ぜてから炭の上にパラパラと掛ける。

白い煙と共に、部屋の中に独特の香りが広がる。

「一応、これも供えておこう。シルヴィ、手伝って」

レンはポーチから、日本で三方《さんぼう》と呼ばれる白木の台を出すと、それをシルヴィに持たせ、上に白い紙を置き、その上に塩と麦で小さい山を作り、酒が入った小さい瓶を載せる。

シルヴィは少し考えてから、お供え物が載った三方をアレッタに手渡す。

「レン殿は、とても信心深いんじゃな。」

「いや、今日まで存在を忘れてたくらいです。単に昔、俺の弟子が職業を貰う際に、お供え物をしたいと言うから作ってやった物の残りなんですよ」

「なるほどのう、手慣れているとは思ったが、前にもお弟子さんがおったか……アレッタお嬢様、その台の上に載せるのじゃ。穴の開いてない方をあちらに向けての」

エドに教えられ、アレッタは三方を台の上、花と茶碗の手前にそっと置く。

異なる部分も多いが、作法は神道のそれに近い。このあたりはゲームデザイナーが手抜きをした部分と思っていたレンは、なぜその設定が、この世界でも同じなのだろうかと内心で首を捻る。

「できましたわ……職を賜るのは六回目ですけれど慣れませんわね」

「六回目って、随分多くないか？」

ゲーム内で出会った普通のNPCの職業は平均三つ程度で、四つ以上となると滅多にいなかった。

レンがそれを思い出しながら呟くと、アレッタは頷いた。

「領地経営のため、貴族と商人の職業を持ってますわ。あと、お父様の指示で料理人と家政婦《ハウスキーパー》、それと魔術師ですわね」

「料理人と家政婦《ハウスキーパー》ってのは、貴族の子女としては普通なのか？」

「割と珍しいですわね。当家では、使用人がやっていることを理解するために必要だからと勉強させられましたけど……レン様から見ても、私はおかしいかしら？」

「……まあ、上司として部下がやってる仕事を把握するのが大事だというのはわかる。おかしいってほどじゃないよ」

レンの言葉を聞いて、不安げな表情をしていたアレッタは笑みを見せる。

「さて、それじゃそろそろアルシミーの神様に祈りを捧げようか……二人とも、祈りの言葉は覚えてる？」

「ええ、職業によって変わるのは神様の名前だけですもの。シルヴィも大丈夫ですわよね？」

「はい、大丈夫です。アレッタお嬢様ほどじゃありませんけど、私もこれで五回目ですし」

「それでは、私から参りますわ」

アレッタは台の前に跪《ひざまず》くと、小さな声で祈りを捧げる。

「……天と大地の狭間《はざま》に在りて、智と理《ことわり》と力を司りし神よ。御身の名を唱え、その力の一欠片を我が内に賜らんと祈願することを許し給え。アルシミー様。その力を正しきに使い、日々の鍛錬を重ねることを、アレッタ・サンテール、ここに伏して誓願《せいがん》す」

アレッタが深く頭を下げると、石の箱がまばゆい光を放ち、その光がアレッタの体に吸い込まれていく。

光が収まると、石の箱の中には、レンにとっては見慣れた錬金術師基本セットが入った頑丈な木箱が入っていた。

（ゲームではそういうものと思ってたけど、現実世界って考えると、仕組みが気になるな）

エドは木箱を取り出して、恭《うやうや》しく掲げると、それをアレッタに手渡す。

「これでお嬢様も錬金術師じゃの」

「ええ。まさか遭難して錬金術を学ぶとは思いも寄りませんでしたわ……レン様、今までのご指導、ありがとう存じますわ。そして、可能なら、これからも我が師として導いてくださいまし」

「ああ、気にしないでいいよ。俺は特に何も教えてないし、勉強に協力したのは俺にも利があるからだし、最低でも中級になるまでは面倒見るつもりだから」

「感謝いたしますわ……さあ、シルヴィもお祈りを」

「はい」

シルヴィは元気よく返事をすると、レンに向き直り、丁寧に頭を下げた。

「お師匠様、それでは行って参ります」

「おう」

アレッタが場所を空けると、シルヴィもアレッタと同じように祈りを捧げる。

現れた基本セットはアレッタが持っている物と、見分けがつかないほどによく似ていた。

「……よし。それじゃ二人に錬金術の師匠としてお祝いだ」

レンは自分のポーチから、二人のために作った革のウエストポーチを取り出すと、二人に差し出した。

「これは俺が作ったウエストポーチ。アレッタさんたちのボストンバッグみたいなものかな」

「ボストンバッグ？」

「収納魔術付与の鞄だよ。芋や麦が入ってたあれ」

「ああ、魔道具の旅行鞄ですわね……レン様の故郷ではボストンバッグと呼ぶんですの？」

（あー……なるほど。変なところが異世界だな……ボストンはアメリカのボストン大学由来だから、こっちではそう呼ばないってことか？）

そんなことを気にするレンとは対照的に、エドは真剣な顔でレンが差し出すウエストポーチを見つめていた。

「……レン殿、収納魔術付与の鞄とおっしゃったか？」

「うん。正確には空間圧縮と重量軽減――収納魔術だけじゃなく、時間遅延も付与された鞄だね」

「その大きさにどの程度入るのじゃ？　まさかレン殿のと同じ……」

「いえ、二人に贈るポーチは、もっと小さくて……そうですね……確かアレッタさんの魔道具の旅行鞄が小さい荷馬車くらいでしたね？　それより少し大きいくらいです。それくらいの大きさをしまえて、重量軽減の機能もあって、中では十日で一時間分くらいしか時間が進まないから、肉や野菜を長期保存もできます。あと、腰に巻いとけば、必要な魔力は勝手に吸い取られるから、魔石の交換とかは不要ですね」

「洞窟でそれを作らず、氷室を作ったのはなぜか、聞いても良いじゃろうか？」

困惑したような表情のエドにレンは頷いた。

「うん。洞窟では、それは目立ちすぎるかなって思ってやめたんです」

「ならば、なぜ今になって？」

「昔の弟子に錬金術を教えた時も、錬金術師上級になったらこういうのが作れるんだぞって、目標として作ってあげたのを思い出したので、二人にも贈ろうって思い直したんです……あと、使徒とか言われちゃってますから、今さらこれを隠しても仕方ないかなって……まあ、できたら俺がこれを作れるのは内緒にしておいてもらえると嬉しいですけど。さ、アレッタさんには黄色いの、シルヴィには黒っぽいのかなって思って作ったけど、好きな方を取って」

アレッタはおずおずと黄色いウエストポーチに手を伸ばす。

それを見て、シルヴィも黒みがかった茶色いポーチを手に取ると、早速自分のウエストに巻き付ける。

「レン様。これ、わたくしたちの髪の色に合わせてくださいましたの？」

「うん、一応ね。手持ちの皮の種類が少なかったから、こんな感じになっちゃったけど」

「いえ、とても気に入りました。ありがとう存じますわ」

「お師匠様、ありがとうございます……あれ？」

トグルボタンを外し、ポーチに手を入れたシルヴィが首を傾げた。

「お師匠様、これはなんですか？　トリックペン？」

シルヴィはポーチから油性ペンにしか見えないアイテムを取り出し、不思議そうにそれをいろいろな角度から眺める。

「それは、トリックペンっていって、まあ、対象が固体であれば、ほとんどなんにでも書けるペンなんだ」

「なんにでもっていうのはすごいですね」

「それで、自分の錬金術師基本セットに名前か印を書いてポーチにしまっておくといいよ。交ざるとわからなくなるからね」

そんな話をしていると、唐突に祠の扉が開かれた。

「いましたわ！　ダヴィデたちが、祠のこと聞かれたって言ってましたけど、本当に祠にいるなんて。何をしてましたの？」

「マリーか、ビックリしたぞ」

気配察知でそれとなく気付いていたが、ノックもなしに突然ドアを開けられたことに対してレンが苦言を呈すると、

「驚いたのはこっちです。食事の準備が整ったからと呼びに行ったら、家の中に誰もいなくて慌ててしまいましたわ」

と、これまでになく、割と真っ当な主張をするマリー。

「そっか、悪かったな。ちょっと、二人がアルシミーに祈りたいって言ってね」

「信心深いのは感心ですけれど、一言掛けてくだされば良かったのに……あら？　灯明とお香……それに神饌《しんせん》まで調ってますね。これはどなたが？」

「俺だよ。無作法だけど、こういうのは気持ちだと思ったから」

「いいえ、気持ちが一番大事なのはその通りですけれど、無作法ではありませんわね。三方なんて、どこから持ってきたんですの？」

「たまたま昔使ったのがあったんだ」

レンの言葉に、マリーはため息をついた。

「まあ、あなたがするのなら、なんでもありだとお姉様もおっしゃってましたし……ああ、そうでした。お食事の支度が整ったので、村長の家にお越しくださいな」

「村長？」

その言葉に、アレッタが首を傾げた。

「村長？　この地の長《おさ》はクロエ様ではないのですか？」

「ええ、お姉様はそうした些事《さじ》には関わりませんの。村長は聖堂の長でもありますわね」

マリーの言葉を聞いて、アレッタは少し考えてからシルヴィに指示を出す。

「シルヴィ、急いで旅行鞄を持ってきて」

「かしこまりました」

パタパタと借りている家に向って走り出すシルヴィを、エドは複雑そうな表情で見送る。

「エドさん、シルヴィがどうかしましたか？」

「いや、まあ、お嬢様に急ぎでと頼まれたからと言って、走り回るのはどうかと思いましての」

「なるほど……ところで、なんで鞄が必要なんですかね？」

「ああ、それは恐らく……」

「父の名代として、迷宮都市の領主にご挨拶をするつもりでしたので、鞄の中には挨拶の品も入っていましたの。迷宮都市に行く必要がなくなりましたし、お世話になるお礼として、こちらの村長さんにお渡ししようかと思いまして」

エドに向かって尋ねたレンに、アレッタが答えた。

ほどなくしてシルヴィが戻ってくる。

しかし、シルヴィは手ぶらだった。

「シルヴィ、鞄はどうしましたの？」

「あ、お師匠様にいただいたポーチに入れました。前にお師匠様がやってるのを見ましたけど、本当に入るんですね、これ」

シルヴィは腰に巻いた革製のウエストポーチをポンと叩く。

アレッタはなるほどと頷き、待っていたマリーに、案内を頼む。


村長の家はレンたちが借りている空家の斜向《はすむか》いにある、大きめの木造家屋だった。

長年風雨に晒されたのだろう、使われている材木は油が抜け切って灰色っぽく退色している。一応、ニスのような塗料を塗っているようだが、時の流れには敵《かな》わないようだ。

しかし、とりあえず建物自体はしっかり手入れがされているようで、レンたちが足を踏み入れても床が軋んだりはしなかった。

マリーが扉を開くと、中からは肉料理らしき匂いが溢れ出してくる。

レンたちが借りている空家と同じで、扉を開けるとそのままリビングという構造になっており、リビングには四人の人間がいた。

クロエと護衛の男性二人に加え、初めて見る痩せた初老の男性で、アレッタはその男性が村長であると判断した。

「初めまして。アレッタ・サンテールと申します。この度は、いろいろとお骨折りいただきまして、ありがとう存じます」

「はい、初めまして。私はダニエレ。この聖域の長をしております。で、そちらのお若いエルフ種の方がレン様ですかな？」

「……レンです。聖地と知らず、いろいろすみませんでした」

宗教の聖地を守る長に様付けで呼ばれたレンは、居心地悪そうにそう答える。

「いや。ソレイル様がお認めになったことなれば、謝罪などは不要です」

そんなレンの態度に苦笑いしつつ、ダニエレはアレッタに視線を向ける。

「さて、食事の用意ができておりますのでご一緒にいかがですかな？」

「ありがたくいただきますわ……シルヴィは給仕の手伝いを。エドワードはそばに控えなさい」

アレッタの指示にシルヴィとエドが動く。

そしてアレッタはレンの腕に手を回し、一見するとエスコートされているように、その実アレッタがレンを引っ張ってテーブルに着く。

テーブルの上の食事の出し方は、レンにはあまり見慣れないものだった。

ランチョンマットほどの大きさのトレイの上に小皿が並び、各々《おのおの》の前に置かれる。

コーンスープ、肉と根菜類の煮物、葉物野菜のおひたし、漬物、洞窟前の川で捕れたのと同じ山鮭の塩焼き、小さいチーズとパン。それらが、小さい器に盛られ、トレイの上に並んでいた。

「随分とメニューが多彩ですね……食料供給には問題はないのですか？」

村長に向けたレンの問いに、村長ではなくクロエが答えた。

「……この聖域が恵まれてるだけ。人数に対して耕作面積が大きいし、川も近いし、周囲の魔物も弱い」

「ここで採れた食料を、他の街に送ったりは？」

「してる。物々交換という名目で、いろいろ送って対価にチーズとかを貰ってる」

「生息可能範囲の縮小とか言ったっけ。どういう感じで進行してるのか、教えてもらっても？」

「がんばる」

食事をしながら、クロエはぽつりぽつりと現在のこの世界の状況をレンに語った。

クロエの話では、現在、街道沿いの村や街を優先的に生き残らせ、森の中に作られた村などは放棄されつつあるという。

街道沿いの宿場となる街がなくなれば、個々の街や村は孤立してしまう。それを避けるための優先順位なのだそうだ。

その上で、食料生産能力が高い村や街を維持し、少ない人員を効率重視で配置し、比較的イエロー系の魔石採取が容易なエリアのそばの街も残されている。

採取した魔石を緊急度、重要度に従って配布して結界杭を稼働させ、人類の生息域を維持しているが、生き残らせる街を減らした状態でも、魔石の供給は不足気味になりつつあるという。

「なるほどね。そうなると、各街や村の結界杭の保守を行うことで延命が可能になるんだね？」

「グリーンの魔石で稼働するようになるなら、かなり解決」

「でも、今後も保守を継続できるようにするには、鍛冶師の職業レベルの底上げが必要になる、か」

レンは、大抵の生産職なら職業レベルを上げる方法を教えても良いと思っていたが、そこには幾つかの例外があった。

その一つが鍛冶師だった。

鍛冶師初級では、鉄や銅しか扱えないが、中級になると聖銀《ミスリル》、魔銅《オリハルコン》という魔法金属を扱えるようになる。

そして、魔法金属で作った武器は、使い手によっては鋼の鎧を切り裂く力にもなる。

その一撃の破壊力こそ魔術師には及ばないが、鍛冶師が魔法金属を扱えるようになれば、いずれその武器が人間相手に使用される未来があるかもしれない。レンはそう考えていたのだ。

「難しい？」

「近い未来だけを考えるのなら、俺が大量に聖銀《ミスリル》のインゴットを作っておくって手はある。でも、それだと有限だから、いつかはなくなる」

神様が世界を見ているのなら、足りなくなった時に、また作れる人間を召喚するのかもしれないが、それに期待して良いのかを判断できるだけの情報をレンは持っていなかった。

「クロエ。神様に質問ってできるか？」

「……場合による。何を聞きたい？」

「大量に聖銀《ミスリル》を作れば、一時的に問題は解決するけど、一時的解決だけでいいのか。後は、技能を悪用する人間が出てきた時、神様は責任を持って止めてくれるのか、かな」

「わかった。聞いておく」

クロエの返事に、マリーが立ち上がった。

「お姉様！」

「マリーは黙る」

「でも！」

言い募ろうとするマリーに、クロエは苛立《いらだ》たしげな視線を向ける。

そして、さらに叱責しようとクロエが口を開いたところでレンが割り込んだ。

「……待った。マリーさん、何を言いたいのか聞かせて？」

レンの言葉に、クロエは口を閉じて静かに目を伏せる。

その隣で、マリーは目尻に涙を浮かべながら安堵の息を吐いた。

「……はい。神殿の教義では、神の意図を探るのは不敬とされてます。神に何かを問うことも同じく不敬です。そんなことをすればお姉様は神託の巫女でいられないかもしれません」

「なるほど。なら、神様への質問はなし。他に手がなくなったら考えよう」

レンとしては聞いてみたいが、現時点ではなんらかの犠牲を払ってまで必要な情報でもない。

そのレンの言葉を聞いて、マリーは笑顔を見せた。

「ありがとうございます……レン様」

「いや、俺がおかしなことを言った。クロエさん、俺が言ったことで何か大きな代償が生じるなら、それはきちんと教えてほしい。いずれは代償が必要なことを頼むかもしれないけど、それは今じゃない」

「レンがそう望むのなら」

食事が終わると、アレッタはシルヴィに合図を送り、浅い箱をテーブルに置かせて、村長に、

「お世話になったお礼ですわ。お収めください」

と告げると、村長の後ろに立っていた護衛兼給仕の男性がそれを受け取り、箱の蓋を開けてダニ

エレの前に掲げる。

中には、まるで工業製品のように形が揃ったガラスの皿とコップが入っていた。

「これは、貴重な品を……ありがとうございます。供物を捧げる際に使用させていただきます」

「光栄ですわ」

アレッタたちがそんな会話をしている横で、レンはマリーから、メダルを受け取っていた。

「これは、聖域の巫女からの信を得たことを示すメダルです。お姉様から、渡すようにと言われましたから差し上げますわ」

「へぇ……これはどういう所で使えるの？」

「村長や領主に身の証《あかし》を立てる時、かしら？　神殿の人間なら皆知ってますわよ。街の門番あたりだと知らない人もいるかもしれませんわね」

「……案外使えないな」

「失礼ね。あ、あと、各ギルドの地域責任者なら知ってるって聞いてますわ……とにかく、誰かに何者だって言われた時に見せると、相手によっては引き下がるから、持っていきなさいよね」

マリーに押しつけられたメダルは、直径七センチほどと、かなり大きな物で、一体、いつ作られた物なのか、材質はどう見ても魔法金属の魔銅《オリハルコン》だった。

薄い緑色に輝くメダルの片面には、天秤に載った太陽と月の意匠が彫られており、もう片面には剣とハンマーと杖と鍬《くわ》を交差させて意匠化したものが刻まれていた。

「太陽がソレイル様で、月がリュンヌ様？　で、裏面が職業の神々？」

「天秤はディスタン様ね。裏面がどうしてその意匠になったのかは不明ですわ」

「まあそれはいいんだけど、これ、魔銅《オリハルコン》だよね。誰がいつ作ったの？」

「へぇ、これがあの伝説の剣の？　……このメダルなら、倉庫にたくさん眠ってますわ」

「剣なら金剛鋼《アダマンタイト》の方が向いてるんだけどね……たくさんってのはすごいな」

「まあ、何かの役に立つかもしれませんから、持っていくと良いですわ……あ、あと、お姉様をさん付けで呼ぶのなら、私のことはマリーと呼んで頂戴」

「ああ、そうさせてもらう……しかし、見事な表面加工だな」

レンがメダルをまじまじと見ていると、クロエは、自分の首元の金具に手を当て、ぶら下げていた黒いメダルをカチャリと外し、髪を結んでいた紐と共にレンに手渡す。

「レン、これも一緒に持っておくといい」

「これは？」

メダルと紐を受け取ったレンは、メダルに残ったクロエの体温を掌に感じ、ほんの一瞬、少しだけ鼓動が速くなる。

「その紐に、マリーのメダルも通しておけば落とさない」

「あ、ああ、そりゃ助かるけどさ……ええと？」

クロエのメダルは黒いのに金色に光って見える不思議な光沢の金属だった。太陽を模したような形状で、サイズはマリーから貰ったメダルより大きい。レンはそれを金剛鋼《アダマンタイト》だと看破する。

「これは金剛鋼《アダマンタイト》だね。やっぱり倉庫から？」

「これは宝物庫」

「お姉様、それは誰かにあげたらダメなヤツですわ。レン様、お返しください。それは神託の巫女のみが所持を許されたメダルですの」

レンからメダルを受け取ったマリーは、クロエの首元に下がった金具に取り付け、メダルを服の中に落とし込む。

「でも、私もレンに何かあげたい」

「なら、先ほどのメダルはお姉様からということにしましょう」

「それはダメ……あ、これなら問題ない」

クロエは手首から銀色の鎖のブレスレットを外し、レンに差し出す。

「マリー、これは貰っても大丈夫なヤツか？」

「……ええ、それはお姉様の私物だから問題ありませんわね」

「お気に入り」

「お気に入りを俺が貰っちゃってもいいのか？」

「大丈夫。貰い物で、同じのが三本ある」

クロエの返事を聞き、レンは自分の腕にブレスレットを巻き付ける。

微かに、ブレスレットに魔力が流れるのを感じて、レンはマジマジとブレスレットを見た。

「クロエさん？　これ、魔道具か何かかな？」

「……魔力が溜まると、治癒魔術が使える」

「魔石を使わないタイプだから……錬金術師中級が必要ってことは、これ、今は作れないよな？

貴重な品なんじゃないか？」

「迷宮から出た品物」

「……マリー、これ、本当に貰っても大丈夫か？」

「まあ、お姉様から貰ったと触れ回らなければ大丈夫よ。迷宮産の品物なら、倉庫にたくさん眠ってるし、深い意味はたぶんないから」

六日目

その日は日が沈む頃に寝て、翌日は空が白む前から活動を開始した。

本日の予定は、馬車で聖堂から街道に出て、サンテールの街の方向に進む。

サンテールの街までは二日が必要とのことなので、まずは途中の村を目指す。

本日の移動予定は六〇キロほどの予定だ。

途中にあるのは村が二つで、街まで進んで宿泊地とする。

神殿が用意した馬車はアレッタたちが乗っていた馬車をさらに大型にしたような家馬車だった。

「それでは、お世話になりました」

手配してもらった家馬車を背に、アレッタが村長に頭を下げるとクロエがそれに応える。

「ソレイル様のご神託に従っただけ。礼は不要」

「それでも助かりましたわ。このお礼は必ずいたします」

予定では、レンが森の中を往復二十日かけて護衛を連れてくることになっていたが、それから考えるとかなりの時間短縮となる。

父親の解呪を急ぎたいアレッタにとって、この時間短縮は本当にありがたかった。

「それにしても大きな馬車だな」

二頭立ての馬車はアレッタたちが乗っていた物より二回りほど大きい六輪の物で、ゲーム内では小さな馬車しか使ってこなかったレンからすると、本当に馬が引けるのかと心配になる。

「ちょうどいいサイズのはず」

「そうか？　まあ、これだけ大きければ狭くて乗れないってことだけはなさそうだけど」

「それでは参りましょうか」

アレッタ、シルヴィが馬車に乗る。

エドは扉の横で待機し、レンに乗るようにと促す。

「それじゃ、世話になった」

クロエとマリーにそう言って頭を下げると、レンは馬車のステップに足を掛けた。

レンが馬車に乗り、どこに座ったものかと車内を見回していると、その真後ろにピタリとクロエが張り付いていた。

「レン、早く奥に行って」

思わず振り向いたレンは、無表情にレンを見上げるクロエと見つめ合う。

「……なんでクロエさんが乗ってる？」

「レンが付いてきてほしいって言ったから？」

何を言っているのだこの人は、と言わんばかりの表情のクロエ。

レンが驚いて馬車の中に目を向けると、アレッタとシルヴィにも驚いた様子はない。

マリーを始めとする神殿関係者も黙って見ている。

どうやら知らなかったのはレンだけだったようだ。

「……言ったか？」

「言った」

レンは、何か失言してしまっただろうかと記憶を辿るが、それらしい記憶に思い至らなかった。

「すまん、俺はなんて言ったんだ？」

「村の結界杭の保守をした時、保守した結果、グリーン系の魔石で使えるようになったかの確認結果を知りたいって」

ああ、あれか、と思い出したレンは、首を捻る。

「俺の生まれた辺りだと、ああいうお願いは、付いてきてほしいって意味じゃないんだが？」

「この辺りでもそう。でも、私が付いてけば、結果がすぐにわかる。だから付いていく」

「……レン様。わたくしたちは昨日、クロエ様から聞いておりましたけれど、レン様はご存じなかったのですか？」

馬車の入り口で向かい合うレンとクロエに、アレッタが不思議そうな表情で尋ねてくる。

「……俺にその意図はなかったんだが。ちょっと行き違いがあったな」

「それで、どうなさいますの？　レン様が結界杭に施した結果を素早く知ることができた方が良いのなら、クロエ様に付いてきていただくのも一つの手段と考えますが？」

「……皆、私が出るための準備を頑張った。今さら行かないとは言いにくい」

「……いや、俺は構わないんだけど、クロエさんは無理して付いてくる必要はないし。アレッタさんも領に戻る時に、クロエさんがいて、問題にならないのか？」

クロエは首を傾げる。

「これはソレイル様の御神託に沿う行動。問題があるならマリーが止めてる。それに護衛も二人いるから神殿の規則にも則《のっと》っている」

「……まあ、マリーさんなら積極的に止めそうだよな……それはそれとして、マリーさんも来るのか？」

「神殿からは私と護衛が二人だけ。マリーは聖域で大事なお務めがある」

クロエがそう答えると、アレッタも、

「サンテール領側も問題はありませんわ。むしろ歓迎いたします。神託の巫女様の来訪は村や街にとって名誉ですから、その機会があるのなら、ぜひ来ていただきたいですわ」

と歓迎の意を表明し、その横ではシルヴィも頷いている。

そんなシルヴィを見て、レンは、クロエの面倒を誰が見るのだろうかと気になった。

「クロエさんは護衛を二人連れてくってことだけど、着替えや風呂は一人でできるのか？」

「護衛のエミリアとフランチェスカがやってくれる」

「女性の名前だよな。昨日連れてた男の護衛じゃないのか」

こくり、とクロエが頷くと、その後ろからエドが覗き込んでくる。

「レン殿、そろそろ準備はできたかの？」

「……クロエさんとアレッタさんが問題ないって言ってるのなら、気にしても意味ないか……それじゃクロエさん、旅の間、よろしくな？」

「まかせて」

馬車の中には、一番後ろに荷が詰まった木箱が積まれていて、左右の壁の片方に電車の長椅子のように椅子が設えられている。

長椅子の反対側の壁は小さなベッド状になっていて、ベッドのそばに小さいテーブルが作り付けられていた。

アレッタとシルヴィが長椅子に並んで座っていて、後ろからクロエが圧を掛けているため、レンは奥に入ってベッドに腰を下ろす。

長椅子は干して刻んだ麦の茎を革の袋に詰め、それをさらに毛布でくるんだクッションが使われていた。ベッドも同様で、ラノベに登場する、硬くて座っていられないような物ではなかった。

レンの、知らない記憶によれば、普通なら単なる木の板か、板に布を張っただけの物が使われるので、この馬車は貴人向けであるとわかる。

「お師匠様、私たちは錬金術師として、次は何をすればいいのかお聞きしても良いですか？」

「わたくしも教えていただきたいですわ」

「うん。とりあえず、作れるポーションを全種類作ってもらう。各三〇本以上で、品質も重要……後は素材採取か。採取に慣れたら魔物がいる状態での採取もあるからちょっと面倒だけど」

「なるほど。素材集めがあるなら、夜の森は危険ですし、サンテールの街に着いてからの方が良さそうですね」

「そうだな……あれ？」

クロエの護衛とエドが乗り込まないまま、馬車の扉が閉じられた。

「エドさんは？　クロエさんの護衛も乗ってないけど？」

「エドワードは駆者役ですわ。クロエ様の護衛まで駆者をするとは思っていませんでしたので、少し駆者台が手狭かもしれませんわね」

ガタン、と音を立てて馬車が動き始める。

土が剥き出しの村から聖堂前広場を迂回《うかい》する石畳の道を通り、馬車は街道に向かう。

地面の変化を馬車の車輪が拾い上げ、複雑な振動がレンたちの体を揺らす。

馬車は、徒歩の人間よりも少し速い程度で走り始める。

この世界の馬車の最高速度はかなりのものだが、移動時は余裕を持つのが鉄則なのだ。

本気で走らせるのは、魔物と遭遇して逃げる時だけである。そうなる前に馬が疲れ切っていれば逃げられるものも逃げられない。


街道がいつ、誰の手によって作られたのかという記録はない。

ただ森の中に、赤っぽい五ミリ大の砂利が敷かれた道が通っており、その砂利の中に草木が生えることはないし、魔物が街道に出てくることも比較的少ない。

街道が川と交差する部分には木でできた橋が架かっており、橋の保守は領主の仕事となっている。

橋以外の部分は、そもそも自然に崩れることはないが、万が一、橋の工事で誤って崩してしまったような場合、翌日には元に戻っている。加えて原状復帰をしない意図的な破壊行為には天罰が下る。そういう不可思議なものなので、街道は神の手によるものと言われている。


馬車には明かり取りの小さい窓があるだけで、窓から外の景色を楽しめるようにはなっていない。

そのため、車輪が拾う地面の震動の変化から、今、どういう場所を走っているのかを知る、というような状況だった。

数回、馬車が激しく揺れることがあった。

アレッタとシルヴィは不安そうにしていたが、レンは気配察知で森の中に中型の魔物がいたことを知り、道端に小型の魔物が迷い出ていたから、速度を上げただけだと説明をする。

そんなレンたちの横で、クロエは表情だけは落ち着いていたが、レンが革鎧の上から着けているウエストポーチのベルトに指を引っ掛けていた。

「……クロエさん、表情がまったく変わらないからわかりにくいけど、実は怖がりだったりするのか？」

「普通」

「……ちょっと怖がりでも、女の子は可愛いと思うけど」

「可愛げはマリーの担当」

ウエストポーチに指を掛けられた状態は落ち着かないレンだったが、怯《おび》えを表面に出さないようにするクロエを優しい目で見ているシルヴィを見て、クロエの好きなようにさせつつ、どうやればこの世界の問題を解決できるのかを考えるのだった。

閑話　クロエ

夢を見た。

ソレイル様の声が、これから見せる夢の内容を私に説明している。

神託はいつもこうやって夢の形でもたらされる。

気付けば私は聖地の向こう側の川原を見ていた。そこに突然光と共にエルフの少年が現れる。

彼は自分がなぜここにいるのかもわからず、困惑しながらも、罰当たりなことに聖地の岩山に洞窟を掘って住み着いた。

続いて三人のヒトが流れ着き、エルフの男性は彼らを助けてさらに洞窟を拡張していく。

聖地の岩山に、なんてことをするんだ。やめてほしい。

そう叫びたかったけど、神託の夢の中で声を出すことはできない。私にできるのは遠くの景色を眺めるように用意された夢を見ることだけだ。

それにしても今回の神託はいろいろおかしい。

ソレイル様の神託の中で、他の神様についての言及があったのも初めてだし。

自分で考えるよりわかりやすいソレイル様の説明が理解できなかったのも初めてだった。

英雄の生き残りと言っていた。英雄の時代が終わったのは五九七年前。エルフなら不思議じゃないけど、そもそも英雄は全員姿を消しただけで死んだわけではない。生き残りという表現がまずおかしい。

意味不明すぎる神託は続く。

滅びかけた人類をエルフが救う。そのためにはそのエルフが自由でなければならない。誰も行動を制限してはならない。そして神殿は全力でそれを助けなければならない。


夢の中に私も登場した。エルフと一緒に結界杭を見ていた。

「神様がそこまで自由なら、俺を喚ばなくても、神様の力で問題を解決できたはずだよな？」

神託の中のエルフはソレイル様に対して不敬な態度で、私に対しても無礼な言葉使いで話しかける。


神託は、あれが私が忘れてしまった普通だと教えている。

神託の巫女は特別で、崇めるべき者。皆がそう言うし、実の妹のマリーですらそう考えているようだけどそうじゃない。

私は神託の巫女だけど、私はマリーの姉で、私はクロエだ。

エルフはとても無礼だった。

神託の巫女のことを知らないみたいに、普通に話しかける。

だから、神託の中にいる私は、ただのクロエとして笑っていた。

それだけじゃない。神託の中、聖域から出ることが許されないはずのマリーが聖域の外にいた。

あり得ないけど、神託ならいつかそうなるのだろう。

きっと無礼なエルフは私たちのありようを変えてくれる。私はそれが楽しみだ。

あとがき

コウです。

『錬金術師のなかなかスローライフにならない日々』、お買い上げありがとうございます。

　お久しぶりの方はいつもありがとうございます。

初めましての方は、これからよろしくお願い致します。

以前、別の出版社から『ファンタジーをほとんど知らない女子高生による異世界転移生活』という本を出していまして、本作は私にとって二作目です。


本作は、VRMMORPGベースの異世界が舞台です。

VR機器でできることを真面目に考えたら結構恐《こわ》い技術になってしまいました。実現すれば結構な規制が必要そうです。が、あとがきではその正体について触れておこうかと思います。

まず、超伝導量子干渉素子《SQUID》／量子スピン神経接続型というのは、インターフェースを表す言葉でしかありません。

現代のゲームは人間とゲーム機のI／F《インターフェース》に人間の筋肉、目、耳を使います。

筋肉でコントローラーを操作し、結果を映像や音の形にして目や耳で受け取るわけです。

【脳↓神経↓筋肉↓コントローラー↓ゲーム機】という流れでキャラを動かし、その結果を
【ゲーム機↓映像↓ディスプレイ↓目や耳↓神経↓脳】という流れで人間は結果を受け取ります。

これが現代のゲームです。

この、I／F部分を新しい技術に置き換えたのが、作中のVR機器です。

【脳↓神経↓ゲーム機】で、コントローラーなしでキャラを動かし、その結果を【ゲーム↓映像↓神経↓脳】で、ディスプレイなしに画像を見るわけです。

ゲーム機との情報のやり取りを、人間の手や目や耳を使わずに行う、という部分こそ違いますが、それ以外の部分は二〇世紀の3Dゲームからあまり変化していません。

もちろん、NPCに人工知能を使えば、従来よりも「リアル」な反応をするようになるでしょう。マシンスペック向上の結果、映像データの解像度が爆上げされたりもするでしょう。

五感全てを使えるようになれば、現実さながらの世界を感じることもできるでしょう。

ですがそれは、次世代機と呼ばれるゲーム機が、より「リアル」な音、画像を追求し、進化し続けてきた、その延長線上のお話なのです。

『新しい技術を使って、よりリアルに』

それは電子ゲーム黎明期からの命題でしかない。とか言っちゃうとそれっぽく聞こえませんか？

そういう世界がなぜ異世界に変貌したのか。レンは世界を救えるのか。ヒロインは一体誰なのか。みたいな部分も想像しながら読んでいただけると幸いです。

それでは機会がありましたらまたどこかでお会いしましょう。


令和六年夏。令和ちゃん、頼むから三七℃は勘弁して

BKブックス

錬金術師のなかなかスローライフにならない日々

2024年10月20日　初版第一刷発行

著　者　コウ

イラストレーター　ひづきみや

発行人　今 晴美

発行所　株式会社ぶんか社
〒102-8405　東京都千代田区一番町29-6
TEL 03-3222-5150（編集部）
TEL 03-3222-5115（出版営業部）
www.bknet.jp

装　丁　AFTERGLOW

印刷所　株式会社広済堂ネクスト

ISBN978-4-8211-4692-5